테오필 고티에의

환상 중·단편집

– 아바타, 죽은 연인 외

테오필 고티에 저
전광호 옮김

CONTES ET NOUVELLES FANTASTIQUES
DE THÉOPHILE GAUTIER

신아사

이 번역서는 부산대학교 기본연구지원사업(2년)에 의해 수행되었음.

[일러두기]

번역에 이용한 텍스트로는 갈리마르 출판사(Gallimard, Pleiade판)의 고티에 전집 *Romans, contes et nouvelles I*과 *Romans, contes et nouvelles II*를 사용했다. 이와 아울러 필요에 따라 라루스 출판사(Larousse, petits classiques문고)의 *La Morte amoureuse, Contes et récits fantastiques*와 갈리마르(folio classique문고)의 *La Morte amoureuse, Avatar et autres récits fantastiques*도 참고했다. 『커피주전자』, 『옴팔레』, 『죽은 연인』, 『기사(騎士)와 분신』, 『아리아 마르첼라』에는 Anne Geisler-Szmulewicz의 주석을 참고했고, 『아바타』는 Claudine Lacoste-Veysseyre의 주석을 참고했다. 역자가 붙인 주석에는 (역주)로 표기했다.

목차

1. 아바타 ························ 5
2. 커피주전자 ························ 131
3. 옴팔레 ························ 142
4. 죽은 연인 ························ 156
5. 기사(騎士)와 분신 ························ 197
6. 아리아 마르첼라 ························ 210

해설 ························ 251
작품 설명 ························ 254
작가 연보 ························ 260

아바타

❶

옥타브 드 사빌을 천천히 갉아먹는 병에 대해 조금이나마 이해할 수 있는 사람은 아무도 없었다. 그는 침대에 누워 지내지 않았으며 평소대로 자신의 생활을 영위했다. 어떤 신음소리도 그의 입에서 새어 나오지 않았지만, 그는 눈에 띌 정도로 쇠약해져갔다. 그의 부모와 친구들의 권유로 마지못해 진찰을 받으러간 병원의 의사가 묻는 말에 그는 어떤 분명한 고통도 호소하지 않았고, 현대의술은 그에게서 어떤 증세도 발견하지 못했다. 청진기로 듣는 그의 가슴에서는 정상적인 소리가 들렸으며, 겨우 그의 심장에 귀를 갔다대면 너무 느리거나 너무 빠른 박동소리에 놀랄 정도였다. 그에게는 기침도 없었고 열도 나지 않았지만, 생명이 그에게서 빠져나와, 테레티우스[1]의 말에 따르자면 사람은 온통 눈에 보이지 않는 틈으로 되어있는데, 그 틈새들 중의 하나로 달아나고 있었다.

이따금 그는 이상하게 실신하여 몸이 대리석처럼 창백해지고 차갑게 굳어지기도 했다. 사람들은 잠시 동안 그가 죽은 것으로 간주할 수도 있었을 것이다. 이윽고 신비스런 손에 의해 잡혀있던 시계추가 풀려나면서 하던 동작을 계속하게 되니, 옥타브가 몽상에서 깨어나는 것 같았다. 사람들은 그를 온천으로 보냈다. 그러나 온천수라는 요정들은 그에게 아무 것도 해줄 수 없었다. 그의 나폴리로의 여행도 좋은 결과를 가져다주지 못했다. 그렇게 좋다는 그곳의 태양도 그에게는

---

1 (역주) 고대 로마의 희극작가(기원전 190-기원전 159).

알브레히트 뒤러[2]의 판화에 나오는 태양처럼 검게 보이는 것 같았다. 날개에 *멜랑콜리아*[3]라고 이름이 적힌 박쥐가 먼지 풀풀거리는 날개막으로 투명한 창공에 날갯짓하며 빛과 자신 사이로 날아다녔다. 그는 메르젤리나 부두에서 반라의 하층민들이 살갗을 태워서, 그들의 피부가 동판(銅版)의 녹처럼 퍼렇게 덮여있는 것을 보고 소름이 끼치는 것을 느꼈다.

그래서 그는 생 라자르가에 있는 자신의 작은 아파트로 돌아와서, 겉으로는 자신의 옛 습관을 되찾았다.

그 아파트는 독신용 아파트인 만큼 안락하게 갖춰져 있었다. 그러나 실내가 결국은 거기 사는 사람의 모습과 아마 생각까지 반영하듯이, 옥타브의 거처는 조금씩 음산하게 변해갔다. 무늬 넣은 피륙 커튼은 색이 바래져서, 침침한 빛 외는 더 이상 아무 것도 새어 들어오게 하지 않았다. 커다란 양귀비꽃 다발은 카펫의 허연 구석에서 시들어갔다. 대가들의 수채화 몇 점과 스케치 몇 점의 액자 테두리의 금색은 집요하게 달라붙는 먼지로 천천히 녹슬어갔다. 사그라진 불은 꺼져서, 잿더미 속에서 연기를 피워 올렸다. 구리와 초록 비늘모양으로 상감된 낡은 불[4]식(式)의 추시계가 똑딱거리며 울렸고, 지겨운 시간을 알리는 울림이 마치 사람들이 병자의 방에서 말하듯이 나직이 중얼거렸다. 출입문에는 다시 침묵이 흘렀고, 드물게 찾아오는 방문객들은 양탄자 위에서 그들의 발걸음을 죽여야 했다. 그들이 내는 웃음소리가 침울하고도 차가우며 어두컴컴한 방으로 흘러들어올라치면 스스로 잦아들었다. 하지만 그 방은 현대적 세련미에서는 조금도 뒤처짐

---

2 (역주) 독일의 화가, 판화가, 미술이론가(1471-1528).

3 (역주) 뒤러가 1514년에 만든 판화「멜랑콜리아 I」을 말함.

4 앙드레 불(1642-1732)은 17세기 프랑스 최고의 가구제조자 중의 한명이다.

이 없었다. 옥타브의 하인인 장이 팔 아래 깃털 빗자루를 감추고, 손에 큰 쟁반을 들고 망령이라도 된 듯이 살며시 들어왔다. 왜냐하면 그는 자신도 모르게 이곳의 우울함에 전염이 되어서, 본래의 수다스러움을 잃고 말았기 때문이었다. 벽에는 권투 글러브와 가면, 그리고 펜싱용 칼이 우승 트로피로 걸려있었다. 그러나 오랫동안 그것들을 만지지 않았다는 것을 쉽게 알 수 있었다. 마치 옥타브가 그런 기계적인 책읽기로 어떤 고정관념을 잠재우기라도 한 것처럼, 아무렇게나 내던진 책들이 모든 가구들 위에서 나뒹굴었다. 오래전에 쓰다말아서 종이가 노랗게 된 편지가 몇 달 전부터 끝내지기를 기다리는 것 같았고, 마치 무언(無言)의 비난처럼 서재 가운데 쌓여있었다. 아파트는 사람이 살고 있음에도 불구하고 황량하게 보였다. 거기에 생기라곤 없었고, 그곳에 들어서면 무덤을 열 때 불어나오는 찬바람 한 줄기가 얼굴을 때렸다.

어떤 여자도 결코 발을 들여놓지 않을 이 음산한 거처에서 옥타브는 다른 어느 곳보다 더 편하게 있었다. 이 침묵과 이 쓸쓸함, 이 버림받음이 그와 어울렸다. 생의 유쾌한 야단법석이, 가끔은 그도 그런 데 어울리려고 노력하지만, 그를 겁먹게 했다. 그러나 그는 친구들에게 이끌려 간 가장무도회나 파티, 혹은 저녁회식으로부터 더욱 쓸쓸하게 돌아오곤 했다. 그는 이 알 수 없는 고통과 싸우려고도 하지 않았으며, 내일을 기대하지 않는 사람과도 같은 무관심으로 하루하루를 보냈다. 그는 더 이상 미래를 믿지 않으므로 어떤 계획도 세우지 않았고, 하나님에게 자신의 생을 거두어달라고 암암리에 빌었으며, 그것이 받아들여지기를 기다리고 있었다. 그렇지만, 야위고 쑥 들어간 얼굴, 핏기 없는 안색, 늘어진 팔다리, 겉으로 심하게 드러나는 초췌함을 기대한다면, 잘못 예상하는 것이리라. 여러분은 기껏해야 눈꺼풀 아래 약간의 거무죽죽한 멍 자국들, 눈 둘레에 약간의 오렌지색 기운들, 푸른 핏줄 뻗쳐있는 관자놀이에 약간의 연민 등을 알아차리리라. 다만 의지와 희망과 욕망이 날아 가버린 그의 눈에는 영혼의 불꽃이 타오르지 않았다. 젊은 사람의 얼굴에서 이와 같이 죽은 시선은 이상한 대비를 형성했으며, 열에 들뜬 눈을 가진 평범한 환자의 야윈 용모보다 더욱 힘겨운 효과를 자아냈다.

옥타브는 그런 식으로 야위어가기 전에는 사람들이 괜찮은 애라고 했으며, 그 후에도 여전히 그랬다. 아주 컬이 진, 숱 많은 검은 머리가 가지런하게 빛나며 관자놀이 양 쪽으로 흘러내렸다. 짙푸른 색으로 부드럽고, 휘어진 눈썹으로 술 장식된 서글서글한 그의 눈은 이따금 축축한 불꽃으로 반짝거렸다. 쉬고 있어서 그의 눈에서 어떤 열정도 타오르지 않을 때, 그의 눈은 이즈미르나 이스탄불의 카페 입구에서 수연을 피운 뒤 안식을 취하고 있을 때의 동양인들의 눈에서 드러나는 청정한 평온함이 서렸다. 그의 안색은 핏기를 띤 적이 없어서, 햇빛 아래서만 본연의 행색을 드러내는, 올리브색이 도는 흰 피부의 남쪽 사람의 안색과 흡사했다. 그의 손은 부드럽고 섬세했고, 그의 발은 좁고 활처럼 휘어져있었다. 그는 유행을 창출하지도 뒤따라 하지도 않으면서 옷을 잘 입었고, 기가 막히게 자신의 천부적 강점을 살릴 줄 알았다. 비록 그가 멋쟁이나 아마추어 기수(騎手)라고 결코 주장한 적이 없음에도 불구하고, 기수클럽에 소개되었다면 거부당하지 않았을 것이다.

수만 가지 행복할 이유를 가진 젊고, 잘 생겼고, 부자인 한 젊은이가 어떻게 저렇게 처참하게 쇠약해졌단 말인가? 옥타브가 무감각해졌다느니, 한참 유행하는 소설이 퍼뜨리는 불건전한 생각이 그의 머리를 망쳐버렸다느니, 그가 아무 것도 믿지 않았다느니, 젊음과 재산을 미친 듯한 주색잡기로 허비해버려서 그에게 남은 거라곤 빚밖에 없었다는 둥, 그에 대한 말이 많을 것이다. 이런 모든 짐작은 사실과 거리가 멀다. 옥타브는 쾌락에 거의 빠지지 않았으므로, 그것에 싫증을 낼 수가 없었다. 그는 우울증이 있는 것도, 공상기질이 있는 것도, 무신론자도, 자유분방하지도, 그렇다고 낭비벽이 있는 사람도 아니었다. 그의 삶은 그때까지 다른 젊은이들과 마찬가지로 공부와 기분전환으로 나누어져 있었다. 그는 아침에는 소르본 대학에 강의를 들으러갔고, 저녁에는 파리 오페라의 계단에 꼼짝 않고 서서 화려하게 차려입은 관객들이 쏟아져 들어오는 것을 구경했다. 그에게는 사귀는 화류계의 여자나 공작부인도 없었으며, 그는 자신의 변덕으로 재산을 축내지도 않고 들어오는 수입을 사용했으므로, 그의 공증인이 그를 다음과 같이 평가했다. "그러므로 그는 맨프래드의 빙산[5]에서 투신한다거나, 에스쿠스[6]의 향로를 태울 능력도 없는 아주 평탄한 작자였다. 그가 처해있는 기이한 상태, 과학이라는 유능한 학문을 결함이 있는 것으로 만드는 이 이상한 상태의 원인에 대해서는, 감히 고백하건데, 19세기 파리에는 믿기지 않는 수많은 일들이 일어나므로, 우리는 우리의 주인공 본인이 스스로 그것에 대해 고백하기를 내버려둘 참이다."

아직 영혼이 해부학 강의실에서 해부된 적이 없었기 때문에, 평범한 의사들이 이 이상한 병에 대해서 아무 것도 이해하지 못했으므로, 사람들은 마지막으로 오랫동안 인도에서 머물다 돌아왔으며, 경이적인 치료를 하는 것으로 알려진 한 이상한 의사에게 도움을 청했다.

옥타브는 자신의 비밀을 꿰뚫어 볼 수 있는 최상의 통찰력을 예감

---

5 바이런의 극작품 『맨프레드』의 주인공이 융프라우 산 꼭대기에서 뛰어내리려하는 것에 빗댄 비유.

6 빅토르 에스쿠스(1813-1832)는 젊은 낭만주의 극작가로 향로를 켜 질식사했다.

하고, 그 의사의 방문을 두려워하는 것 같았는데, 그가 발타자르 쉐르본노씨의 방문에 동의한 것은 자기 어머니의 계속되는 간청에 의한 것일 뿐이었다.

옥타브가 소파에 비스듬히 누워있을 때, 의사가 들어왔다. 방석 하나는 베고, 또 하나는 팔꿈치에 괴고, 나머지 하나는 그의 발을 덮고 있었다. 보드랍고 푹신한 긴 민소매 가운이 그를 감싸고 있었다. 그는 독서를 한다기보다는 차라리 책을 잡고 있었는데, 어떤 페이지에 멈춘 그의 눈은 책을 주시하지 않았기 때문이다. 그의 안색은 창백했지만, 우리가 말했듯이, 아주 민감하게 일그러지지는 않았다. 그런 경우 실내의 조그만 원탁에는 약병, 먹는 유제, 물약, 차, 그리고 다른 정확한 약제가 있어야 하는데, 대신에 한 통의 시가가 놓여있었으므로, 피상적으로 관찰한 것으로는 이 젊은 환자가 위험하다는 것이 믿어지지 않았을 것이다. 약간 피곤하기는 했지만 온전한 그의 자태는 우아한 기품을 거의 잃지 않았으므로, 눈빛에 드러나는 심각한 무기력과 치유할 수 없는 절망을 제외하면, 옥타브는 정상적인 건강을 누리는 것 같이 보였을 것이다.

옥타브는 태연했음에도 의사의 기이한 모습이 그를 놀라게 했다. 발타자르 쉐르본노씨는 호프만의 어떤 환상이야기에서 빠져나와 현실에서 이 보잘것없는 창조물을 보느라 깜짝 놀라 왔다 갔다 하는 인물 같았다. 새카맣게 그을린 그의 안면은 거대한 두상이 다 차지한데다, 탈모로 인해 더욱 넓게 보였다. 햇볕에 노출된 안면은 그을린 층이 중첩됨에 따라 오래된 참나무 톤, 혹은 연기로 검게 된 초상화 모습을 띠는 데 반해, 이 상아처럼 반짝이는 민머리는 하얀 피부를 그대로 간직하고 있었다. 평평한 얼굴과 대머리, 튀어나온 뼈대가 너무 분명하게 드러나서, 그것들을 덮고 있는 얼마 안 되는 살이 죽은 사람의 머리에 발라놓은 수없이 구겨진 주름투성이의 축축한 피부 같았다. 후두부에 아직 남아있는 드문 회색 수염이 세 가닥 가는 심지로 말려서, 그 두 가닥은 귀 위로 곧추 세워져 있었고, 나머지 하나는 목덜미에서 출발하여 이마 끝자락까지 올라가서, 고대(古代)의 망치모양의 가발이나 현대의 개밀 뿌리같이 더부룩한 머리 관행을 아쉽게 만들었고, 호두까기 도구 같은 이 용모를 괴상망측하게 두르고 있었다. 그러나 이 의사에게 떨쳐버릴 수 없이 중요한 것은 눈이었다. 학문과 인생에 지친 기력이 깊은 주름과 훤한 잔주름, 책장보다 더 빽빽한 주름에 새겨져 있어서, 나이에 의해서 무두질되고, 이글거리는 하늘에 검게 그을리고, 연구로 지친 이 얼굴 가운데 터키석의 푸름과 투명함, 신선함과 형용할 수 없는 젊음이 담긴 두 눈동자가 반짝였다. 이 푸른 별이 거무스레한 눈자위와 중심으로 뻗은 얇은 막 깊은 데서 빛났는데, 그 야수 같은 둥근 모양은 밤눈 밝은 부엉이의 눈동자 주위에 후광으로 배치된 깃털을 어렴풋이 떠올리게 했다. 그 의사가 브라만과 바라문교 학승으로부터 배운 어떤 주술로 아이의 눈을 훔쳐서, 시체 같은 자신의 안면에 붙여놓은 것 같았다. 그 늙은이의 시선은 스무 살을 가리켰고, 이 젊은이의 시선은 예순 살로 보였다.

의복은 전통 의사복장을 하고 있었다. 검은 천의 상하의, 그리고 같은 색깔의 비단조끼, 인도의 어떤 영주나 고관의 선물인 굵은 다이아몬드가 달린 셔츠. 그러나 이 복장들은 마치 외투걸이에 걸어놓은 것처럼 헐렁해서, 앉을 때 의사의 대퇴골과 종아리가 직각으로 꺾인 주름과 수직을 이루었다. 이 특이한 깡마름을 연출하기에는 인도의 작열하는 태양도 충분하지 못했다. 아마도 발타자르 쉐르본노는 어떤 종교입문을 목적으로 탁발승의 오랜 단식을 수행했으며, 네 개의 이글거리는 향로에 둘러싸인 요가수행자들과 나란히 영양(羚羊)가죽 위에서 죽치고 있는 것 같았다. 그러나 이 물질적 쇠퇴는 어떤 쇠약도 유발하지 않았다. 바이올린 키의 줄처럼 튼튼하고 팽팽한 손의 인대는 손가락 관절의 살 없는 뼈대를 서로 연결해서, 그것들을 별 마찰 없이 움직이게 했다.

의사는 되접는 자같이 팔꿈치를 움직이며, 돗자리에 웅크리는 고질적인 습관을 드러내는 몸놀림으로 옥타브가 손으로 가리킨 긴 의자 옆 의자에 앉았다. 그렇게 자리를 차지한 쉐르본노씨는 빛을 등지고 앉았고, 빛은 자기 환자의 얼굴을 환하게 밝혀서 진단하기에 유리한 상황을 만들었고, 보이기보다는 보는데 더 호기심 많은 관찰자들이 그 빛을 기꺼이 이용했다. 비록 의사의 얼굴이 그늘에 가려져 있었고, 거대한 타조 알처럼 윤나고 둥근 훤칠한 그의 두상만이 한줄기 햇빛을 받고 있었음에도, 옥타브는 마치 발광체처럼 스스로의 광채를 타고난 것 같은 기이한 푸른 눈동자의 반짝임을 알아보았다. 그는 날카롭고 선명한 광선을 분출했고, 젊은 환자는 따끔거리는 느낌과 구토제 때문에 달아오르는 느낌으로 그 광선을 가슴 가득 받았다.

"그렇군요. 젊은 양반."

신속한 진찰에서 알게 된 증상을 요약하려는 듯이 얼마간의 침묵을 유지한 끝에 의사가 말했다.

"이미 내가 보기에 당신은 흔한 질병의 경우와는 관련이 없습니다. 당신은 의사가 고치기도 하거나 악화시키기도 하는, 잘 알려진 증세로 분류된 어떤 병도 가지고 있지 않습니다. 내가 몇 분 이야기하기라도 한다면, 당신에게 어떤 익명의 처방전을 적고 거기에 난해한 사인을 하고, 당신의 몸종이 골목구석의 약국에 가져갈 서류를 꾸밀 종이를 구비하지는 않겠습니다."

옥타브는 마치 자신에게 쓸데없이 지겨운 치료를 면하게 해주는 쉐르본노씨에게 감사하듯이 희미하게 웃었다.

의사는 계속했다.

"그러나 너무 앞서 좋아하지 마시오. 당신이 심장비대증에도, 폐결핵에도, 척수함몰에도, 심각한 뇌출혈에도, 장티푸스 혹은 신경열병에도 걸리지 않았다고 해서 당신이 건강하다고 말할 수는 없으니까요. 손을 좀 봅시다."

쉐르본노씨가 자신의 맥박을 재러 오는 줄 알고, 그가 초시계를 꺼내 보여주기를 기다리면서, 옥타브는 긴 옷의 소매를 걷어 올리고 손목을 드러내 의사에게 기계적으로 내밀었다. 쉐르본노씨는 이 사람의 생명의 시계가 고장이 났는지 어떤지 알려주는 빠르거나 느린 맥박을 찾지 않고, 뼈마디 굵은 손가락이 게의 집게발과 흡사한 누런 손으로 젊은 사람의 가늘고 핏줄 드러난 축축한 손을 잡았다. 그는 일견 자신의 대상과 자기적(磁氣的) 교감이라도 하듯이 손을 만지작거리고, 문지르고, 주물렀다. 옥타브는 의술에 회의적이었지만, 의사가 그렇게 눌러서 자신의 영혼을 걸러내는 것 같았고, 두 광대뼈가 완전히 하얗게 되었기 때문에 어떤 불안한 감동을 겪지 않을 수 없었다.

"친애하는 옥타브 씨."

의사가 젊은 사람의 손을 놓아주면서 말을 이었다.

"당신의 상태는 당신이 생각하는 것보다 훨씬 심각한데요, 적어도 유럽의 오래된 관행인 과학은 거기에 아무 소용없지요. 당신은 더 이상 살 의지가 없으며, 당신의 영혼은 서서히 당신의 육체에서 떨어지고 있습니다. 당신에게는 심기증(心氣症)도 없으며, 우울증도 없으며, 자살을 시도할 우울적 성향도 없습니다. 단연코! 당신같이 드물고도 신기한 경우는 내가 막지 않고 가만둔다면, 이렇다 할 어떤 내상이나 외상도 없이 죽을 지도 모릅니다. 마침 나를 잘 불렀소, 정신이 겨우

끈 하나로 육체에 매달려 있을 뿐이니까요. 그렇지만 우리 거기를 단단히 묶읍시다."

그리고 의사는 온통 쭈글쭈글한 얼굴에 주름 소용돌이를 형성하는 미소를 지으면서 유쾌하게 손을 비볐다.

"쉐르본노씨, 당신이 나를 고칠지 모르겠으나, 요컨대 나는 전혀 그러고 싶지도 않소. 하지만 당신이 내가 처해있는 신비한 상태의 원인을 단번에 꿰뚫어 보았다는 것을 고백해야겠소. 내 육신은 투과하기 좋게 된 것 같고, 채가 구멍으로 물을 빠져나가게 하듯이 내 자아를 빠져나가게 하는 것 같소. 내가 우주에 녹는 걸 느끼고, 내가 빠져드는 주위로부터 나 자신을 구별하기가 어렵소. 가능한 한 내가 살아온 인생, 부모님과 친구들을 슬프게 하지 않기 위한 습관적인 팬터마임은 나에게서 너무나 멀리 있는 것 같아, 나는 이미 인간세계로부터 이탈했다고 믿는 순간들이 있어요. 내가 하는 것에 관여하지 않고, 옛날에 나를 결정했으며, 그 기계적인 충동이 여전히 지속되고 있는 동기로 인해서 나는 오락가락 하오. 비록 내가 양념이 듬뿍 가미된 요리와 가장 독한 포도주에 어떤 맛도 느끼지 못하지만, 나는 보통 시간에 식탁에 앉고, 나는 먹고 마시는 것 같소. 나에게 햇빛은 달빛처럼 창백한 것 같고, 촛불은 검은 불꽃을 달고 있소. 가장 더운 여름날 나는 춥소. 마치 나의 심장이 더 이상 뛰지 않고 내면의 톱니바퀴가 원인불명으로 멈춰버리기나 한 것처럼, 가끔 나의 내부에 거대한 적막이 퍼집니다. 죽은 자들이 자신의 죽음을 평가할 수 있다면, 그것은 이 상태와 다르지 않을 겁니다.

의사가 말을 이었다.

"당신은 만성적으로 살아가기가 불가능한 처지에 있는데, 전적으로 정신적이며, 사람들이 생각하는 것보다는 훨씬 흔한 질병을 앓고 있군요. 피해 흔적이 통념적인 과학이 가진 보잘것없는 분석방법으로는 파악되지 않지만, 생각이란 청산가리처럼, 레이드 병(甁)[7]의 불꽃처럼 사람을 살상할 수 있는 힘이지요. 무슨 슬픔의 매 부리가 당신의 간을 쪼아 먹었는가요? 무슨 비밀스런 야심의 꼭대기에서 부서지고 기진맥진하여 추락했는가요? 꼼짝도 하지 않고 무슨 처절한 절망을 되새기고 있는가요? 당신을 괴롭히는 것이 권력에 대한 갈망입니까? 당신은 인간의 한계밖에 있는 목표를 스스로 포기했는가요? 그러기에는 당신은 너무 젊습니다. 어떤 여인이 당신을 배반했는가요?

옥타브가 대답했다.

"아닙니다, 의사님. 나는 그런 행복조차 없었는걸요."

발타자르 쉐르본노씨가 말을 받았다.

"그런데 하지만, 당신의 흐릿한 눈에서, 당신 육신의 침체된 습관에서, 당신 음성의 둔탁한 떨림에서, 가죽장정의 책표지에 황금빛 문자로 탁본된 것처럼 선명한 셰익스피어의 희곡 제목 하나를 읽고 있소."

옥타브는 본의 아니게 호기심이 발동하여 말했다.

"그렇다면 알지도 못하면서 내가 번역하는 이 희곡은 무엇이요?"

의사는 영국이 지배하는 인도에서 오랫동안 체류한 흔적을 드러내는 순수한 억양으로 계속했다.

"Love's Labour's lost.[8]"

"내말이 틀리지 않다면, 그것은『사랑의 헛수고』라는 말이군요."

"분명코."

옥타브는 대답하지 않았다. 그의 뺨에는 가벼운 홍조가 일었고, 태연한 체 하기위해 자신의 허리끈의 장식방울을 흔들기 시작했다. 의

---

7 1746년 세 명의 네덜란드 과학자들이 우연히 발견한 최초의 전기 콘덴서.

8 (역주) 셰익스피어의 초기 희극 작품.

사는 무덤에 새겨놓은 십자가모양으로 걸쳐진 뼈다귀 효과를 자아내듯, 양다리를 접어서 동양식으로 손으로 발을 잡고 있었다. 그의 푸른 눈은 옥타브의 눈 속으로 파고들어서, 강압적이고도 부드러운 시선으로 심문을 했다.

발타자르 쉐르본노씨가 말했다.

“자, 나에게 당신을 보여주시오. 나는 영혼의 의사요 당신은 내 환자이니, 가톨릭 신부가 자신의 고해자에게 하듯이, 나도 당신에게 남김 없는 고백을 원하니, 당신은 무릎을 꿇지 않고 해도 됩니다.”

“무슨 소용 있겠어요. 당신이 정확하게 예견했다 치더라도, 당신에게 나의 고통을 이야기한다고 해서 그것이 진정되지는 않을 것 같소. 나는 수다스런 비애를 가지고 있지는 않소. 어떤 인간의 능력도, 당신의 능력조차도 나를 고치지 못할 것이요.”

“아마도.”

긴 비밀스런 고백을 들을 준비가 된 사람처럼 안락의자에 확실하게 자리를 잡으며 의사가 대답했다.

옥타브가 말을 이었다.

“당신이 나를 유치하게 고집 부린다고 비난하는 걸 원치 않으며, 나의 무언증(無言症)으로 내 죽음에 대해 당신의 책임을 덜게 하고 싶지도 않소. 그러나 당신이 여기 지키고 있으니, 당신에게 내 사연을 말하겠소. 당신은 그 원인은 맞추었고, 나는 그 상세한 내용에 대해서는 왈가왈부하지 않겠소. 기이하다거나 혹은 소설적인 것은 전혀 기대하시지 마시오. 그것은 아주 단순하고, 아주 평범하고, 아주 낡은 연애 사건이지요. 그러나 하인리히 하이네의 노래가 그렇듯이, 그런 것이 일어나는 사람에게 그것은 항상 새롭고요, 그것으로 가슴이 미어터지지요. 사실 가장 전설적이고도 환상적인 나라에서 살다온 사람에게 너무나 평범한 그런 것을 말한다는 것이 나로서는 부끄러울 따름입니다.”

의사가 미소를 머금은 채 말했다.

“조금도 두려워하지 마시오. 나에게 유별난 것이라곤 평범한 것 이상은 없지요.”

“아, 의사님, 나는 상사병으로 죽어가오.”

2

“나는 184X년, 피렌체를 구경하기에 가장 아름다운 계절인 여름 막바지에 그곳에 있었지요. 나는 시간도, 돈도, 좋은 추천서도 있었기에, 즐기는 것 이상 더 원하는 것이 없는, 유머감각이 좋은 젊은이였지요. 나는 룽-아르노에 자리를 잡았고, 지붕이 접히는 사륜마차를 빌려서 외국인에게 수많은 매력을 주는 피렌체의 달콤한 생활을 되는대로 즐기고 있었지요. 이탈리아에서는 너무 서두르는 관광객에게는 예술에 대한 구토를 불러일으키므로, 나는 걸작에 대한 소화불량에 걸리기를 원치 않았기 때문에, 아침마다 전적으로 기분에 따라 느긋하게 어떤 교회나 궁전, 혹은 미술관을 찾아다녔지요. 때로는 세례당(洗禮堂)의 청동문을 쳐다보았고, 때로는 로지아 데이 란지[9] 아래 조각된 벤베누토[10]의 페르세우스나 우피치 미술관의 포르나리나의 초상화[11]나, 혹은 피티 궁전에서 카노바[12]의 비너스를 감상했지만, 한꺼번에 하나 이상

---

9 (역주) 피렌체의 시뇨리아 광장에 있는, 1376년부터 1382년에 걸쳐 건축된 건물로 높은 천장의 아케이드로 된 갤러리이다.

10 (역주) 피렌체의 조각가, 금은 세공사 벤베누티 첼리니(1500-1571)를 말함.

11 라파엘로가 그린 이 초상화는 로마의 바르베리니 궁전에 있고, 피렌체의 우피치 미술관이 아니라 피티 궁전에 있는 동일한 여성의 초상화는 ‘라 벨레타’라 불린다.

12 (역주) 안토니오 카노바(1757-1822)는 이탈리아의 조각가.

은 결코 보지 않았지요. 그 다음에 나는 카페 도네에서 점심을 먹었고 아이스크림 커피를 한 잔 마셨고, 나는 시거를 좀 피웠고, 신문을 훑어보았고, 카페 앞에 주차하고 있는 큰 밀짚모자를 쓴 그 예쁜 꽃 파는 아가씨들이 강요하다시피 단춧구멍마다 꽃을 꽂았으므로, 낮잠을 자기 위해 집으로 들어오곤 했지요. 3시에 마차가 나를 태우러 와서 카시네스[13]로 데려갔지요. 카시네스는 피렌체에서 파리의 불로뉴 숲에 해당했는데, 차이점은 거기서는 모두가 서로 알고, 원형교차로가 야외살롱을 이루고 있었는데, 거기 반원으로 멈춰서 줄지어 선 마차들이 안락의자들을 대신하고 있었지요. 방석 위에 반쯤 누운 잘 차려입은 여자들이 애인들과 호기심 많은 자들, 멋쟁이들, 마차발판에 서서 모자를 내리고 있는 외교사절의 보좌관들을 맞이했지요. - 하지만 당신도 이 모든 것을 나만큼 잘 아십니다 - 거기서 저녁파티의 계획이 구상되고, 만날 약속이 정해지고, 승낙을 주고받고, 초대가 받아들여집니다. 그것은 마치 세상의 가장 포근한 하늘 아래 아름다운 나무 그늘에서 3시에서 5시까지 열리는 기쁨(을 매매하는) 거래소 같지요. 좀 좋은 상황을 낚아채기 위해서는 매일 카시네스에 나타나는 것이 의무적이지요. 나는 거기에 빠지지 않으려고 조심했고, 저녁마다 식사 후에 어떤 살롱이나, 여류성악가의 노래를 들을만할 때는 라 페르고라 오페라에 갔지요.

나는 그렇게 내 인생에서 가장 행복한 달들 중 하나를 보냈지요. 그러나 이 행복은 오래갈 것이 못 되었어요. 어느 날 멋진 사륜마차 한 대가 카시네스에 처음 나타났지요. 거의 왕족 같은 문장(紋章)으로 장식하고 번득이는 니스로 아롱거리는, 로렌지의 걸작인 이 비엔나 마

13 (역주) 오늘날 피렌체 서쪽, 아르노 강 북쪽에 있는 카시네 공원을 말하는 것 같다. 벼룩시장으로 유명하다.

차공방의 훌륭한 작품을 더할 나위 없이 아름다운 말 한필이 이끌었는데, 하이드 파크나 센트 제임스에서 빅토리아 여왕의 접견석을 끌었을 것 같고, 하얀 천으로 된 반바지와 초록 모자를 쓴 아주 젊은 마부에 의해 가장 엄격하게 도몽식[14]으로 조종되는 것 같았지요. 마구에 달린 구리(銅), 바퀴 집, 문의 손잡이가 금처럼 반짝거렸고, 햇빛에 반사되어 빛났지요. 모든 시선이 이 눈부신 행렬에 집중되었는데, 그 마차는 컴퍼스로 그려놓은 것 같이 일정한 곡선을 모래밭에 그린 후, 다른 마차들 곁에 정렬하러 가더군요. 당신이 당연히 그렇게 생각했듯이, 빈 마차는 아니었지요. 대신에 재빨리 보면, 앞 방석 위에 뻗은 편상화 끝과 숄의 넓은 주름과 흰 비단 술장식을 단 동그란 양산만을 식별할 수 있었지요. 양산이 접혔고, 어디에도 비교할 수 없이 아름다운 한 여인이 환하게 나타나는 것이 보였지요. 나는 말 위에 있었고, 이 인간걸작의 어떤 부분도 놓치지 않기 위해 제법 가까이 접근할 수 있었지요. 낯선 여인은 은빛 광택이 나는 초록 물빛 원피스를 입었는데, 그녀의 옷차림이 더러는 손가락질 당할만한 안색을 한 모든 여인들을 새카맣게 보이게 했지요. 확신에 찬 금발여인의 불손함. 같은 색깔의 자수로 울퉁불퉁한, 하얀 두꺼운 비단 크레이프가 피디아스의 가운처럼 잔주름으로 부드럽게 구겨진 천으로 그녀를 감싸고 있었지요. 얼굴에는 물망초와 청록색의 좁은 잎을 가진 우아한 수초로 장식한 피렌체의 가장 미세한 밀짚모자를 후광삼아 쓰고 있었지요. 보석이라곤, 터키석으로 수놓아진 황금 도마뱀이 양산의 상아자루를 잡고 있는 팔을 감고 있었을 뿐이었지요.

의사님, 한 연인에 대한 패션일기 같은 이런 묘사를 용서해 주구려,

---

14 (역주) 말이 수레를 끄는 방식 중의 하나.

그녀에 대한 이런 사소한 추억이 아주 중요하니까요. 둥글게 말린 형태가 빛의 파도를 이루는, 곱슬곱슬한 두꺼운 금발머리 다발이 알프스 산의 한 정상에 밤 동안 내린 순백의 눈보다 더 희고 순수한 그녀 이마의 양쪽으로 풍성한 다발로 흘러내렸지요. 중세의 세밀(細密)화가들이 자신들이 그린 천사들의 머리 주위로 광채를 발산시키는 금실처럼 길고 가녀린 눈썹이 어떤 햇빛작용으로 빙하를 투과하는 빛깔과 같은 그녀의 청록색 눈동자를 반쯤 가리고 있었지요. 성스럽게 형상된 그녀의 입은 비너스 소라고둥의 패각을 물들이는 진홍빛 색조를 띠고 있었고, 그녀의 볼은 밤꾀꼬리의 고백이나 나비의 입맞춤에 얼굴을 붉히는 수줍은 흰 장미를 닮았었지요. 색감이 우리의 근육을 붉게 물들이는 저속한 피 때문에 그런 것 같지는 않은, 그윽하고 청순하고 형체 없이 투명한 그 색조를 인간의 어떤 붓놀림도 그려내지 못할 것입니다. 시에라네바다 꼭대기에 여명의 첫 붉은 기운, 몇몇 흰 동백꽃 꽃받침의 반월에 비치는 살색 톤, 장밋빛 가제 보자기 사이로 얼핏 보이는 파로스의 대리석만이 그것에 대한 희미한 생각을 불러일으킬 수 있을 겁니다. 모자 솔기와 숄 윗부분 사이의 목덜미에서 드러나는 것이 희미한 오팔빛 음영에 더해 그 윤곽 주위로 무지갯빛이 아른거리는 흰색으로 반짝였지요. 이 찬란한 머리는 우선 윤곽으로 파악되는 것이 아니라, 그녀의 자태가 돋을새김한 마노(瑪瑙)에 드러나는 고대 인물의 옆모습의 그것처럼 순수하고 미묘하다하더라도, 베네치아 유파의 아름다운 작품처럼 색조로 잘 파악되지요.

줄리엣의 출현에 로잘린드를 잊어버리는 로미오처럼, 이 최상의 아름다움이 나타나자 나는 내 옛 사랑들을 잊어버렸다오. 내 마음 속 책갈피가 다시 백지가 되었지요. 거기 적힌 모든 이름, 모든 추억이 사라졌지요. 나는 내가 어떻게 젊은 사람들이 별로 피하지 않는 이런 평범한 관계 속에서 어떤 매력을 찾을 수 있었는지 이해하지 못했고, 그런 것이 벌받을 만한 불성실인 양 나 스스로를 비난했지요. 나로서는 이 숙명적인 만남으로부터 새 삶이 시작되었어요.

사륜마차가 눈 부시는 광경을 거두어 카시네스를 출발해서, 시내로 가는 길로 접어들었지요. 나는 아주 싹싹한 한 젊은 러시아 사람과 나란히 말을 몰았는데, 그자는 유럽의 온갖 국적의 사람들이 드나드는 모든 살롱에 널리 알려진 온천지를 광적으로 찾아다니는 사람이어서, 상류사회의 개인적인 여행가에 대해 속속들이 알고 있었지요. 나는 그 낯선 여자를 화젯거리로 삼았고, 그 여자는 리투아니아 사람으로 재산이 어마어마한 유명한 가문출신인 프라스코비 라빈스카 백작부인인데, 그 남편은 2년 전부터 코카서스 전쟁에 참여하고 있다는 것을 알았지요.

백작이 없어서 사람들을 소개받는데 아주 제한적인 백작부인 집에 초대받기 위해 내가 어떤 외교작전을 꾸몄는지에 대해서는 당신에게 말할 필요가 없겠지요. 마침내 나는 초대받게 되었어요. 죽은 남편의 재산을 상속받은 공주 두 사람과 늙을 대로 늙은 남작부인 네 사람이 그들의 옛 순결을 걸고 나의 보증을 서 줬지요.

라빈스카 백작부인은 피렌체에서 2킬로미터 떨어진, 전에 살비아티 가문의 소유였던 멋진 빌라를 빌렸었고, 그녀는 며칠 안 걸려서 고대의 대저택에 엄숙미와 점잖은 우아함을 조금도 흩트리지 않고도 온통 현대적인 안락함을 설치할 줄 알았지요. 문장이 걸린 대형 정문은 고딕식 회랑에 보기 좋게 붙어있었지요. 고대식의 안락의자와 가구들은 짙은 나무나 오래된 장식융단처럼 두른 연한 톤의 벽화로 덮인 벽과 조화를 이루고 있었지요. 너무 새로운 어떤 색깔이라던가, 너무 반짝이는 어떤 금붙이라던가, 시선을 성가시게 하는 것이라고는 없었지요.

백작부인은 너무도 자연스럽게 성주인 것 같아, 그 오래된 궁전이 일부러 그녀를 위해 건축된 것 같았지요.

내가 백작부인의 눈부신 아름다움에 반했었다면, 몇 번 방문한 끝에 나는 너무나 귀하고 섬세하고 폭넓은 그녀의 정신에 훨씬 더 매료되었지요. 그녀가 어떤 흥미로운 주제에 관해 얘기할라치면, 그녀의 영혼이 표면으로 노출된다고나 할까, 눈으로 볼 수 있게 되었지요. 그 영혼의 순백색이 흰 대리석처럼 내면적 빛을 발하는 램프로 빛났지요. 그 영혼의 색조에는 단테가 낙원의 화려함을 묘사할 때 말하는 인광의 반짝임이, 광채의 떨림이 있었지요. 태양에 뚜렷이 부각되는 한 명의 천사 같았다고나 할까요. 나는 눈부시고 황홀경에 빠져서 멍하게 있었지요. 그녀의 아름다움을 관조하느라 몸이 망가지고, 각각의 고유어를 이루 말할 수 없는 음악으로 만드는 그녀의 천상의 목소리에 넋 나가서, 나는 대답을 아니 할 수 없을 때는 나의 지적능력을 형편없이 평가하게 될지도 모를 두서없는 말을 머뭇거렸고, 심란한 괴로움이나 지울 수 없는 멍청함을 담고 있는 내 말에 이따금 보일락 말락 한 애정 어린, 아이러니한 미소가 그녀의 매혹적인 입술 위에 장미색 섬광처럼 지나가기도 했지요.

나는 여전히 그녀에게 내 사랑에 대해 아무 말도 하지 못했지요. 그녀 앞에서 나는 아무 생각도, 아무런 힘도, 아무런 용기도 없었지요. 내 심장은 내 가슴에서 튀어나와, 그 심장을 지배하는 절대자의 무릎에 달려가 안기고 싶듯이 팔딱거렸지요. 수도 없이 나 자신을 설명하려고 결심했지만, 극복할 수 없는 소심함이 나를 붙잡았지요. 백작부인의 가장 하찮은 쌀쌀한 표정이나 신중한 표정도 나에게는 단두대에 머리를 내밀고 도끼날의 번득임으로 목이 잘리기를 기다리는 죄수의 공포에 버금가는, 죽을 듯한 불안을 야기했지요. 신경질적인 자가 당착이 내 목을 조르고, 식은땀이 내 몸을 적셨지요. 나는 얼굴이 붉으락푸르락 했으며, 문을 찾는데 애를 먹고, 현관 계단에서 술 취한 사람처럼 비틀거리다 아무 말도 못하고 나오곤 했지요.

나는 밖에 나왔을 때야 정신이 들었으며, 불타는 듯한 열렬한 찬사를 허공에다 날려 보내곤 했지요. 나는 눈앞에 없는 우상을 향해 수없는 선언을 참을 수 없는 달변으로 전달하곤 했지요. 나는 이런 무언의 돈호법(頓呼法)을 구사하는데 위대한 연애시 시인에 뒤지지 않았지요. 동양의 현기증 나는 향기와 마리화나에 환각된 서정성을 가진 솔로몬의 아가(雅歌), 플라톤적인 섬세함과 날아갈 듯한 미묘함을 가진 페트라르카의 소네트, 활기 넘치고 미친 듯한 감수성을 가진 하이네의 간주곡도 나의 생명이 고갈되는, 마르지 않는 이 영혼의 토로와는 견주지 못합니다. 각각의 이런 독백 끝에, 정복당한 백작부인이 하늘에서 내 가슴으로 내려오는 것 같았고, 나는 여러 번 내 팔에 그녀를 가둔다고 느끼며 내 가슴을 팔로 감싸 안았지요.

내가 얼마나 완벽하게 빠졌던지, 나는 몇 시간이고 다음의 두 단어를 사랑의 신도송(信徒頌) 투로 중얼거리며 보내기도 했지요. 프라스코비 라빈스카! 때로는 진주처럼 하나하나 천천히 떼서 부르고, 때로는 자신의 기도에 의해 흥분되는 숭배자의 열에 들뜬 달변으로 말해지는 이 음절에서 이루 형용할 수 없는 매력을 느꼈지요. 그 다음에는 가장 아름다운 고급 메모지에 중세시대 육필원고의 서예방식인 황금빛 부분그림, 푸른 꽃문양, 녹색 잎문양을 도입하여 그 찬양하는 이름을 그렸지요. 나는 백작부인을 방문하고 그 다음 방문 때까지의 긴 시간을 광적인 세밀함과 유치하도록 완벽을 기한 이 작업으로 소모했지요. 나는 독서를 할 수도 없었고, 아무 것에도 몰두 할 수가 없었어요. 나는 프라스코비 외에 아무 것에도 흥미가 없었고, 프랑스에서 온 편지조차 뜯어보지 않았지요. 나는 여러 번 이 상태에서 벗어나려고 애썼지요. 나는 젊은 사람들이 채택한 유혹의 격언들, 파리 카페의 바람둥이들과 승마클럽의 동 주앙들이 사용하는 전략을 떠올려보려고 했었지요. 하지만 실행에 옮기려니 마음이 따라가지 않았고, 스탕달의 줄리앙 소렐[15]처럼 백작부인에게 보내기 위해 베껴 적을, 차츰 진해지는 서신 한 다발이 없다는 것에 애석해했지요. 가장 대담한 내 꿈이 있더라도 프라스코비의 장밋빛 손끝을 겨우 스칠 정도였으므로 나는 아무런 반대급부도 바라지 않고, 조그만 희망조차 없이 온몸을 던져 사랑하는데 만족했지요. 15세기 성모 마리아를 위해 계단층계에 이마를 숙인 젊은 신참 성직자도, 거친 갑옷을 입고 무릎을 꿇은 기사(騎士)도 그 보다 더 굴종하는 숭배를 보내지 않았을 겁니다."

발타자르 쉐르본노씨는 아주 주의 깊게 옥타브 말을 들었는데, 왜냐하면 그로서는 그 젊은 사람의 이야기가 단지 소설적인 이야기가 아니었고, 그는 이야기하는 사람이 잠시 쉬는 동안 스스로에게 말하듯 다음과 같이 혼자 중얼거렸기 때문이었다. "그래 분명 격정적 사랑이라는 진단이야, 찬다나가르에서 한 브라만에게 반한 젊은 천민여자에게서 단 한번 본 희한한 질병이지. 가엾은 처녀, 그녀는 그 병으로 죽었지만 그녀는 야성녀였어. 당신 옥타브 씨, 그대는 문명인이고, 우리는 그대를 고칠 것이네." 중간에 끼어든 말을 끝내자, 그는 드 사빌씨에게 계속하라고 손짓했다. 그리고 메뚜기의 접힌 다리같이 다리를 접어 세우고 턱을 무릎에 받치는 모양으로, 다른 모든 사람들에게는 불가능하지만, 특별히 그에게는 편안해 보이는 자세를 취했다.

옥타브는 계속했다.

---

15 (역주) 스탕달의 소설 『적과 흑』에 나오는 주인공.

"나로서는 내 비밀스런 고행의 시시콜콜한 것으로 당신을 지루하게 해드리고 싶지 않습니다. 나는 결정적인 한 장면과 마주치게 됩니다. 한 날, 백작부인을 보고 싶은 절대적인 욕망을 주체할 수 없어서, 나는 평소에 방문하는 시간보다 먼저 갔지요. 소나기 내리는 무거운 날씨였어요. 나는 살롱에서 라빈스카 부인을 보지 못했지요. 그녀는 정원으로 내려가는 테라스로 향해 열린, 날씬한 기둥으로 받쳐진 주랑(柱廊) 아래에 있었지요. 그녀는 거기에 자신의 피아노와 소파, 등나무 의자를 가져오게 했어요. 피렌체 어디라도 그토록 싱싱하지도, 그토록 향기로운 것이 없는, 화려한 꽃들로 가득한 화분이 기둥 사이를 가득 채웠고, 드물게 아펜니노 산맥에서 불어오는 몇 가닥 미풍에다 그 꽃들의 향기를 배게 했지요. 그녀 앞에 트인 주랑으로 정원의 손질된 주목들과 덤불들이 보였고, 거기 백년 묵은 실편백나무 몇 그루가 길게 뻗어있었고, 반디넬리[16] 혹은 암만나티[17]의 지나치게 기교적인 취향으로 만든 신화적 모티브의 대리석 조각들이 서 있었지요. 그 끝에 피렌체의 실루엣 너머로 산타 마리아 델 피오레 대성당의 돔이 둥그렇게 솟아 있었고, 팔라조 베키오의 네모진 망루가 우뚝 솟아 있었지요.

백작부인은 혼자 등나무 소파에 반쯤 누워 있었어요. 그녀가 그렇게 아름답게 보인 적은 없었지요. 파도의 은빛 포말처럼 위부터 아래까지 보풀거리는 천으로 가장자리를 댄 풍덩한 인도산 모슬린 실내복의 하얀 거품 속에, 열기에 지쳐 늘어진 그녀의 몸이 바다 요정의 몸같이 잠겨있었지요. 샌들을 졸라맨 승리의 여신 주위로 펄럭이는

16 반디넬리(1488-1560)는 메디치가의 신임을 받은 피렌체의 기교주의 조각가이다.

17 암만나티(1511-1592)는 반디넬리의 제자로서 역시 메디치가의 후원 아래 피렌체에서 활동한 조각가이다.

천 조각만큼 가벼운 이 원피스의 가슴부분을 코라산[18]의 상감 처리된 강철 브로치가 꿰어 차고 있었지요. 꽃의 암술처럼 팔의 오금에서부터 벌어진 소매로부터 피렌체의 조각가들이 고대조각의 복제품들을 조각하던 백대리석보다 더 맑은 색조의 팔이 노출되었지요. 허리끈에 묶인, 끝이 늘어뜨려진 넓은 검은 리본이 이 순백색과 너무나 선명하게 대비되었지요. 장례에 어울리는 인상을 주는 이런 대비가 슬픈 분위기를 자아낼 수도 있었으련만, 그런 것은 모슬린천의 주름 끝에 튀어나온, 노란 아라베스크무늬가 박히고 뒤가 트인 작은 푸른 가죽의 시르카시아[19] 실내화 코에 의해 밝아졌어요.

입김에 부풀어 오른 것 같은 백작부인의 부푼 금발머리 자락은 훤칠한 이마를 드러냈고, 투명한 관자노리는 후광 형태를 하고 있었는데, 거기서 빛이 황금불똥 같이 타닥거렸지요.

그녀 곁 의자 위에 원피스와 비슷한 긴 검은 리본으로 장식된 큰 밀짚모자가 바람에 하늘거렸고, 한 번도 낀 적이 없는 스웨덴 장갑 한 짝이 놓여있었지요. 내가 나타나자, 프라스코비는 읽고 있던 책, 미츠키에비치[20]의 시집을 덮었고, 나에게 나직이 호의적인 머릿짓을 했어요. 그녀는 혼자 있었으니, 드물고 좋은 기회였지요. 나는 그녀가 가리키는 의자에 그녀를 마주보고 앉았지요. 지속될수록 참기 어려운 침묵이 몇 분간 우리 둘 사이를 엄습했지요. 나는 나를 위한 그렇고 그런 어떤 이야깃거리도 찾지 못했지요. 머리는 혼란스러웠고, 가슴에서

18 (역주) 코라산, 혹은 쿠라산은 이란의 북동부 아프가니스탄과 투르크메니스탄과의 접경지대로 예로부터 칼과 보석 세공술로 유명했다.

19 (역주) 코카서스 북서지방.

20 (역주) 미츠키에비치(1798-1855)는 폴란드의 낭만주의 시인으로 민족의식을 고취시킨 국민시인의 반열에 올라있다.

부터 눈으로 불꽃물결이 끓어올랐고, 내가 품은 사랑이 나를 향해 외쳤어요, "이 절호의 기회를 놓치지 마라"고.

백작부인이 내가 동요하는 이유를 짐작하고는, 나에게 입을 떼지 못하게 하려고 그랬는지, 몸을 반쯤 일으켜 세우며 그 예쁜 손을 나에게 내밀었을 때, 나는 내가 한 행동을 모르고 있었지요.

"옥타브, 한 마디도 하지 말아요. 당신은 나를 사랑하죠, 그것을 나는 알고, 느끼고, 믿어요. 나는 당신을 조금도 원망하지 않아요, 사랑은 본의 아니게 찾아오는 거니까요. 다른 더 엄격한 여자들은 불쾌감을 드러내겠죠. 나로서는 당신에게 애원하죠, 당신을 사랑할 수 없으니까요, 그리고 당신의 불행이 된다는 것이 나에겐 슬픔이기도 하고요. 당신이 나를 만나서 나는 유감이고요, 피렌체로 오기 위해 베니스를 떠난 나의 변덕을 저주해요. 우선은 나의 한결같은 쌀쌀함이 당신을 지치게 하여, 나에게서 멀어지게 할 거라 기대했지요. 하지만 내가 그 모든 조짐을 당신의 눈에서 발견하는 바대로 진실한 사랑은 전혀 꺾이지 않는군요. 나의 온화함이 당신에게 어떤 환상도, 어떤 꿈도 생겨나게 하지 말기를, 나의 동정을 사기진작으로 삼지말기를. 다이아몬드 방패와 불타는 칼을 든 천사가 종교보다도 더 잘, 의무보다도 더 잘, 미덕보다도 더 잘 모든 유혹으로부터 나를 지키고 있어요. 그리고 이 천사가 바로 나의 사랑이에요. 나는 라빈스키 백작을 정말 좋아해요. 나는 그 결혼에서 열정을 찾게 되어 기쁘다오."

"너무나 솔직하고, 너무나 당당하고, 너무나 고결한 이 고백에 눈물이 쏟아졌고, 나의 내부에서 내 생명의 용수철이 부서지는 것을 감지했지요.

감동을 받은 프라스코비가 일어나더니, 여성 특유의 우아한 동정이 묻어나는 동작으로 자신의 하얀 손수건으로 내 눈을 훔쳐 줬지요."

그녀는 나에게 말했지요.

"자, 울지 마세요. 당신이 그러는 걸 허락하지 않겠어요. 다른 생각을 하도록 해봐요, 내가 영원히 떠나버렸다고, 죽어버렸다고 상상 해봐요. 나를 잊어버리세요. 여행을 떠나세요, 일을 해보세요, 좋은 일을 해보세요, 사람 사는 일에 적극적으로 가담해보세요. 예술이나 사랑... 등을 찾아 위안을 얻어 보세요."

"나는 거부의 몸짓을 했지요."

백작부인이 다시 말했지요.

"계속 나를 보면 덜 고통스러울 것 같아요? 오세요, 언제나 당신을 맞이하겠어요. 하나님이 원수를 용서해야한다고 말씀하시죠. 무엇 때문에 우리를 사랑하는 사람들을 더 나쁘게 대해야 할까요? 그렇지만 눈에 안 띄는 것이 더 분명한 치료인 것 같아요."

웃으려고 애쓰면서 그녀가 덧붙였지요.

"이년 후에 우리는 별 두려움 없이 악수를 할 수 있을 거예요, 당신을 위해서."

"이틀 뒤, 나는 피렌체를 떠났지요. 그러나 공부도, 여행도, 시간도 나의 고통을 완화시켜주지 못했고, 나는 죽어가는 걸 느낍니다. 나를 막지 마세요, 의사님!"

푸른 눈을 이상하게 반짝이면서 의사가 말했다.

"프라스코비 라빈스카 백작부인을 다시 보셨나요?"

옥타브가 대답했다.

"아니요, 그렇지만 그녀는 파리에 있지요.

그러면서 그는 발타자르 쉐르본노씨에게 다음과 같은 글이 박혀있는 카드 한 장을 내보였다.

"프라스코비 라빈스카 백작부인은 매주 목요일 방문객을 맞기 위해 집에 있을 거예요."

❸

그 무렵 샹젤리제에서 오스만터키 대사관에서부터 엘리제-부르봉 궁까지 이르는 가브리엘 가를 걷는 아주 드문 산책객. 그들 가운데, 그 무렵 대로(大路)의 먼지 섞인 회오리바람과 우아한 소란스러움보다 한 쪽엔 나무, 다른 쪽엔 정원이 접해있는 이 길이 주는 조용함과 선선한 고요함을 더 좋아해서, 드문 일이지만, 호사스러움에 행복이 깃든 것 같은 시적이며 신비스러운 은둔처 앞에 부러움과 감탄이 뒤섞인 심정으로 온통 몽상에 잠겨 발길을 멈추는 자는 드물었다.

마치 자기 인생의 꿈이 이 담벼락 뒤에 숨어있기라도 하듯이, 어떤 공원의 창살 앞에서 걸음을 멈추고, 녹음 우거진 나무들 너머로 하얀 빌라를 오랫동안 바라보다가, 무거운 가슴으로 멀어지는 일이 누구에겐들 일어나지 않았던가? 반대로 바깥에서 그렇게 보이듯이, 다른 주민들은 그대에게 형용할 수 없는 슬픔을 불러일으킨다. 그들 빌라의 우중충한 색조의 정면은 권태, 포기, 절망으로 얼어붙고, 그 절망감은 반쯤 벗겨진 나무 꼭대기를 노랗게 물들인다. 조각상들은 이끼로 헐어있고, 꽃들은 시들고, 분수 물은 초록색으로 변해있고, 풀 베는 도구가 있음에도 잡초는 오솔길에 가득하다. 새들은 거기에 있다 한들 울지 않는다.

오솔길보다 더 낮은 쪽에 있는 정원은 넓은 도랑과 떨어져 있었고, 정면이 포부르-생-토노레가로 난 저택들까지 다소 널따란 지대로 연장되어 있었다. 우리가 말하는 정원은 그 형태가 기이하게 들쑥날쑥

한 커다란 돌을 골라 쌓은 벽이 받치고 있고, 비스듬하게 양쪽이 솟아 올라, 몹시 우툴두툴하고 거무칙칙한 규모로 서로서로 촘촘하게 에워싼 신선하고 푸른 풍경을 가두고 있는 매립지의 구덩이에서 끝났다.

이 울퉁불퉁한 돌들 속에 손바닥선인장, 선홍색 옥첩매, 고추나물, 범의귀, 해란초, 돌나무풀, 알프스의 선옹초, 아일랜드 송악 등이 그들의 뿌리를 살찌우기에 충분한 풀밭을 차지하고 있었고, 그들의 다양한 초록색이 육중한 돌 밑동을 구분 짓고 있었다. 어떤 화가라도 자기 그림의 초기 구도에서 저런 기막힌 초벌채색을 하지는 못했을 거다.

이 지상의 낙원을 가두고 있는 측면의 벽들은 쥐방울나무, 푸른 시계꽃, 초롱꽃, 인동덩굴, 대나물, 중국 등나무, 박주가리 등과 같은 덩굴식물의 커튼 속에 가려져있었다. 박주가리의 발과 덩굴손과 줄기는 초록색 철망처럼 서로를 감고 있었는데, 왜냐하면 행복 자체는 스스로 갇히기를 원치 않기 때문이다. 그리고 이런 배치 덕분에, 정원은 문명의 담장으로 좁게 둘러쳐진 화단이라기보다는 숲속에 난 빈터에 가까웠다.

장식돌 무더기 약간 뒤에는 우아한 자태를 가진 몇몇 다발형태의 나무들이 모여 있었는데, 튼튼하게 움트는 그 잎들이 보기 좋은 대비를 이루고 있었다. 두세 그루 낙엽송이 굽어보는 옻나무, 캐나다 측백나무, 버지니아 플라타너스, 푸른 물푸레, 흰 버들, 프로방스 팽나무 등. 그 나무들 너머로 독보리 잔디가 펼쳐져 있었는데, 어느 하나 삐죽하게 튀어 나온 것 없이 여왕의 비로드 코트보다 더 섬세하고 비단 같은 잔디. 영국의 중세 대영지의 층계참 앞에서만 볼 수 있는 이 이상적인 에메랄드 초록색. 시선이 머물기 좋고 발로 밟기가 두려운 식물성 융단, 거기 낮에는 레이스 달린 옷을 입은 공작(公爵)의 어린자녀가 가족 같은 영양과 단 둘이 햇빛에 뒹굴 수 있고, 밤에는 웨스트-엔

드[21]의 어떤 요정의 여왕 티타니아가 귀족명감록(貴族明鑑錄)에 등록된 요정의 왕 오베론[22]의 손을 감고 달빛에 미끄러지듯 나올 수 있지.

소라고둥이나 뾰족한 실렉스가 섬세한 자국을 찍어내는 귀족의 발을 다치게 하지 않을까하는 두려움에, 롤러가 다지고 스프링쿨러의 인공비가 여름의 가장 건조한 날조차 촉촉한 상쾌함을 유지시켜주는 이 푸르고 짧고 빽빽한 보자기 주위로 채로 친 모래 오솔길이 노란 리본처럼 나있었다.

잔디밭 끝에는 이 이야기가 전개되는 시절에, 거대한 제라늄 꽃다발에서 솟아오른 불꽃놀이가 터지고 있었고, 그 만개한 별들이 히드 부식토의 거무스름한 바닥에서 불타올랐다.

저택의 우아한 정면은 원근법으로 마감이 되어있었다. 멋진 대리석 집단의 각 모서리 위에 튀어나온 다락방을 받치고 있는 날씬한 이오니아식 기둥으로 인해, 저택은 변덕스러운 한 백만장자가 그곳에 옮겨놓은 그리스 신전 같은 외관을 하고 있었고, 이 호사함이 너무 사치스러운 인상을 줄 수도 있었을 것을, 시심(詩心)과 예술혼을 일깨워가며 상쇄하도록 했다. 기둥들 사이에서 거의 내려진 상태로 있는 넓은 장미색 발의 가지런한 차양이 창문을 보호하면서도 부각시켰고, 그 창문은 유리문이나 되듯 주랑(柱廊)과 같은 평면에서 열려있었다.

파리의 환상적인 하늘이 이 작은 궁전 뒤에 쪽빛너울을 펼치게 하는 동안, 그 윤곽이 녹음 사이에 너무나 아늑하게 드러나서, 그것이 요정의 여왕이 가끔씩 들리는 임시처소나 바롱[23]의 확대된 그림으로

---

21 (역주) 웨스트-엔드는 런던에서 문화, 행정, 상업 중심지로 상류사회가 정착된 지역으로 오늘날 피커딜리 서커스가 중심부를 이룬다.

22 티타니아와 오베론은 셱스피어의『한여름 밤의 꿈』에 등장하는 요정의 여왕과 왕.

23 앙리 바롱(1816-1885)은 프랑스의 화가이다.

착각할 정도였다.

저택의 양 끝 정원에는 날개형태를 한 온실 두 동이 다가와 있었는데, 황금색 궁륭 사이의 크리스탈 벽채가 햇빛에 반짝거리며, 한 무리의 매우 진귀한 이국 식물들에게 그들 고향의 기후 같은 환영을 심어주고 있었다.

일찍 일어나는 한 시인이 있어, 새벽의 첫 붉은 기운에 가브리엘 가를 지나갔었더라면, 그자는 그 새벽에 끝내 나이팅게일의 마지막 울음소리를 들었을 것이며, 티티새가 그 집의 새처럼 노란 발로 정원 오솔길을 산책하는 것을 보았을 것이다. 그러나 밤에, 오페라극장에서 돌아오는 마차 구르는 소리가 잠든 세상의 침묵 속으로 꺼져간 뒤에, 이 시인은 한 잘 생긴 젊은 사람의 팔에서 흰 그림자를 희미하게 알아보았을 것이고, 죽음에 이르도록 슬픈 영혼을 지닌 채 자신의 고독한 다락방으로 도로 올라갔을 것이다.

독자들도 예상했듯이, 프라스코비 라빈스카 백작부인과 그녀의 남편인 올라프 라빈스키 백작이 얼마 전부터 살고 있는 곳이 바로 거기였다. 백작은 코카서스에서 영광스러운 전쟁을 치른 뒤 돌아왔는데, 그 전쟁에서 신비하면서도 잡히지 않은 이슬람 지도자 샤밀[24]과 육탄전을 벌이지 않았다면, 분명히 극도로 미쳐 날뛰는, 그 유명한 족장의 광신적 저항군들을 상대했을 것이다. 그는 용맹한 사람들이 그렇듯이, 총알을 피해 뛰어들었으며, 무자비한 전사들의 구부러진 다마스쿠스 검이 그를 베려는 찰나 턱 밑에서 두 동강 나곤 했다. 용맹이 가장 든든한 갑옷이다. 라빈스키 백작은 위기 그 자체를 즐기는 슬라브 민족의 이런 엄청난 가치를 소유했고, 그들 민족에게는 옛 스칸디나

24 (역주) 이맘 샤밀(1797-1871)은 코카서스의 다게스탄에서 이슬람을 믿는 무리드 부족을 이끌고 러시아제국에 맞서 용맹하게 전쟁을 벌인 종교지도자 겸 예언자이다.

비아 노래의 이 후렴이 더 잘 어울릴 수 있겠다.

"그들은 살육하고, 죽으면서 웃도다!"

결혼이란 신과 인간에게 허용된 열정일 뿐이라 여기는 이 부부가 어떤 도취상태에 빠져있었는지는 토마스 무어[25]가 『천사들의 사랑』이란 문체로 유일하게 그것을 말할 수 있을 것 같도다! 우리의 펜에서 떨어지는 잉크 한 방울 한 방울이 빛 방울로 변해야 하고, 글자 한자 한자는 한 줌의 향처럼 불꽃과 향수를 뿜어내면서 종이 위에서 발산되어야 하거늘. 백합꽃잎 위에서 굴러서 서로 만나고, 서로 섞이며 서로서로 빨아들여서, 단 하나의 유일무이한 진주밖에 만들지 않는, 하나로 녹은, 이슬 두 방울 같은 이 두 영혼을 어떻게 묘사할 것인가? 이 세상에 행복이란 너무나 귀하므로, 인간은 그것을 묘사할 말을 고안해낼 생각을 못한 반면에, 도덕적이고 육체적인 고통에 관한 어휘들은 모든 언어로 된 사전의 자구(字句)를 수없이 채우고 있다.

올라프와 프라스코비는 아주 어릴 적부터 서로 좋아했다. 그들의 심장은 단 한 사람의 이름으로만 뛸 정도였다. 그들은 거의 요람에서부터 그들이 서로를 소유한다는 것을 알았고, 그들에게 나머지 세상은 존재하지 않았다. 초기에 갈라선 이후로 부질없이 서로 찾아다니던, 플라톤의 자웅동체 조각들이 서로를 되찾아 그들 속에 결합되어 있다고들 그랬다. 그들은 이 이중성을 완벽한 조화인 일체감 속에 형성했고, 그들은 나란히 걸었고, 그보다는 차라리 그들은 단테의 아름다운 표현을 빌리자면, 동일한 욕망이 호소하는 두 마리 비둘기처럼 날아다니므로 똑같이 약동하는 삶을 가로질러 비상하고 있었다.

아무 것도 이들이 누리는 천복(天福)을 훼손하지 않기 위해, 거대한

---

25 (역주) 토마스 무어(1779-1852)는 아일랜드의 시인이자 가수이며 작곡가이다. 『천사들의 사랑』은 그가 1822년에 쓴 장시이다.

재산이 황금으로 만든 대기인양 그들을 보호하고 있었다. 이 눈부신 부부가 나타나자마자, 위로받은 궁핍은 자신의 누더기를 벗어던졌고, 눈물은 말라갔다. 왜냐하면 올라프와 프라스코비는 행복이라는 고귀한 이기심을 가지고 있어서, 그들은 자신들 주위에 고통을 심어줄 줄 몰랐기 때문이다.

너무나도 완전무결하고 너무나도 조화로운 리듬을 가지고, 너무나도 순결한 이상형의 형태를 한 이 젊은 신들, 이 미소 짓는 정령들, 이 천상의 청년들이 다신론과 더불어 사라진 이후, 그래서 고대 그리스는 더 이상 미의 찬가를 파로스의 시구(詩句)[26]로 부르지 않은 이후로, 인간은 추해도 좋다고 허락받은 것을 잔인하게 남용했고, 하나님의 형상으로 만들어졌음에도 불구하고 그 하나님을 아주 형편없게 모방한다. 그러나 라빈스키 백작은 이 허가를 이용하지 않았다. 그의 약간 기다란 타원형의 얼굴, 대담하면서도 섬세하게 형상된 날씬한 그의 코, 양끝이 날카롭게 된 금발 콧수염이 돋보이게 하는 선명하게 드러나는 그의 입술, 작은 보조개가 찍힌 치켜 올려진 그의 턱, 그의 검은 눈, 매력적인 엉뚱함, 우아한 기이함이 그로 하여금 황금 갑옷을 입고, 악마와 싸우는 성(聖) 미카엘 혹은 라파엘, 이 전사의 천사 중 한 모습으로 보이도록 했다. 그의 짙은 눈동자에서 드러나는 남성의 광채와 아시아의 태양이 그의 자태에 입힌 그을린 피부층이 없다면, 그는 너무 아름다웠을 것이다.

백작은 중간키에 섬세하게 보이는 외형에 강철 같은 근육을 감추고 있어서, 날씬하고, 날렵하고, 활기찼다. 그래서 어떤 대사관의 무도

26 (역주) 에게 해의 파로스 섬에서 발견된 대리석에 새겨진 고대 그리스의 연대기를 말한다. 고대왕들이 주최한 축제나 시의 부흥과 시인의 활동상황 등, 주로 문예사적 업적을 기록하였다.

회가 있을 때면, 그는 온통 금으로 치장되고, 다이아몬드로 번쩍이며, 진주로 두른 대귀족의 복장을 걸쳤으므로, 그는 남자들의 질투를 유발하고 여자들의 환심을 사면서 구성원들 가운데 눈부신 외모로 통했는데, 프라스코비는 그가 그런 환심과 질투에 개의치 않도록 하였다. 우리는 백작이 육체적 재능만큼 지적재능의 소유자라는 점을 덧붙이지는 않겠다. 자상한 요정들이 그가 갓 난 애기 때 그에게 부여했으므로, 또 모든 것을 망쳐놓는 고약한 마녀가 그날만은 기분이 좋았으므로.

옥타브 드 사빌은 그런 연적(戀敵) 앞에서 기회가 거의 없었으므로, 그 환상적인 발타자르 쉐르본노 의사가 그의 가슴에 다시 심어주려 했던 희망에도 불구하고, 자신의 긴 의자 방석 위에서 조용히 죽게 내버려 두는 것이 나았을 거라는 것을 당신은 이해하리라. 프라스코비를 잊는 것이 유일한 방법이었을 테지만, 그것은 불가능한 일이었다. 그녀를 다시 본다는 것이 무슨 소용 있겠는가? 옥타브는 젊은 부인의 결심이 그녀의 부드러운 무정함과 동정적인 냉혹함 속에서도 결코 흔들리지 않으리라는 것을 느꼈다. 그는 아물지 않은 자신의 상처가 무고한 자신을 죽인 그녀 앞에서 다시 벌어져서 피가 흐를 것을 두려워했으며, 그는 그녀를 비난하고 싶지 않았다. 그 사랑하는 살뜰한 살인자를!

4

들어서는 아니 되는 사랑고백을 하려는 옥타브의 입을 라빈스카 백작부인이 막았던 날로부터 두 해가 흘렀다. 자신의 꿈 저 높은 곳에서 추락한 옥타브는 암울한 슬픔의 부리가 간을 쪼아 먹도록 내버려 둔 채 멀어져서는, 프라스코비에게 자신의 소식을 전하지 않았었다.

그가 그녀에게 적어 보낼 수 있었을 유일한 단어는 발설이 금지된 바로 그 말이었다. 그러나 옥타브의 침묵에 저어기 놀란 백작부인은 우울하게도 여러 번 이 가련한 찬양자에게 생각이 미쳤다. 그가 그녀를 잊어버렸던가? 애교가 없어 더욱 성스러운 그녀는 그럴 리가 없을 거라면서도 그러길 바랐는데, 정열이라는 꺼지지 않는 불꽃이 옥타브의 눈을 밝히고 있었기 때문에, 백작부인은 그것을 착각할리 없었다. 사랑하는 자와 신들은 시선으로 서로를 알아본다. 이런 생각이 작은 구름처럼 그녀 행복의 투명한 쪽빛 하늘을 꿰뚫고 지나갔고, 하늘에서 지상을 떠올리는 천사들의 가벼운 슬픔을 그녀에게 불러일으켰다. 그녀의 매혹적인 영혼은 자신 때문에 하계(下界)에서 한 불행한 사람을 알아보느라 고통스러웠다. 그러나 그녀를 향해 격정적인 팔을 쳐드는 침울한 목동을 위해, 창공 저 높이 반짝이는 황금별이 무엇을 할 수 있단 말인가? 신화시대에 포이베[27]는 분명히 엔디미온[28]이 자는 동안 하늘에서 은빛줄기를 타고 내려왔다. 그러나 그 여신은 폴란드의 한 백작과는 결혼하지 않았다.

라빈스카 백작부인이 파리에 도착하자마자, 발타자르 쉐르본노 의사가 무료하게 손가락 사이로 돌리고 있는 이 평범한 초대장을 옥타브에게 보냈었는데, 그가 방문하는 것을 보지 못하자, 그녀는 자신을 짝사랑하는 그의 병이 낫기를 바랐음에도 불구하고 자신도 모르게

---

27 (역주) 그리스 신화에서 우라노스와 가이아의 딸인 포이베는 아폴론과 아르테미스의 할머니이다. 시간이 지나면서 그녀는 달의 여신인 아르테미스, 혹은 로마의 디아나와 동일시된다.

28 (역주) 영원한 젊음을 유지하기 위해 영면(永眠)을 택한 엔디미온을 달의 여신 셀레네가 애인으로 만든다. 그녀는 매일 밤 홀로 동굴에서 자고 있는 애인을 찾아와 그를 독차지하여 수십 명의 딸을 낳았다고 한다. 셀레네는 나중에 아르테미스나 포이베와 동일시된다.

기쁜 몸짓을 하며 혼자 말했다. "그는 여전히 나를 좋아하는구나!" 그렇지만 그녀는 히말라야의 마지막 봉우리에 내린 눈처럼 천사같이 순결하고 정결한 여자였다.

그러나 하나님 자신도 자신이 만든 무한(無限) 저 끝에서 그 무한의 무료함을 달래기 위해 할 것이라곤, 광활한 우주 속에 떠도는 한 연약한 천체에서 사라질 가련한 작은 피조물의 심장이 고동치는 소리를 듣는 즐거움밖에 없는 것. 프라스코비는 하나님보다 더 엄격하지는 못했고, 올라프 백작은 영혼이 누리는 이 섬세한 즐거움을 비난할 수는 없었을 것이다.

의사가 옥타브에게 말했다.

"내가 귀담아 들었소만, 당신의 희망이 죄다 공허하다는 것이 당신의 이야기를 통해 입증되고 있소."

"쉐르본노씨, 그대는 꺼져가는 내 생명을 살려내려고 하지 않는 내가 옳았다는 것을 잘 이해하고 있어요."

의사는 계속했다.

"나는 보통 방법으로는 희망이 없다는 것을 말했지요. 그러나 현대과학이 무시하는 신통력이 존재하는데, 그 전통은 무지한 문명이 야만인이라 부르는 그 이상한 나라들에서 보존되고 있었지요. 세상의 초기에 자연의 살아있는 힘과 바로 접하고 살던 사람들은 우리가 잃어버렸다고 믿었기에, 한참 뒤에 민족을 형성한 부족들이 이동하면서 전혀 가져오지 않았던 그런 비밀들을 알고 있었지요. 그 비밀들은 사원의 신비스러운 내부에서 우선 입문자로부터 입문자에게 전해졌고, 이어서 엘로라[29]의 지하내벽을 따라 상형문자판에 새겨진, 보통사람

29 (역주) 인도 데칸고원에 있는 거대한 석굴유적, 힌두교, 불교, 자이나교의 석굴이 있다.

은 이해하지 못하는 신성한 언어로 씌어져 있지요. 갠지스 강이 시작되는 메루산 등성이 위에서, 성지 베나레스의 흰 대리석 계단 아래에서, 스리랑카의 허물어진 탑 구석에서, 당신은 아직도 다음과 같은 기인들을 볼 수 있을 것이오. 세상에 알려지지 않은 원전을 외우고 있는 백 살 되는 몇몇 브라만들. 지극히 숭고한 단음절 '옴'을 외는데 정신을 집중하느라 하늘을 나는 새들이 그들의 머리에다 둥지를 틀어도 모르는 몇몇 요기들. 양 팔뚝에는 자간나타[30]의 쇠갈고리로 만든 상처를 드러낸 채, 잃어버린 비법의 소유자이며 그 비법들을 이용할 마음을 먹으면 기적 같은 결과를 끌어내는 몇몇 수도승들.

우리 시대는 물질적인 이익에 너무나 매몰되어, 인도의 고행자들이 도달한 유심론의 단계를 짐작하지 못하지요. 절대적 단식, 요지부동의 정신집중, 수년 동안 조금도 흐트러지지 않고 계속 유지하는 불가능한 자세 등으로 그들의 몸이 너무나 쇠약해져, 그들의 긴 손톱이 손바닥을 뚫을 정도로 자라게 버려두며, 숨 막히는 태양의 이글거리는 불꽃에 웅크리고 있는 그들을 본다면, 관속에 들어가 원숭이의 자세로 쭈그리고 있는 이집트의 미라라고 부를 테지요. 그들 인간을 둘러싸고 있는 껍데기는 불멸의 나비인 영혼이 의지에 따라 떠날 수도 있고 다시 깃들 수도 있는 번데기에 불과하지요. 그들의 야윈 허물이 햇빛에 놀란 야행성 애벌레처럼 보기에 섬뜩하게도 거기서 무기력하게 있는데 반해, 모든 연줄에서 자유로운 그들의 정신은 환각의 날개로 가늠할 수 없는 고지를 향해 초자연적 세계로 비상하지요. 그들은 기이한 비전과 꿈을 가지고 있지요. 그들은 열락의 경지에서 영원의 대양 위로 사라지는 세월이 만드는 물결을 따라가지요. 그들은 영원을

30 (역주) 인도의 서벵골지역, 특히 오리사 지방 푸리의 자간나타 사원을 중심으로 숭배하는 크리슈나의 아바타.

모든 방향으로 답파하고, 우주창조와 신들의 생성과 그들의 윤회를 참관하지요. 그들의 기억은 지옥 같고 대홍수 같은 천재지변으로 함몰된 과학과, 그리고 인간과 물질 간에 잊어버렸던 관계로부터 회복되지요. 그들은 지구상에서 수천 년 전부터 어떤 민족도 더 이상 구사하지 않은 언어를 읊조리고, 그들은 태초의 말, 고대 암흑기에 찬란하게 빛났던 말을 되살리지요. 사람들은 그들을 미친 사람으로 여기지만, 그들은 거의 신들과 다름없지요!"

발타자르 쉐르본노씨가 이 기이한 서두를 내뱉음으로써 원하고자 하는 의도와는 상관없이 놀라고 의문에 반짝이는 시선을 그에게 고정시킨 옥타브의 주의력을 극도로 자극했다. 그는 인도의 고행자들과 프라스코비 라빈스카 백작부인을 향한 자신의 사랑 간에 어떤 관계가 있을 수 있는 지 짐작하지 못했다.

의사가 옥타브의 생각을 미리 읽고는 그가 품은 의문들을 예견이라도 하듯, 그에게 손짓을 하고는 말했다.

"잠자코 있으시오, 환자양반. 내가 쓸데없는 이야기나 지껄이지 않는다는 것을 그대는 곧 알게 될 거요. 대형 강의실 대리석 단상에서 나는 생명을 살리려고 하는데 반해 죽음만 드러낼 뿐, 내게 반응도 하지 않는 시체들을 메스로 살피는데 지친 나머지, 나는 영혼에 다다라 그 영혼을 놀라게 하는, 말하자면 그것을 분석하고 해부하려는 계획을 품었다오. 불을 훔치기 위해 하늘을 기어오른 프로메테우스의 계획만큼 대담한 계획 말이오. 나는 결과를 버리고 원인에 매진했고, 무(無)가 그것을 입증해줬듯이 유물론적 과학을 뼛속까지 경멸하게 되었지요. 그 과학이라는 것이 막연한 형태에 영향을 끼치고 곧 분해되고 마는 그 분자들의 우연적인 집합에 영향을 끼치는 것이 나에게는 조잡한 경험주의적 기능처럼 보였지요. 나는 정신과 정신의 외피

(外皮)를 묶는 끈을 최면술로 풀어보려 했지요. 나는 얼마 지나지 않아 정말 기적적인 경험에서 메스머와 데롱, 멕스웰, 퓨세귀르, 들뢰즈[31], 그리고 그 밖의 대가들을 추월했지만, 그 경험이 아직 나를 만족시키지는 못했지요. 카탈렙시(강경증), 몽유병, 천리안, 법열(法悅) 등, 나는 대중들에게는 설명할 길 없지만, 나에게는 단순하고도 이해가 쉬운 이 모든 효과들을 마음대로 만들어내었지요. 나는 아주 옛날로 거슬러 올라가서, 카르다노[32]와 성 토마스 아퀴나스의 희열에서부터 델포이 신전의 여사제들의 신경발작까지 섭렵했지요. 나는 고대 그리스 신비교도(神秘敎徒)와 히브리 예언자들의 비법들을 발견했지요. 나는 때로는 몸짓으로, 때로는 시선으로, 때로는 말로써, 때로는 의지나 전혀 모르는 인자들에 의해 유발되는 영혼의 집중이나 팽창에 대해 말하는 것을 항상 경이롭게 인식하면서, 과거로 거슬러 올라가서 트로포니오스[33]와 아스클레피오스[34]의 신비술에 입문했지요. 나는 타냐의 아폴로니오스[35]의 기적을 전부 하나하나 다시 실행했지요. 하지만 나

---

31 프란츠-안토완 메스머(1734-1815)는 동물최면술의 창시자.
샤를 데롱(1750-1786)은 메스머의 제자이자 경쟁자.
윌리엄 멕스웰은 17세기 스코틀랜드의 물리학자로『동물최면 의학론』의 저자.
자크 드 퓨세귀르(1751-1825)는 전 생애를 최면술 이론을 전파하는데 몰두한 사람.
조제프-필립 프랑수와 들뢰즈(1753-1835)는 퓨세귀르의 제자로『동물최면술 비판사』의 저자.

32 (역주) 이탈리아의 수학자, 철학자, 의학자로 3차 방정식을 일반화했음(1501-1576).

33 전설적 건축가로 델포이의 아폴론 신전을 건설했다고 알려져 있다. 자기 형제를 죽였기 때문에, 보이오티아(고대 그리스의 도시국가)에서 갈라진 땅 속에 묻혀버렸다.

34 (역주) 아폴론의 아들로 죽은 사람도 살린다는 고대 그리스의 의술의 신.

35 (역주) 로마시대에는 예수에 버금가는 명성을 떨쳤던 고대 그리스의 철학자이자 신비술사(16-97 혹은 98). 수많은 나라를 여행하고 바빌로니아를 거쳐 인도까지 가서 브라만들과도 교류했다는 신(新)피타고라스주의자이며, 육식을 금하고 금욕생활과 공동체 생활을 할 것을 설파했음.

의 학문적 몽상은 완성되지 않았지요. 영혼이 언제나 나를 빠져나갔지요. 나는 그것을 미리 느꼈고, 그 소리를 들었고, 그 영혼에게 행동을 보였지요. 나는 그의 능력을 마비시키든가 자극했지요. 그러나 그와 나 사이에는 그가 날아오르지 않고는 떨쳐버릴 수 없는 육체라는 장막이 존재했지요. 나는 그물에 새 한 마리를 잡고서 마치 그 날개달린 포로가 하늘로 사라질까봐 두려워 그물을 걷어내지 못하는 새 사육사 같았지요."

"나는 고대 지혜의 나라에서 불가사의한 말을 찾기를 기대하면서 인도로 떠났지요. 나는 산스크리트와 프라크리트[36], 학자들의 방언과 일반 방언들을 배웠지요. 나는 유식한 학승들과 브라만들과 대화를 할 수 있었지요. 나는 호랑이가 발 위에 납작하게 엎드린 채 으르렁거리는 밀림을 통과하기도 했지요. 나는 악어 등으로 뒤덮인 성스런 연못을 따라 걷기도 했지요. 나는 고행자들과 대화하고 있는 유명한 요기들의 움막에 가기 위해, 열대 칡덩굴이 얽혀있어 들어갈 수 없는 숲을 박쥐와 원숭이 떼를 내쫓고, 맹수들이 다니는 길모퉁이에서 코끼리와 마주치기도 하며 지나가기도 하고, 찢어진 검은 입술에 희열이 새어나오는 어렴풋한 주술을 받아 적기 위해, 가젤 가죽을 같이 깔고 며칠씩 고스란히 그의 옆에 앉아 있기도 했지요. 나는 그렇게 전능한 말, 영혼을 부르는 주문, 창조 언어의 구절들을 파악해나갔지요."

"나는 어떤 사람도 보지 못했던 탑 내부의 방에 브라만 승복을 입고 들어갈 수 있어서 상징성을 가진 조각들을 연구하기도 했지요. 나는 우주창조 신비를 많이 읽었고, 사라진 문명에 관한 전설을 많이 읽었지요. 나는 인도의 자연처럼 혼종(混種)에다 풍성한 신들이 그들의

36 (역주) 산스크리트에서 파생된 고대, 중세의 인도 구어.

수많은 손에 가지고 있는 표상들의 의미를 발견했지요. 나는 브라마의 원(圓), 비슈누의 연꽃, 푸른 신 시바의 안경무늬 코브라에 대해 곰곰이 생각했지요. 가네사는 두꺼운 코를 펼치면서 긴 속눈썹이 술처럼 달린 작은 눈을 깜빡이며, 나의 노고에 미소를 머금고 나의 연구를 북돋아주는 것 같았지요. 이 괴물 같은 얼굴들 모두가 바위로 된 그들의 언어로 나에게 말을 걸었지요. '우리는 형체일 뿐이다. 대중을 움직이는 것은 바로 정신이지.'라고."

"티루반나말라이[37] 사원의 한 승려에게 내가 몰두하고 있는 생각에 대해 들려주었는데, 그는 엘레판타 섬의 동굴 중 한 곳에 살고 있는 고행자가 최고의 열반의 경지에 도달한 것 같다고 알려줬지요. 나는 동굴 벽에 기대어 에스파르트 천 한 자락을 감은 채, 턱을 무릎에 괴고 서로 반대편 다리를 잡고, 절대부동의 상태에 빠져있는 그를 발견했지요. 그의 뒤집어진 눈동자 때문에 흰자만이 보였고, 그의 입술은 뿌리가 다 드러난 이를 가두고 있었지요. 처참하게 야위어 가죽 같은 그의 피부가 볼에 달라붙어 있었지요. 뒤로 늘어뜨린 그의 머리칼은 거친 심지가 바위 밑에 붙은 잡초의 가는 섬유처럼 드리워져 있었지요. 그의 수염은 두 가닥으로 갈라져 거의 바닥에 닿아 있었고, 그의 손톱은 독수리 발톱같이 구부려져 있었지요."

"태양이 그를 검게 태워서, 날 때부터 갈색인 인도사람의 피부를 현무암 같은 겉모습으로 만들었지요. 그렇게 앉아있는 그의 모습과 피부색이 머리 형체의 뚜껑이 달린 고대 이집트의 장례용 단지와 흡사했지요. 처음 봤을 때, 나는 그가 죽은 줄 알았지요. 나는 강경증으로 관절이 경직된 줄 알고 그의 팔을 흔들었고, 그의 귀에 대고 힘닿는

---

37 (역주) 첸나이와 퐁디셰리에서 가까운 인도 남동부 타밀나두주의 한 도시로 수많은 사원이 있으며, 라마나 마하르시의 아쉬람이 이곳에 있다.

대로 목소리를 높여 종교의식의 말들을 쏟아내었는데, 그렇게 해서 내가 자신의 제자처럼 보이게 할 요량이었지요. 그는 미동도 하지 않았고, 눈썹 하나 움직이지 않았지요. 무언가 관심을 끌려했지만 실망하여 막 물러나려는데, 지지직하는 이상한 소리를 들었지요. 푸르스름한 불티가 전깃불처럼 빠르게 내 눈 앞을 지나쳐, 고행자의 반쯤 열린 입술 위에서 잠깐 동안 파닥이다 사라졌지요."

"브라마-로궁(이 사람이 성인의 이름이었다)이 혼수상태에서 깨어나는 것 같았지요. 그의 눈동자가 제자리로 돌아왔지요. 그는 인간의 시선으로 나를 쳐다보았고 나의 물음에 답했지요."

"자 이제 네가 바라던 것이 해결되었지. 너는 영혼 하나를 보았다네. 나는 내가 좋을 때 내 육체로부터 영혼을 분리할 수 있게 되었지. 내 영혼은 육체로부터 나왔다가, 수행자들의 눈만이 감지할 수 있는, 빛을 발하는 꿀벌처럼 육체로 다시 들어간다네. 나는 너무나 많이 금식했고, 너무나 많이 기도했고, 너무나 많이 명상에 잠긴데다, 너무나 엄격하게 고행을 한 나머지, 영혼을 붙들어 매는 이승의 인연을 풀어버릴 수 있게 되었으며, 열 개의 다른 존재로 구현되는 신 비슈누가 다양한 형태를 통해서 자신의 아바타(化身)에게 내 영혼을 인도하는 신비스런 주문을 나에게 알려주었다네. 내가 만약 축성(祝聖)된 동작을 행한 뒤, 이 주문을 외운다면, 너의 영혼은 내가 지정하는 사람이나 짐승을 되살리기 위해 날아가게 될 거야. 현재 세상에서 나 혼자만 가지고 있는 이 비밀을 너에게 전수해주겠네. 네가 와서 마음이 참 놓이는구나, 왜냐하면 나는 바다에 섞이는 한 방울 물같이, 창조되지 않고 원래부터 존재하는 자들의 영역에 한 몸이 되려는데 제법 늦었거든."

"그러고 나서 고행자는 죽어가는 자의 마지막 단말마처럼 약한 목소리로 나에게 소곤거렸는데, 욥이 말하던 그 잔잔한 전율[38]이 내 등골을 타고 흐르게 하는 몇몇 발음이 그래도 분명하게 들렸지요."

옥타브가 소리쳤다.

"의사님, 무얼 하시자는 거예요? 저는 무시무시하게 깊은 당신의 생각을 더듬어볼 엄두조차 못하는데요."

발타자르 쉐르본노씨가 조용히 대답했다.

"내가 말하고 싶은 것은 나는 친구 브라마-로굼의 마술주문을 잊지 않았고, 프라스코비 백작부인이 올라프 리빈스키의 육체에 깃든 옥타브 드 사빌의 영혼을 알아본다면 그녀는 정말 예민할 거라는 거지요."

5

의사로서 마술사로서 발타자르 쉐르본노 의사의 명성이 파리에 퍼지기 시작했다. 꾸민 것이든, 아니면 진짜든 그의 이상한 짓거리는 유행의 반열에 올랐다. 그러나 그는 소위 말하는 손님을 만드는데 몰두하기는커녕, 손님들에게 문을 열어주지 않거나 이상한 처방과 불가능한 식이요법을 내려서 그들의 혐오감을 사려고 애썼다. 그는 아주 콧대 높게 일반 폐렴, 흔한 장염, 평범한 장티푸스 등은 동료의사들에게 보내고, 포기한 환자들만 받아들였다. 그는 그런 절체절명의 기회에 정말 상상도 못할 치료를 해냈다. 그는 침대 옆에 서서 물 한잔 떠놓고 마법의 동작을 취하고, 단말마로 뒤틀린 턱을 벌려 이 음료수 몇 방울을 삼키게 하면, 거의 죽은 거나 마찬가지인 뻣뻣하고 차가운 육체들이 생의 유연함과 건강한 혈색을 되찾아 자리에 다시 일어나 앉

38 『구약성서』(4장, 12-14)에서 욥이 말하던 유사한 구절에 대한 암시.

았고, 이미 무덤의 귀신들에게 익숙한 시선을 주위로 두리번거렸다. 그만큼 사람들은 그를 죽은 자들이나 되살아난 자들의 의사라 불렀다. 더욱이 그는 이런 치료를 하는데 늘 동의하지는 않았으며, 위독한 부자 환자들이 주는 거금도 종종 거부했다. 그가 죽음이라는 파멸과 싸우기를 결심하기 위해서는, 외아들의 구원을 울부짖는 어머니의 고통이나 미치도록 사랑하는 정부(情婦)에게 자비를 베풀어주기를 간청하는 애인의 절망에 감동받거나 아니면, 시와 학문과 인류의 진보에 유용한 생명이 위협받고 있다는 판단이 서야 했다. 그렇게 해서 그는 위막성 후두염으로 목이 졸리는 귀여운 아이, 티푸스 말기의 매력적인 처녀, 알코올중독성 정신이상인 시인, 뇌충혈에 걸려서 자신이 발견한 비밀을 삽 들고 땅속에 묻으러가는 발명가 등을 구했다. 그렇지 않으면 그는 자연을 거역해서는 안 된다고, 어떤 죽음은 그럴 이유가 있는데, 그 죽음을 살려내면 우주의 어떤 질서를 문란하게 할 위험이 있다고 말하곤 했다. 여러분은 발타자르 쉐르본노씨가 세상에서 가장 역설적인 의사라는 것과 그가 인도에서 가장 완벽한, 기발한 것을 가져왔다는 것을 잘 알게 되었다. 그러나 최면술사로서 그의 유명세가 여전히 의사로서의 그의 명성을 능가하고 있었다. 그는 소수의 국회의원들 앞에서 시연(試演)을 몇 번 보여주기도 했는데, 그것은 카글리오스트로[39]의 기적을 능가했고, 그들은 가능하거나 혹은 불가능한 것에 대한 개념을 혼란스럽게 하는 그 경이로움에 대해 말하곤 했다.

의사는 르가르가(街)의 오래된 저택 일층에 살았는데, 옛날에 그렇게 만들었듯이, 일렬로 늘어선 거처에 검은 둥치에 가느다란 푸른 잎

---

39 알렉산드로 드 카글리오스트로 백작의 본명은 귀세뻬 발사모(1743-1795)이다. 이탈리아의 모험가이자 의사이며 비교(秘敎)주의 신봉자. 알렉산드르 뒤마가 『한 의사의 수상록, 조제프 발사모』를 쓰면서 그 이름이 유명하게 되었음.

이 달린 큰 나무들이 심어진 정원으로 높다란 창들이 나 있었다. 여름이었지만, 출력 강한 난방장치가 넓은 방에서 황동 망 덥힌 아궁이로 뜨거운 공기소용돌이를 뿜어내고 있었다. 온도는 35도 내지 40도를 유지했는데, 아프리카 중앙의 불루 나일강의 근원에서 돌아온 여행자가 카이로의 추위에 몸을 떨듯이, 인도의 타는 듯한 기후에 익숙한 발타자르 쉐르본노씨는 이 유럽의 창백한 햇빛에 몸을 움츠렸고, 그는 추위에 떨며 시베리아산 푸른 여우털 외투로 몸을 감싼 채, 끓는 물이 가득 채워진 양철통 위에 발을 얹고 사방이 다 막힌 마차로만 외출했다.

이 방들 안에는 환상적인 코끼리와 전설적인 새들 무늬가 장식된 말라바르[40] 천으로 된 낮은 환자용 침상, 스리랑카 원주민들이 원시적으로 소박하게 채색하고 금박 입힌 톱니모양의 선반, 이국적인 꽃들이 가득한 일본 화병들 외에는 다른 가구들은 없었다. 그리고 수감 중인 터그 교도들[41]이 참회를 위해 짠 검고 흰 나뭇가지 문양의 장례용 카펫이 실내 마루 끝에서 끝까지 깔려있었는데, 그 씨실은 이들 교살자들이 목조를 때 사용하는 삼베줄로 만들어진 것 같았다. 대리석 혹은 청동으로 된 힌두 신들 몇몇이 타원으로 길게 패인 눈, 동그란 코걸이를 꿴 코, 미소 짓는 두툼한 입술에, 배꼽까지 내려오는 진주 목걸이, 이상하고 신비스런 부속품들과 함께 모퉁이의 좌대 위에서 가부좌를 틀고 있었다. 벽을 따라 콜카타나 러크나우[42]의 어떤 화가의 작품인 고무수채화법으로 그린 미세화가 길게 걸려 있었는데, 비슈누

---

40 (역주) 인도의 서남단 기독교인들이 사는 지방.

41 인도 전역을 무리지어 돌아다니며 여신 칼리의 노여움을 진정시키기 위해 의식(儀式)적 교살을 저지르는 한 힌두종파의 암살단원. 고티에는 1850년 런던 만국박람회 때 그런 종류의 카펫을 보았다고 『변덕과 지그재그』에서 고백한다.

42 인도 갠지스 강 지류에 위치한 우타르프라데시주의 주도.

가 이미 실현한 아홉 아바타, 즉 물고기, 거북, 돼지, 사람 머리를 한 사자, 난쟁이 브라만, 라마, 천개의 팔을 가진 거인 라바나와 싸우는 영웅, 크리슈나, 몽상가들이 인도의 예수를 본다는 기적의 아이, 위대한 신 마하대비의 숭배자 붓다 등이 그려져 있었다. 그리고 마지막으로 은하수 한가운데서 천개(天蓋)에 구부리고 있는 머리가 다섯 달린 뱀 위에서 잠자고 있는 비슈누를 그려놓았는데, 마지막 분신으로서 날개달린 백말 형태를 취할 시간을 기다리고 있었고, 그 백말이 우주에 다시 뛰어내리게 될 때, 세상에 종말을 몰고 올 것이다.

다른 방보다 훨씬 뜨겁게 데운 맨 안방에 발타자르 쉐르본노씨가 구멍이 뚫린 얇은 나무판 위에 송곳 자국이 난 산스크리트 책에 둘러싸여 있었다. 그 책들은 유럽 서재에서 보는 두툼한 책이라기보다는 차양막과 더 비슷하도록 끈으로 묶어놓은 것들이었다. 가는 금속막대가 꽂혀 있고 무수한 철심이 번쩍거리는 메스머 나무통 옆에서, 황금이파리 가득한 병들과 조종기로 돌아가는 원판들이 달린 전기장치 하나가 방 한가운데서 불안하고 복잡한 그림자를 드리우고 있었다. 쉐르본노씨는 돌팔이 의사와 조금도 다르지 않았고, 연출하려 하지도 않았지만, 예전에 연금술사의 실험실이 조성하였던 그런 인상을 받지 않고는 이 이상한 은신처를 들여다보기 어려웠다.

올라프 라빈스키 백작은 그 의사가 행한 기적에 대해 말하는 걸 들은 적이 있었고, 반신반의한 그의 호기심이 발동되었다. 슬라브 민족은 경이적인 사건에 끌리는 천성적 경향을 가지고 있어서 아무리 진지한 교육을 하더라도 결국 고치지 못하는데다, 이야기를 전하는 사람의 말을 얼마나 믿든 간에 이 진료에 참석한 신뢰할만한 증인들이 그것을 보지 않고는 믿을 수 없는 사실들에 관해 이야기 했다. 그래서 그는 그 마술사를 만나러갔다.

라빈스키 백작이 발타자르 쉐르본노 의사 집에 들어갔을 때, 그는 불꽃물결에 둘러싸이는 것같이 느꼈다. 자신의 모든 피가 머리로 몰렸고, 관자노리 핏줄에서 소리가 났다. 아파트에 엄습한 극도의 열기가 그를 숨 막히게 했다. 향기 나는 기름을 태우는 램프, 향로처럼 거대한 꽃망울을 흔들거리는 큰 자바 꽃이 현기증 나는 향내와 질식시키는 향기로 그를 도취시켰다. 그는 비틀거리며 긴 의자에 웅크리고 있는 쉐르본노씨 쪽으로 몇 발짝 떼었고, 쉐르본노씨는 고행자나 브라만 탁발승이 취하는 기이한 자세를 취하고 있었는데, 그런 구도자들에 대해 솔티코프 왕자[43]는 자신의 인도여행에서 너무나 생생하게 삽화를 곁들여 설명했다. 주름진 옷을 입고 관절의 각을 세우고 있는 그를 보았다면, 거미줄 가운데서 몸을 웅크리고 먹이 앞에 숨죽이고 있는 인간거미처럼 보였을 것이다. 백작이 나타나자, 그의 터키석 색깔의 눈동자가 간염으로 거무죽죽한 안색으로 노래진 눈자위 가운데서 인광빛으로 반짝이다가 엷은 막을 씌우듯이 곧 꺼져갔다. 의사는 올라프의 몸이 불편한 것을 알아차리고 그에게 손을 내밀었고, 이 지옥 같은 열기 속에서 그에게 신선한 낙원을 느끼게 하면서 두세 번에 걸쳐 봄 같은 기운으로 그를 안았다.

"이제 좀 나아지나요? 당신의 폐는 북극의 만년설 위를 굴러다녔으므로 여전히 너무나 차갑게 불어오는 발트 해의 북풍에 익숙하여, 대장간의 풀무처럼 타는 듯한 이 공기에 헐떡거린 것 같소만, 나로서는 태양의 화덕에 새카맣게 타듯이 익고 또 익히고 했으므로, 오싹합니다."

올라프 라빈스키 백작은 손동작으로 그 건물의 높은 온도가 더는

43 (역주) 알렉시스 솔티코프 왕자(1806-1859)는 러시아 페테르부르크에서 태어나 파리에 정착했다. 그의 인도 여행기에는 인도의 풍습과 사람들에 대한 수많은 삽화가 포함되어 있다.

고통스럽지 않다고 확인해주었다.

의사가 호기로운 말투로 말했다.

"아 그래요. 당신은 아마도 내가 주문을 읊조리는 소리를 들었을 텐데, 내 노하우의 샘플을 가지고 싶겠지요. 오! 나는 꼬뮈스나 꽁트 아니면 보스코[44]를 훨씬 능가합니다."

백작이 대답했다.

"내 호기심은 그렇게 천박하지 않으며, 과학원리에 더욱 존경심을 가지지요."

"그 말 뜻대로 말하자면 나는 과학자가 아니지요. 하지만 반대로 과학이 업신여기는 것들을 연구하는 가운데 내 스스로 사용된 적이 없었던 불가사의한 힘의 주인이 되었고, 자연적이기는 하나 경이롭게 보이는 효과를 창출하지요. 그것을 감시한 덕분에, 나는 가끔 영혼을 놀라게 했지요. 그 영혼은 나에게 비밀스런 이야기를 해줘서, 나는 그것을 이용하였으며, 뜻있는 말을 해줘서, 나는 그 말들을 명심했지요. 정신이 전부이고, 물질은 외양으로만 존재하지요. 우주란 아마도 하느님의 꿈에 불과하거나 광활함 속에 발산되는 말씀에 불과한지도. 나는 육체의 껍데기를 내 뜻대로 구겨 넣고, 생명을 멈추게 하거나 재촉하기도 하고, 의미를 뒤바꾸고, 공간을 제거하고, 클로로포름이나 에테르, 혹은 다른 어떤 마취제를 사용하지도 않고 고통을 없애버리지요. 나는 의지로 무장했기 때문에 이 지성적인 전기(電氣)를 살리기도 죽이기도 하지요. 나의 눈에 흐릿하게 보이는 것은 아무 것도 없지요. 나의 시선이 꿰뚫어보지 못하는 것은 아무 것도 없지요. 나는 생

44 꼬뮈스(1820년 사망)는 스스로 프랑스의 첫 물리학자라 일컫던 마술사. 루이 꽁트(1788-1859)는 복심술사이자 마술사로 루이 18세로부터 궁정 물리학자라는 칭호를 하사받음. 바르톨로메오 보스코(1793-1862)는 유명한 카드 마술사.

각이 발산하는 빛을 분명히 구별하며, 화면에 빛의 스펙트럼을 쏘듯이, 나는 그것을 내 속에 있는 프리즘으로 통과시킬 수 있고, 그것을 내 두뇌의 하얀 바탕 위에 비치게 할 수 있지요. 그러나 이 모든 것도 고행의 최고 경지에 도달한 인도의 어떤 요가수행자들이 이룩한 기적에 비하면 별 것 아니지요. 우리 유럽인들은 너무 경박하고, 너무 산만하고, 너무 무의미하고, 영원과 무한 속으로 더 넓은 창을 열기에는 우리의 진흙 감옥에 너무 애착을 가지고 있지요. 하지만 나는 제법 신기한 결과를 얻었고, 그대가 그것을 판단해줄 것이오." 라고, 실내 깊숙한 곳에 만들어진 일종의 내실같은 곳을 가리고 있는 육중한 문고리에 가로막대를 밀어 넣으며 발타자르 쉐르본노 의사가 말했다.

비록 올라프 라빈스키 백작은 용감무쌍함에도 불구하고 청동삼발이 위에서 흔들거리는 밝은 알코올 불 아래 자신을 소름끼치게 하는 무시무시한 광경을 목격했다. 상체를 벗고 시체같이 미동도 하지 않는 젊은 남자의 몸을 검은 대리석 테이블이 받치고 있었다. 성 세바스찬의 상체같이 화살이 박힌 몸통으로부터 피 한 방울이 흘렀다. 그를 화폭에 채색된 순교자의 이미지로 착각할 정도였는데, 다만 그의 벌어진 상처에 선홍색 도장밥을 칠하는 것을 잊어버린 것 같았다.

올라프 혼자 중얼거렸다.

"이 이상한 의사는 어쩌면 시바의 숭배자이리라. 그래서 이 희생자를 자신의 우상에게 제물로 바칠 것이었다면."

"오! 그는 조금도 아프지 않아요. 겁내지 말고 그를 꼬집어봐요, 얼굴 하나 찌푸리지 않을게요." 그러면서 의사는 실꾸리에서 바늘을 빼내듯이 그 사람의 몸에서 화살을 제거했다.

빠르게 손을 놀려 환자를 가둬놓은 자기장을 제거하자, 그가 마치 행복한 꿈에서 깨어나듯, 입가에 기쁨에 들뜬 미소를 지으며 깨어났다. 발타자르 쉐르본노씨가 그에게 돌아가도 좋다는 몸짓을 하자, 그는 내실 벽에 댄 목재 가운데 난 쪽문으로 물러났다.

의사는 주름 가득 미소 같은 것을 지으며 말했다.

"나는 그가 느끼지도 못하게 그의 다리나 팔을 자를 수도 있었을 거요. 내가 그렇게 하지 않은 것은 나는 아직 창조를 하지 못하기 때문이며, 인간은 잘려나간 사지를 복원하기 위해 충분히 강력한 생명력을 가지지 못하기 때문인데, 그 점에 있어서는 도마뱀보다도 열등하지요. 하지만 내가 창조를 못한다고 해도, 대신 젊게는 하지요."

그러면서 그는 검은 대리석 테이블에서 멀지 않은 안락의자에서 최면술에 의해 잠든 나이 든 여자를 덮고 있는 보자기를 걷어냈다. 아름다웠을 그녀의 용모는 생기를 잃고 주름투성이였고, 살이 빠진 그녀의 팔과 어깨, 가슴의 윤곽에서 세월의 흔적이 묻어났다. 의사는 몇 분 동안 그녀에게 자신의 푸른 눈동자를 집요하게 고정시켰다. 망가진 그녀의 윤곽에 탄력이 생겼고, 가슴의 볼륨이 숫처녀의 순수함을 되찾았고, 가는 목덜미에 백옥같이 하얀 살색이 돋아났다. 볼은 온통 싱그러운 복숭아처럼 부드럽게 통통해졌다. 눈은 생기 가득 반짝거리며 열렸다. 늙은이의 마스크는 기적적으로 제거되고, 오래전에 사라진 아리따운 젊은 여자 얼굴이 슬며시 드러났다.

이런 변모에 어안이 벙벙한 백작에게 의사가 말했다.

"청춘의 샘[45]이 그 신기한 샘물을 몰래 쏟아 부은 줄 아시오?"

"나로서는 그렇게 믿소만. 왜냐하면 인간은 아무 것도 발명하지 못하니까요. 또 인간의 꿈은 하나하나 예언이든가 추억이니까요."

"하지만 나의 의지로 다시 빚어진 이 형체는 잠시 잊고요 저 구석에

45 (역주) 청춘을 되살려 준다는 전설의 샘.

서 얌전히 잠들어 있는 저 소녀를 상담해봅시다. 그녀에게 질문을 해보시오, 그녀는 에언가와 무녀들 보다 더 많이 알거요. 당신은 당신의 일곱 보헤미아 성 가운데 한 곳에 그녀를 보낼 수도 있고요, 그녀에게 그곳의 당신 서랍 가운데 가장 비밀스런 것에 담긴 것을 물어볼 수도 있지요. 그녀는 당신에게 그것을 말할 거요. 왜냐하면 그녀의 영혼은 그곳을 갔다 오는데 일초도 걸리지 않을 것이기 때문이오. 요컨대 별로 놀랄 일이 아니지요, 전기가 동일한 시공간에서 30만 킬로미터를 주파하니까요. 전기를 생각에 비하자면, 마차를 기차 일등석에 비하는 것과 다를 바 없지요. 그녀와 관계를 맺기 위해 그녀에게 당신 손을 내미시오. 당신은 질문을 던질 필요조차 없을 거요, 그녀가 당신의 머릿속에서 그것을 읽어낼 거요."

소녀가 망령의 목소리처럼 무기력한 목소리로 백작의 생각 속 질문에 대답했다.

"삼나무 상자에 조그만 발자국이 찍힌, 가는 모래가 뿌려진 흙 한 조각이 있군요."

의사가 몽유병자의 자세에서 조금도 흐트러짐 없이 근성으로 물었다.

"그녀가 바로 맞췄나요?"

백작의 볼은 삽시간에 붉은 색으로 변했다. 사실 그는 아내를 처음 사랑하던 무렵 공원 오솔길에 찍힌 프라스코비의 발자국을 떠서, 심혈을 기울어 작업한 은과 자개로 상감된 상자 속에 유물처럼 보관하고, 그 작디작은 열쇠는 베네치아 금줄에 꿰어 자신의 목에 걸고 다녔다.

품위 있는 발타자르 쉐르본노씨는 백작이 당황해하는 걸 보고는 강요하지 않고, 다이아몬드만큼 맑은 물 잔이 있는 테이블로 그를 데리고 갔다.

"당신은 아마도 메피스토펠레스가 파우스트에게 헬렌의 이미지를 보게 한 마술거울에 대해 말하는 걸 들었을 거요[46]. 내 비단양말 속에 말 다리도, 내 모자에 두 개의 수탉 깃털도 없지만, 내 이 꾸밈없는 기적으로 당신의 호기심을 채워줄 수 있소. 이 물 잔에 몸을 숙이고, 당신이 나타나게 하고 싶은 사람을 집중하여 생각해보시오. 살아있든 죽었든, 멀리 있든 가까이 있든, 그 사람은 세상의 끝에서나 역사 저 밑바닥에서 당신의 부름을 받고 올 것이요."

백작이 물 잔에 몸을 숙이자, 그의 시선 아래 물이 동요되었고, 마치 에센스 한 방울을 떨어뜨린 양, 오팔색깔을 띠었다. 무지개 색깔로 물든 동심원이 이미 허연 구름아래 형태가 잡히는 그림을 감싸며 물 잔 가장자리를 에워쌌다.

안개가 걷혔다. 레이스 달린 가운을 입고, 군청색 눈, 물결치는 금발머리의 소녀가, 상아건반 위에 흰나비처럼 예쁜 손을 놀리며, 모든 화가들을 절망에 빠뜨려 죽게 할 만큼 너무나도 완벽하게 다시 투명해진 물 밑바닥 거울에 또렷이 드러났다. 그녀는 영문도 모른 채, 백작의 열정적인 부름에 복종한 프라스코비 라빈스카였다.

의사는 백작의 손을 잡아서 동물자기통[47]의 쇠막대기 하나에 얹으면서 말했다.

"그러면 이제 더 신기한 것으로 넘어가봅시다."

올라프는 번개 치는 자기장으로 충전된 금속에 닿기도 전에 벼락 맞은 듯 쓰러졌다.

의사는 그의 팔을 잡고 그를 깃털처럼 일으켜서 긴 의자에 앉히고 초인종을 누르자, 문 입구에 나타난 하인에게 말했다.

"옥타브 드 사빌씨를 찾아오게."

---

46 (역주) 괴테의 『파우스트』에 나오는 에피소드.

47 (역주) 동물자기설을 주장한 독일 의사 메스머가 고안한 자기(磁氣)상자.

6

승합마차 구르는 소리가 저택의 조용한 마당에서부터 들렸고, 곧 바로 옥타브가 의사 앞에 나타났다. 쉐르본노씨가 죽은 모습으로 긴 의자에 뻗어있는 올라프 라빈스키 백작을 그에게 보여주자, 그는 어리둥절했다. 그는 우선 살인이라 생각하고 얼마동안 공포로 말문이 막혀왔다. 그러나 더욱 주의 깊게 살펴본 후, 거의 감지하기 힘든 호흡이 잠든 젊은이의 가슴을 오르락내리락하게 하는 것을 알아차렸다.

의사가 말했다.

"여기 당신의 변장이 거의 다 준비되었소. 바뱅 양복점에서 빌린 두 건달린 옷보다 입기가 좀 어렵지요. 하지만 로미오가 베로나의 발코니에 올라가면서 목이 부러질지도 모를 위험을 두려워하지는 않지요. 그는 줄리엣이 밤의 너울을 쓰고 방 저 위에서 그를 기다리고 있는 줄 알지요. 프라스코비 백작부인도 카풀레 가문[48]의 딸만한 가치가 분명히 있지요."

옥타브는 이상한 상황에 혼란스러워 아무 대답도 하지 못했다. 그는 여전히 백작을 쳐다보았고, 뒤로 약간 젖혀진 백작의 머리는 방석을 베고 있었는데, 빳빳한 목덜미에 조각된 대리석 베개를 베고 고딕 사원의 자신들 무덤 위에 누워있는 기사들의 초상화와 비슷했다. 그가 영혼을 탈취할 이 아름답고 고결한 얼굴이 자신도 모르게 회한을 불러일으켰다.

의사는 옥타브의 몽상을 망설임으로 착각하였다. 희미하게 깔보는 듯한 미소가 의사의 입가에 맴돌더니, 그에게 말했다.

48 (역주) 로미오의 연인 줄리엣이 태어난 가문.

“당신의 결심이 서지 않는다면, 나로서는 백작을 깨울 수도 있고, 그는 나의 자기력에 감탄하여 왔던 길을 되돌아가겠지요. 그러나 잘 생각해보오, 이런 기회는 결코 또 다시 잡을 수는 없을 거요. 하지만 내가 당신의 사랑에 거는 흥미가 어떻든 간에, 내가 유럽에서는 한 번도 시도된 적이 없는 하나의 경험을 시도 해보고픈 욕망이 어떻든 간에, 나는 이 영혼의 교환이 가져올 위험을 당신에게 숨겨서는 아니 되오. 당신의 가슴을 쳐보시오, 당신의 마음에 질문해보시오. 이 최상의 카드에 솔직히 당신의 목숨을 걸겠소? 성경에서 말하기를, 사랑은 죽음처럼 강하다오.”[49]

옥타브는 간단하게 대답했다.

“준비 되었어요.”

의사가 원시적인 방법으로 불이라도 피우려는 듯이 검고 마른 손을 놀랠 만큼 빠르게 비비면서 소리쳤다.

“잘 결정했소, 젊은이.”

“거리낌 없는 그 열정이 맘에 듭니다. 세상에서 중요한 것은 두 가지밖에 없지요. 열정과 의지. 만약 그대가 행복하지 않다면, 그것은 분명 나의 실수가 아니지요. 아! 나의 오랜 친구 브라마-로굼, 너는 압사라[50]들의 관능적인 합창에 둘러싸여 인드라의 하늘 저 끝에서 보겠지, 미라가 된 네 껍데기를 벗어던지며 내 귀에 헐떡거리며 외친 그 마력 같은 주문을 내가 잊었는지 어쩐지. 주문, 동작, 나는 그대로 간직하고 있네.

- 이루어져라! 이루어져라! 북쪽 나라의 무식한 마술은 뺀, 맥베스

---

49 『구약성서』 아가 8장 6절에 나오는 구절.

50 (역주) 힌두교와 불교 신화에 나오는, 음악과 춤으로 신들을 즐겁게 해주는 천상의 아름다운 요정들. 인드라의 궁중 노예인 간다르바의 부인들로 선녀라 불리기도 함.

의 마녀들이 한 것처럼[51] 우리는 냄비로 별난 요리를 할 걸세.

- 내 앞에 있는 이 안락의자에 앉으시오. 내 능력에 안심하고 몸을 맡기시오. 잘 했소! 눈에 눈, 손에 손.

- 마법이 이미 작용하는구나. 시공 개념이 사라지고, 자아의식이 소멸되고, 눈이 감기는구나. 근육이 뇌의 명령을 더 이상 받지 않고 풀리는구나. 생각이 진정되고, 영혼을 육체에 옭아매고 있는 미세한 끈들이 모두 풀어지는구나. 황금계란 속에서 만년동안 꿈을 꾸던 브라마는 더 이상 외부물질과 분리되지 않았도다. 그를 활기로 가득 채우게 하자, 그를 빛으로 감싸게 하자."

의사는 끊어졌다 이어지는 문장들을 연신 중얼거리며 마법걸기를 멈추지 않았다. 펼친 그의 손에서 빛줄기가 분출하더니 환자의 이마와 심장을 타격하자, 그 주위로 후광처럼 형광 빛을 발하는, 눈에 보이는 기운 같은 것이 조금씩 형성되었다.

발타자르 쉐르본노씨는 자신이 한 일에 대해 스스로 손뼉을 치면서 말했다.

"아주 잘 됐어."

마치 소멸되기 직전의 인격체가 마지막 심혈을 기울이는 것을 옥타브의 머릿속을 통해 꿰뚫어 보기나 하듯이, 그가 잠깐 쉰 후 외쳤다.

"이 사람이 내가 원하는 대로 되고 있어. 보자, 보자, 거기 아직 뭐가 안 되고 있지?"

"대뇌(大腦) 회전(回轉)에서 쫓겨나, 생명 중추의 최초의 단자(單子)에 모여 웅크리며 내 영향권에서 벗어나려 애쓰는 이 말 안 듣는 관념

---

51 (역주) 셰익스피어의 같은 제목의 비극에 나오는 마녀들을 지칭하고 북쪽 나라는 스코틀랜드를 가리킨다. 맥베스는 이 마녀들의 예언으로 스코틀랜드 왕이 되었다가, 결국에는 또 그 예언대로 죽임을 당한다.

은 뭐지? 내 그놈을 잡아 굴복시킬 방법을 알아."

본의 아닌 이 반항을 다스리기 위해, 의사는 더욱 강력하게 자신의 시선에서 뿜어져 나오는 자기(磁氣) 배터리를 재충전했고, 소뇌(小腦) 기단과, 영혼의 가장 은밀한 성소(聖所)이자 가장 신비스러운 감실인 척수자리 사이에서 반항하는 관념에 도달하였다. 그가 감행한 것은 완벽했다.

그래서 그는 장대한 의식절차로 실행에 옮길 전대미문의 시험을 준비했다. 그는 마법사처럼 아마(亞麻) 옷을 입고, 향수 물에 손을 씻고, 분통을 여러 개 열어서 볼과 이마에 종교적 의식으로 찍어 발랐다. 그는 팔에 브라만들의 노끈을 두르고, 성시(聖詩)의 두세 슬로카[52]를 읽고, 엘레판타 동굴의 수행자가 주문하는 세밀한 의식을 하나도 빠뜨리지 않았다.

그는 이 의식이 끝나자, 열기를 가둔 주둥이를 활짝 열었고, 방은 곧바로 작열하는 공기로 가득 찼는데, 그 열기는 정글의 호랑이들도 기절시킬 법하였고, 물소의 꺼칠꺼칠한 가죽의 등딱지를 갈라 터지게 할 정도였고, 알로에의 널따란 꽃을 요란한 소리를 내며 만개하게 할 정도였다.

의사는 그 결과 화씨 120도[53]를 가리키는 온도계를 쳐다보며 말했다.

"신성한 불의 이 두 불꽃이 곧 구름이 되고, 잠시 동안 이들의 덧없는 거죽을 벗기게 될 텐데, 얼음장 같은 이곳 공기에 창백해지거나 꺼지면 안 되지."

발타자르 쉐르본노 의사는 꼼짝 않고 있는 이 두 육체 사이에 하얀 옷을 걸치고 있어서, 자신들의 신들의 제단에 사람의 시체를 던지는,

52 슬로카(sloca)는 산스크리트 경전에서 16음절로 된 2행의 절을 말한다.

53 (역주) 섭씨 48.88도.

살생을 좋아하는 이들 종교의 제물 바치는 사제 같아보였다. 그는 위칠로포치틀리신(神)[54]의 사제를 떠올렸는데, 멕시코의 이 잔인한 우상에 대해서 하인리히 하이네[55]는 자신의 한 민요시에서 자신의 의도로는 분명 훨씬 평화적으로 노래하였다.

그는 여전히 꼼짝 않고 있는 올라프 라빈스키 백작에게 다가가 지극히 숭고한 음절을 내뱉고 나서 깊이 잠든 옥타브에게 가서 같은 말을 재빨리 반복했다. 평소 쉐르본노씨의 괴상한 얼굴이 그 순간 이상한 위풍을 자아냈다. 그가 발휘하는 능력이 위대한 나머지 엉망으로 생긴 그의 용모에 귀족적인 품위가 서렸고, 그가 성직자다운 엄숙함으로 이 신비스러운 의식을 완수하는 것을 누가 보았더라면, 상대를 뚫어지게 쳐다보는 그에게서 연필로 그린 캐리커처를 불러내는 호프만[56] 류의 의사라고는 눈치 채지 못했을 것이다.

그러니까 정말 이상한 일들이 일어났다. 옥타브 드 사빌과 올라프 라빈스키 백작이 동시에 죽기 직전의 경련처럼 몸부림치는 것 같았고, 그들의 얼굴이 분해되면서 각자 입술에 거품이 조금 생겨났다. 그들의 피부는 죽음으로 인해 허옇게 변했다. 하지만 파르스름하게 떠는, 조그만 빛 두 개가 그들의 머리 위에서 불안하게 반짝거렸다.

공중에 그들이 가야 할 길을 그려주는 듯이 의사의 번개 같은 손놀림에, 형광 빛을 발하는 두 점이 움직이기 시작했고, 그들 뒤로 밝은 꼬리를 남기면서 각자 새로운 거처로 옮겨갔다. 옥타브의 영혼이 라

54 (역주) 멕시코 아스텍 족들이 숭배하던 태양 신, 전쟁의 신.

55 (역주) 독일의 대표적인 시인이자 작가, 기자, 평론가로 죽기 전까지 오랫동안 파리에서 활동했다(1797-1856).

56 (역주) E.T.A. 호프만(1776-1822)은 독일의 환상소설가로 두렵거나 불길한 이야기, 초자연적이고 공상적인 소설로 특히 프랑스, 영국, 미국 등 외국에 많은 영향을 주었고 음악가로서도 활동했다.

빈스키 백작의 육체를 차지하고, 백작의 영혼은 옥타브의 육체를 차지했다. 아바타가 실현된 것이다.

몇 분 동안 영혼이 빠져나갔던 이 인간 진흙에 생명이 막 되돌아왔다는 것을 양 볼의 엷은 홍조가 알려줬고, 그것의 검은 천사는 의사의 힘을 빌리지 않고도 자신의 먹이를 차지할 수 있을 것 같았다. 쉐르본노의 푸른 눈동자가 성공에 들뜬 기쁨으로 불타올랐고, 방안을 성큼성큼 오가면서 중얼거렸다.

"고장 난 인체시계를 근근이 수리해놓고도 그렇게 당당한 의사들, 히포크라테스, 갈릴레오, 파라셀수서[57], 반 헬몬트[58], 부르하버[59], 트롱쉥[60], 하네만[61], 라소리[62] 등, 가장 칭송받는 의사들 누가 이만큼 할 수 있단 말인가! 탑 계단에 웅크리고 있는 가장 하찮은 인도의 고행자도 그대들보다 천배는 더 잘 알도다! 정신을 조종하는데 송장(送葬)이 중요할거냐!"

발타자르 쉐르본노 의사가 작업을 마치면서 기쁨에 들떠 깡충거렸

57 (역주) 파라셀수서(1493-1541)는 스위스의 의학자 겸 화학자이며, 바젤대학에서 잠시 교수활동을 했다. 그는 전통재래 약물과 달리 광물이나 식물을 연금술로 추출하여 치료에 이용할 것을 주장한 근대적 의학자이다. 흔히 그를 연금술사라 부르는데, 화학(연금술)을 의약에 접목시킨 최초의 의학자이기 때문이다. 저서로 『파라그라늄편』(1530), 『대외과학』(1536) 등이 있다.

58 (역주) 반 헬몬트(1577-1644)는 브뤼셀 태생의 플랑드르 의사 겸 화학자이다. 그는 이산화탄소와 소화액을 발견하였으며, 온도계를 발명했다.

59 (역주) 헤르만 부르하버(1668-1738)는 네덜란드의 의학자로 근대적인 임상교수법을 처음 가르쳤다.

60 (역주) 테오도르 트롱쉥(1709-1781)은 스위스의 유명한 의사로 부르하버의 제자이며 천연두 종두법을 주창했다.

61 (역주) 하네만(1755-1843)은 프랑스에 정착한 독일의 의사로 동종요법(호뫼오파티)의 창시자이다.

62 (역주) 지오반니 라소리(1766-1837)는 프랑스에서 활동한 이탈리아의 유명한 의사.

고, 솔로몬 아가(雅歌)에 나오는 산 위의 장면처럼 춤을 추었다. 그는 걸친 브라만 옷 주름에 발이 걸려 얼굴을 바닥에 찍을 뻔 하기도 했는데, 이 작은 사고에 정신을 차려 침착함을 되찾았다.

“이 잠자는 사람들을 깨워야지.”

얼굴에 줄무늬를 그었던 칼라 분 자국을 닦고 브라만 승복을 벗고 난 뒤, 쉐르본노씨가 말했다. 그리고 옥타브의 영혼이 깃든 라빈스키 백작의 육신 앞에 서서, 동작 하나마다 자신이 걷어내는 정기(精氣)로 감긴 손을 흔들면서, 그 육신을 최면상태에서 벗어나게 하기 위해 필요한 주술을 행했다.

몇 분 뒤, 옥타브-라빈스키(이야기에 혼돈을 주지 않기 위해, 이제 우리는 그를 그렇게 부를 것이다)가 치료상태에서 일어나서, 손으로 눈을 비비고, 자아에 관한 의식이 아직 깨어나지 않아 놀란 시선을 자신의 주위로 굴렸다. 그가 대상을 뚜렷이 인식하게 되었을 때, 그가 첫 째로 알아챈 것이 자신을 벗어나 안락의자 위에 있는 자신의 형체였다. 그가 자기 자신을 보았다! 거울에 비치는 자신이 아니라 실제로. 그는 소리를 내질렀다. 그 소리가 자신의 목소리로 울리지 않아서, 자신을 공포 속에 몰아넣었다. 영혼의 교환이 최면에 걸려 자는 동안 일어났기 때문에 그는 기억할 수 없었고, 이상한 불편함이 엄습했다. 새로운 신체조직을 통해 떠오른 그의 생각은 마치 익숙한 연장을 빼앗기고 새 연장을 지급받은 인부와 흡사했다. 고향을 떠난 혼(魂)이 낯선 두개골의 천장에서 불안한 날갯짓으로 파닥거렸고, 이상한 관념의 흔적이 여전히 좀 남아있는 쭈글쭈글한 뇌 속에서 길을 잃었다.

의사가 옥타브-라빈스키라는 놀라운 결과를 앞에 두고 충분히 즐긴 뒤 물었다.

“어이, 그대의 새 거처가 무얼 닮은 거 같소? 그대 영혼이 이 매력적인 기사(騎士), 우두머리, 제후 혹은 대귀족, 그리고 세상에서 가장 아름다운 여인의 남편의 육신에 잘 정착했소? 생 라자르가에 있는 그대의 쓸쓸한 아파트에서 내가 그대를 처음 보았을 때의 계획처럼, 그대는 이제 스스로를 죽어가게 내버려 두고 싶지 않겠지요? 라빈스키 저택 문이 그대 앞에 활짝 열려있고, 그대는 이제 프라스코비에게 사랑에 대해 말하고 싶을 때, 빌라 살비아티에서처럼 그녀가 그대 손에 자기 입술을 대지나 않을까 두려워하지 않아도 되는 지금! 원숭이 얼굴을 하고 있지만, 다른 얼굴로 바꾸고 말고는 오로지 자신의 마음에 달려있는 늙은 발타자르 쉐르본노가 자기 요술주머니에 훌륭한 처방을 아직 많이 가지고 있다는 것을 그대는 잘 알게 되었소."

옥타브-라빈스키가 대답했다.

"의사님, 당신은 신의 능력을 가진 게 아니라면 적어도 악마의 능력을 가졌소."

"오! 오! 거기에는 사악한 것이 하나도 없으니 겁내지 말아요. 그대가 구원받은 것이 파멸로 전락하지는 않을 테니. 내 그대를 붉은 도장으로 계약서를 작성하도록 강요하지도 않을 거요[63]. 방금 행해진 것보다 더 간단한 것은 아무 것도 없소. 빛을 있게 한 태초의 말씀이 영혼 하나쯤은 충분히 옮길 수 있지요. 인간들이 시간과 무한을 통해 하나님의 말씀을 듣고 싶어 한다면, 믿건대 그들은 다른 많은 것들도 해낼 것이오."

"어떤 감사하는 마음으로, 무슨 신앙심으로 이 이루 말할 수 없는 도움을 알아본단 말이요?"

"그대는 나에게 빚진 게 하나도 없소. 그대는 나에게 관심을 보였

63 (역주) 괴테의『파우스트』에서 메피스토펠레스가 파우스트의 소원을 들어주는 대가로 그의 영혼을 가지기로 하는 계약서 작성을 빗대서 하는 비유.

고, 온통 햇빛에 그을고 뭇 행사에 검게 탄 나 같이 빈틈없이 늙은 사람에게 감동이란 귀한 것이지요. 그대는 나에게 사랑을 털어놓았고, 아시다시피 얼마간은 연금술사이자 마술사이고 철학자인 우리 같은 부류의 사람들은 모두 얼마간은 절대적인 것을 추구하지요. 그렇지만 자 일어나 보시오, 움직이시고, 걸어보시오, 그대의 새 피부가 거북하지 않는지 보시오."

옥타브-라빈스키는 의사의 말에 따라 방안을 몇 바퀴 돌았다. 그는 이미 덜 거북스러워했다. 다른 영혼이 거주하게 되었음에도 불구하고, 백작의 육체는 이전 습관의 관성을 지니고 있었으므로, 지금의 점유자는 이 육체의 기억에 몸을 맡겼다. 왜냐하면 그로서는 쫓겨난 주인의 행동거지와 풍채, 그리고 몸짓을 익히는 것이 중요했으니까.

발타자르 쉐르본노 의사가 웃으며 말했다.

"비록 조금 전에 내 스스로 그대들 영혼을 이주시켰다 해도, 오늘 밤 동안 비정상적인 것은 아무 것도 일어나지 않은 것 같아서, 여전히 그자의 자아는 저기 그대가 경멸하듯 벗어놓은 번데기 안에서 잠자고 있는데도 내 그대를 진짜 합법적이고 진정한 리투아니아 백작, 올라프 드 라빈스키라 여길 것 같소. 하지만 곧 자정이오. 프라스코비가 잔소리하지 않도록, 자기보다 카드놀이를 더 좋아한다고 그대를 몰아세우지 않도록 귀가하시오. 그대의 신혼생활을 싸움으로 시작해서는 아니 되오, 그것은 나쁜 징조일 테니까. 그동안 나는 아주 조심스럽고 예를 갖추어 그대의 이전 껍데기를 깨우는 일에 몰두할 테니까요."

옥타브-라빈스키는 의사의 정확한 배려에 감사하며 서둘러 나왔다. 층계참 아래 백작의 멋진 적갈색 말들이 재갈을 물고 길에 입김을 내뿜으면서 조급한 듯 울고 있었다. 젊은 사람의 발자국 소리에, 초록색 헝가리 복장을 한 사라진 종족의 근사한 시종이 발판으로 달려와 그것을 소리 나게 젖혔다. 먼저 기계적으로 자신의 보잘 것 없는 마차로 향해 가던 옥타브가 높고 화려한 마차에 올라타서 "저택으로!"라고 말하자, 시종이 마부에게 그대로 외쳤다. 문짝이 닫히자마자, 말들이 몸을 구부리며 내달렸고, 알망조르와 아졸랑[64] 시종가문에 걸맞은 후계자는 큰 키가 믿기지 않을 정도로 민첩하게 굵은 장식끈에 매달렸다.

이런 속도로 질주하는 말이 르가르르가에서 포부르 생-토노레에 이르기란 순식간이었다. 단 몇 분 만에 그 거리를 주파하였고, 마부가 우렁찬 목소리로 외쳤다.

"문 열어!"

근위병이 미는 두 거대한 문짝이 마차에 길을 터 주었고, 마차는 모래 깔린 커다란 안마당을 돌아 흰줄과 분홍색 줄로 된 차양 아래 정확하게 가서 멈추었다.

이런 엄숙한 기회에 그의 영혼이 획득한 재빠른 시선으로 옥타브-라빈스키가 훑어본 안마당은 거대했는데, 대칭을 이루는 건물이 에워싸고 있었고, 옛날 부친토로[65]를 꾸몄던 것과 비슷한 크리스탈 각등 속에 가스가 하얀 혀를 날름거리는 청동 가로등이 밝히고 있어서, 저택이라기보다는 궁전의 풍모를 자아냈다. 베르사유 궁전 테라스에 있을 법한 오렌지 나무 사각화분이 가운데는 모래 카펫이고 그 가장자리를 두르고 있는 아스팔트 끝단에 일정한 간격으로 놓여있었다.

몸이 바뀐 가련한 연인이 문간에 발을 들여놓다가 잠시 멈칫하고 심장이 뛰는 것을 억누르기 위해 어쩔 수 없이 손을 가슴에 얹었다.

---

64 (역주) 알망조르는 몰리에르의 희곡 『잘난 채하는 아가씨들』에 등장하는 시종이고, 아졸랑은 라끌로의 『위험한 관계』에 등장하는 주인공 발몽의 사냥꾼이다. 여기서는 둘 다 유명한 시종의 대명사로 쓰인다.

65 매년 도시와 바다의 결합을 기리는 축제에 베니스의 총독이 타던 배 이름. 반은 사람 반은 황소인 괴물조각으로 유명함.

그가 분명히 올라프 라빈스키 백작의 육체를 가졌다 하나, 그가 가진 것은 그의 외관뿐이었다. 이 머릿속에 들어있던 모든 개념은 첫 번째 주인의 영혼과 함께 사라져버렸다. 이제 자신의 소유여야 할 집이 낯설었으므로, 그는 집의 내부 배치에 대해서도 몰랐다. 그의 앞에 계단이 나타났고, 그는 자신의 실수를 부주의 탓으로 돌릴지도 모르지만 어찌되든 간에 계단을 따라 올라갔다.

윤나게 닦은 돌층계가 하얗게 반짝거리며 금색 구리 막대로 고정된 넓은 양탄자 밴드의 넘쳐나는 붉은 색을 돋보이게 하여, 발아래 푹신한 길을 부각시켰다. 최고로 아름다운 이국의 꽃들로 가득한 화분들이 층계를 올라가며 줄줄이 놓여있었다. 윤곽이 뚜렷하고 구멍이 난 거대한 등불이 장식용 술과 매듭으로 치장된 굵고 붉은 비단 줄에 매달려서, 대리석처럼 희고 반들거리는 회반죽 칠한 벽에 금물결 수를 놓았고, 그 등불은 유명한 카노바[66] 유파의 일원인 저자의 손놀림 끝에 탄생한 연작(連作)인 「프시케를 포옹하는 에로스[67]」에 한줄기 굵다란 빛을 비추고 있었다.

계단의 유일한 층계참에는 고도의 솜씨로 모자이크가 수놓아져 있었고, 복도에는 파리스 보르도네[68], 보니파치오[69], 팔마[70], 베르네제[71]의 그림 네 폭이 비단줄에 매달려 있었는데, 그 장엄한 건축 스타일이 계

66 (역주) 안토니오 카노바(1757-1822)는 이탈리아의 신고전주의 조각가이다. 그가 조각한 에로스와 프시케를 주제로 한 일련의 조각상들은 이후 많은 조각가들에게 같은 주제의 작품들을 탄생시키도록 영감을 불어넣었다.

67 (역주) 카노바의 조각에서 영감을 받은 체사레 라피니(1848-1888?, 1898?)의 조각상.

68 (역주) 파리스 도르도네(1500-1571)는 티치아노로부터 그림을 배운 이탈리아의 화가.

69 (역주) 보니파치오 드 피타티(1487-1553)는 이탈리아의 화가로 팔마의 제자.

70 (역주) 자코포 네그레티 팔마(1480-1528)는 이탈리아의 화가.

71 (역주) 파올로 베르네제(1528-1588)는 이탈리아의 기교주의 화가.

단의 위용과 조화를 이루고 있었다.

이 층계참에 황금 못을 박아 붙인 사지 천을 댄 높다란 문이 열려 있었다. 옥타브-라빈스키가 그 문을 열자, 의관을 다 갖춘 시종들 몇몇이 졸고 있는 거대한 대기실이 나왔고, 그가 다가가자, 그들은 용수철처럼 일어나 동양 노예들의 무표정한 얼굴로 벽을 따라 줄을 섰다. 그는 앞으로 계속 갔다. 대기실 다음에 아무도 없는 흰색과 금색의 살롱이 있었다. 옥타브는 초인종을 당겼다. 침모 한 사람이 나타났다.

"부인이 나를 맞이할 수 있겠소?"

"백작부인께서는 막 옷을 벗고 계십니다만, 곧 나타나실 겁니다."

7

발타자르 쉐르본노 의사가 홀로 올라프 라빈스키 백작의 영혼이 깃든 옥타브 드 사빌의 육체와 남게 되자, 이 꼼짝하지 않고 있는 형체에 정상적인 생명을 돌려줄 임무에 착수했다. 몇 번의 조작 끝에 올라프-드 사빌(분신의 인물을 지칭하기 위해 이 두 이름을 조합하게 됨)은 유령처럼 깊은 잠의 경계로부터 빠져나왔는데, 차라리 안락의자 구석에서 몸이 굳은 채 자신을 옴짝달싹 못하게 칭칭 동여맨 강경증으로부터 풀려났다고 하는 편이 나았다. 그는 의지가 아직 따라주지 않는 반사동작으로, 채 가시지 않은 현기증에 비틀거리며 일어났다. 주위의 사물들이 흔들렸고, 비슈누의 아바타들이 벽을 따라서 법석을 떨고 있었고, 의사 쉐르본노는 팔을 새의 날개처럼 흔들고, 푸른 눈동자를 안경테같이 검게 탄 동그란 주름 속에서 굴리면서 엘레판타의 고행자 모습으로 그에게 나타났다. 그가 최면으로 파멸되기 전에 목격했던 이상한 광경이 그의 이성에 반발하였으므로, 그는 천천히 현실을 되찾을 뿐이었다. 그는 악몽에서 갑자기 깨어난 잠자는 자 같았는데, 여전히 어렴풋이 사람 형체를 하고 가구 위에 흩어져 있는 자기 옷가지를 유령으로 착각하고, 단순히 작은 전등에 반사되어 빛나는 구리로 된 커튼 고리를 외눈거인의 불타는 눈으로 착각했다.

이런 몽환이 조금씩 사라지자, 모든 것이 본래의 상태로 되돌아왔다. 발타자르 쉐르본노씨는 더 이상 인도의 고행자가 아니라, 자신의 환자에게 평소의 사람 좋은 미소를 띠는 한 단순한 의사일 뿐이었다.

약간의 경멸적인 뉘앙스를 알아차릴 수도 있는, 아첨하듯 비굴한 투로 그가 말했다.

"백작님 그대 앞에서 명예롭게도 내가 했던 체험에 만족하십니까? 그대의 저녁시간을 너무 후회하지 않으시기를, 또 최면술에 대해 이야기하는 모든 것이 정통 과학에서 주장하는 것처럼 우화도 마술놀이도 아니라는 점을 인정하고 떠나시기를 감히 바랍니다."

올라프-드 사빌이 수긍한다는 뜻으로 머리를 끄덕이며 대답하고, 문을 지날 때마다 정중히 인사하는 쉐르본노 의사에 이끌려 아파트를 나왔다.

말 한 마리가 끄는 사륜마차가 계단을 스치듯 다가왔고, 라빈스카 백작부인의 남편 영혼이 그것이 자기 하인인지 자기 마차인지 제대로 간파하지도 못한 채, 옥타브 드 사빌의 육체를 끌고 거기에 올라탔다.

마부가 어디로 가실 거냐고 물었다.

"내 집으로."

평소에는 보다 강한 헝가리 억양으로 자기에게 이렇게 여쭙는 시종의 목소리를 알아보지 못한 것에 놀라 어쩔 줄 몰라 하며 올라프-드 사빌이 대답했다. 그가 탄 마차는 짙은 푸른색 다마스쿠스 천이 깔려

있었다. 노란색 수자(繻子) 천으로 마차는 누벼져 있었는데, 백작은 익숙한 사물들이 낯설게 보이지는 않지만 전혀 다른 양상으로 나타나는 꿈속에서나 그런 것처럼, 그것을 받아들이면서도 이 다름에 놀랐다. 그는 또한 스스로 평소보다 더 작다고 느꼈다. 게다가 그는 병원에 예복을 입고 온 것 같았고, 옷을 갈아입은 기억도 없는데, 자신의 옷장에 한 번도 있어 본적이 없었던, 가벼운 천으로 된 짤막한 여름외투를 입고 있는 자신을 보았다. 그의 정신이 알 수 없는 불편함에 시달렸고, 아침에 그토록 예리했던 그의 생각을 힘겹게 추스르고 있었다. 이 이상한 상태를 저녁의 괴상한 광경 탓으로 돌리며 그는 더 이상 신경 쓰지 않았으며, 마차 모서리에 머리를 기대고 떠다니는 몽상에, 깨어있는 것도 자는 것도 아닌 몽롱한 졸음에 몸을 맡겼다.

갑자기 멈춰 서는 말과 "문 열어!" 외치는 마부 소리에 그는 정신을 차렸다. 그는 유리문을 내리고 머리를 밖으로 내밀고, 가로등 불빛에 낯선 길, 자기 것이 아닌 집을 보았다.

그는 외쳤다.

"도대체 나를 어디로 데려온 거야, 이 짐승아! 포부르 생-토노레, 라빈스키 저택에 온 거 맞아?"

"뭐라고요, 주인님. 잘 못 알아들었는데요."

마부가 주인이 정해준 방향으로 말을 이끌면서 투덜거렸다.

변해버린 백작이 길을 가는 동안 여러 번 자문해보았지만, 대답을 찾을 수가 없었다. 자기를 기다리라고 명령을 했는데도, 어떻게 자신의 마차가 자기 없이 떠나버렸는가? 어떻게 자신은 스스로 다른 사람의 마차에 있게 되었는가? 그는 약간 오르는 체온이 명확하게 인지하는 것을 방해한다고 추정했다. 그렇지 않으면 아마도 마술사 의사가 자신의 맹신에 더욱 생생한 인상을 남길 요량으로 자신이 잠든 동안

해시시나 그것도 아니면 전혀 다른 환각제를 좀 들이마시게 했을 거라고 추정했고, 하룻밤 쉬고 나면 환영이 사라지리라 생각했다.

마차가 라빈스키 저택에 도착했다. 문지기가 불려왔지만, 오늘 저녁에 손님 맞을 일이 없으며 주인님은 한 시간도 더 전에 귀가하셨고, 안주인님은 처소로 들어가셨다고 말하며 문을 열기를 거부했다.

"웃기고 있네, 너 술 취했니, 아니면 제정신이 아니니?"

아랍의 이야기에 나오는 떠돌이 기사들이 마법에 걸린 성에 들어오지 못하게 막는 청동 동상 중 하나처럼, 반쯤 열린 대문간에 거대하게 서있는 건장한 사내를 밀어제치며 올라프-드 사빌이 말했다.

"취했거나 제 정신이 아닌 자는 쪼그만 양반 바로 당신이오."

본래 불그스레한 혈색이 화가 나 푸르게 변하며 그가 대꾸했다.

"망할 것! 내가 자제하지 않는다면......"

올라프-드 사빌이 얼굴을 붉혔다.

"입 닥치시오, 아니면 당신을 내 무릎으로 결딴내어 그 쪼가리들을 길바닥에 뿌려버리겠소. 나에게 못되게 굴지 마시오, 쪼그만 양반, 당신은 샴페인 한 두어 병은 더 마신 것 같으니까."

리슐리외 가에 있는 장갑가게에 전시된 거대한 석고 손보다 더 넓고 커다란 손을 펼치면서 거인이 대꾸했다.

화가 치민 올라프-드 사빌이 저택 문을 빠져나가기 위해 아주 과격하게 문지기를 밀쳤다. 아직 잠들지 않은 하인 몇몇이 다투는 소리를 듣고 달려왔다.

"너를 쫓아 내버리겠어, 이 들짐승, 불한당, 악당아! 너에게 오늘 밤 내 저택에서 머무는 것도 허락하지 않겠어. 꺼져, 그렇지 않으면 너를 미친개 잡듯이 잡아버리겠어. 하인의 더러운 피를 흘리게 하지 마."

자신을 공격하는 백작의 두 손을 한 손에 모아, 중세의 사형집행인의 손가락처럼 짧고, 퉁퉁하고 마디가 진 거친 손아귀로 거의 으스러뜨릴 듯이 잡고 있는 거대한 문지기를 향해, 몸을 결박당한 백작이 눈은 붉게 충혈 되고 입에는 거품을 물고 불끈 쥔 주먹을 날려 보냈다.

더는 상대방을 조금도 두려워하지 않았으며, 위협하여 꼼짝 못하게 하기 위해 그를 몇 번 심하게 잡아채면서, 실상 아주 사람 좋은 거인이 말했다.

"자, 흥분하지 마시오. 점잖게 차려입고 스스로 이와 비슷한 상태에 내몰리는 상식 있는 사람은 없을 거니와, 존경 받을 집에 야간 행패나 부릴 훼방꾼으로 나타날 상식 있는 사람은 또 어디 있겠소? 술을 가볍게 여기지 마시오, 그리고 당신을 그토록 취하게 만든 사람이라면 굉장한 사람일게요! 그 때문에 당신을 혼쭐내지 않고 조심스럽게 길 밖으로 몰아내는 것으로, 나는 만족하오. 거기서 당신이 계속 술주정을 한다면, 순찰병들이 그대를 끌고 갈 거요. 유치장 공기를 좀 마시면 정신이 맑아질지도 모르지."

올라프-드 사빌이 하인들을 불러 모으며 외쳤다.

"파렴치 한 놈들, 너희들은 이 천박한 망나니가 너희 주인인 고귀한 라빈스키 백작을 모욕하게 그냥 두고 있겠다!"

이 이름을 들먹이자, 하인들이 이구동성으로 무지막지한 야유를 내뱉었다. 폭발하듯 커다란 웃음소리로 그들의 가슴이 들썩거렸다.

"스스로 라빈스키 백작이라 믿는 이 쪼그만 양반! 하! 하! 히! 히! 생각 한번 그럴싸하네!"

식은땀이 올라프-드 사빌의 관자놀이를 적셨다. 한 예리한 생각이 칼날처럼 그의 뇌리를 스쳐갔고, 그는 뼛속까지 굳어지는 것을 느꼈다.

스마라[72]가 그의 가슴 속에 발을 들여놓았던가, 아니면 그가 실제 삶을 살았단 말인가? 그의 이성이 최면술이라는 끝없는 대양에서 허우적거렸던가, 아니면 악마가 꾸민 흉계의 노리개였던가? 자신 앞에서 그토록 안절부절 못하고 온순하고 굽실거리던 하인들 중 어느 누구도 그를 알아보지 못했다. 자신의 옷과 마차처럼 누가 자신의 육체를 바꿨단 말인가?

하인 무리들 중 가장 당돌한 사람이 말했다.

"당신이 라빈스키 백작이 아닌 것이 분명한 것으로, 저기 보시오. 당신의 트집소리에 이끌려 손수 계단을 내려오시는 분이 바로 그 분이오."

문지기에게 결박당해 있던 사람이 안마당 깊숙이 눈길을 돌려서, 차양 쳐진 현관지붕 아래 서있는 한 젊은 남자를 보았다. 그는 우아하고 날렵한 키에 계란형 얼굴, 검은 눈에 매부리코, 세련된 콧수염을 달고 있어 자기 자신과 다를 바 없거나, 아니면 악마가 남의 눈을 속이려고 닮은꼴로 빚어낸 자신의 유령이었다.

문지기가 결박하고 있던 그의 두 손을 놓아주었다. 다가오는 터키 황제 앞의 궁정사관처럼 하인들이 시선을 낮추고 완전 차렷 자세로 공손하게 벽을 뒤로하고 줄지어 섰다. 그들은 진짜 백작에게 내보이기를 거부했던 존경심을 이 유령에게 표시하고 있었다.

프라스코비의 남편은 슬라브족으로 다른 말이 필요 없이 용맹무쌍하나, 이 쌍둥이가 다가오자 말할 수 없는 공포를 느꼈는데, 그자는 연극 속에 나오는 쌍둥이보다 더 무섭게도 실제 삶에 끼어들어서 자기 쌍둥이가 눈치 채지 못하게 했다.

---

72 사를 노디에의 작품, 『스마라, 혹은 밤의 망령들』을 암시.

집안에서 전해지던 옛 전설이 머리에 떠올랐고, 그의 공포는 더욱 증폭되었다. 라빈스키 가문에서는 한 사람이 죽어야 될 때마다, 그 사람과 완전히 똑같은 유령이 나타남으로써 죽을 사람은 자신의 죽음을 미리 알게 되었다. 북유럽 민족 가운데는, 꿈속에서 조차도 자신의 분신을 보는 것이 언제나 숙명의 전조로 여겨졌고, 코카서스의 용맹한 전사도 자기 자아의 이 외형을 보고는 억누를 수 없는 미신적 공포에 사로잡혔다. 막 쏘려는 대포 아가리에도 자신의 팔을 쑤셔 넣을 용기가 있었던 그지만, 자기 자신 앞에서는 뒷걸음질 쳤다.

백작의 영혼이 발버둥치고, 분개하고, 전율하고 있는 자신의 옛 형체 앞으로 옥타브-라빈스키가 다가가서, 거만하고 싸늘한 예의 투로 그에게 말했다.

“여보시오, 우리 하인들과 체면 구기는 일, 그만하시지요. 당신이 본인과 이야기하고 싶다면, 라빈스키 백작은 정오에서 오후 2시 사이에 친견해줄 수 있어요. 백작부인은 자신에게 소개되기를 원하는 사람들을 매주 목요일마다 받아준답니다.”

위의 문장이 천천히 설교조로 전달되었고, 음절 하나하나에 위엄이 서려있었으므로, 가짜 백작은 느린 걸음으로 물러나왔고, 그의 등 뒤에서 문이 도로 닫혔다.

기절한 올라프-드 사빌이 마차에 실렸다. 그가 정신을 차리고 보니, 한 번도 들어왔다는 기억이 나지 않은 방에 자신의 것과 모양이 다른 침대에 누워 있었다. 자기 옆에 낯선 하인이 서 있었고, 그의 머리를 일으켜 에테르 향수병을 코로 들이키게 했다.

“주인님, 기분이 좀 좋아지십니까?”

장이 자신의 주인이라 간주하는 백작에게 물었다.

“그래, 그것은 일시적인 쇠약증일 뿐이었어.”

올라프-드 사빌이 대답했다.

"물러가도 될까요, 아니면 밤을 지킬까요, 주인님?"

"아닐세, 혼자 있게 해주게. 하지만 물러가기 전에 거울 가까이 큰 촛대에 불을 켜두게."

"주인님께서는 불빛이 눈부셔 주무시는데 방해가 되지 않겠습니까?"

"조금도. 게다가 나는 아직 잠이 오지 않아."

"자지 않고 있겠으니, 주인님께서 필요하실 것이 있으시면, 초인종 소리가 울리자마자 달려오지요."

백작의 창백한 안색과 흐트러진 모습에 내심 불안한 장이 말했다.

장이 촛불을 밝힌 후 물러가자, 백작이 거울로 달려갔다. 그리고 그는 불꽃이 반짝거리며 떨고 있는 깊고도 순수한 크리스털 속에 온순하고도 슬픈 한 젊은이의 얼굴을 보았다. 그는 풍성한 검은 머리숱에 짙푸른 눈동자, 창백한 볼, 부드럽고 갈색의 도톰한 수염, 자신 것이 아닌 머리로 거울 저 안에서 놀란 표정으로 자신을 쳐다보고 있었다. 그는 우선 어떤 악의적인 익살꾼이 가장자리가 구리와 자개로 상감되고 베니스 식으로 비스듬히 자른 거울에 자신의 가면을 끼워 넣은 것이라고 애써 믿으려했다. 그는 그 뒤로 손을 넣어봤다. 그는 거울 뒤 널판자만 느꼈을 뿐, 아무도 없었다.

그가 더듬은 그의 손은 더욱 살이 없었으며 가느다랬고, 핏줄이 튀어나와 있었다. 약지에 문장이 새겨진 굵은 사금석 금반지가 혹처럼 튀어나와 있었다. 붉은 빛과 은색이 횡대로 구성된 문장에 투구로는 남작관(男爵冠)을 하고 있었다. 이 반지는 결코 백작 것이 아니었다. 그는 진주왕관을 쓰고, 부리와 다리에 발톱까지 달린, 날아오르는 검은 독수리문양의 금반지를 끼었으므로. 그는 주머니를 뒤졌고, 거기서 옥타브 드 사빌이라는 이름이 찍힌 명함이 들어있는 지갑을 발견했다.

라빈스키 저택에서 하인들의 웃음소리, 자기 분신의 출현, 거울 속에서 자신이 반사되어 대신 나타난 낯선 생김새 등은 엄격하게는 아픈 뇌가 만들어 낸 환영일 수 있었다. 그러나 이 다른 의복과 그가 손에 낀 반지는 생생한 물적 증거, 도저히 부인할 수 없는 증거였다. 완벽한 변신이 자기도 모르게 자기 내부에서 일어났고, 거의 틀림없이 어떤 마술사 아니면 아마도 어떤 악마가 그에게 자신을 드러낼 줄 모르는 영혼만을 남겨둔 채, 자기 모습과 자신의 귀족신분, 자신의 이름, 자신의 인격 전부를 훔쳐 가버렸었다.

『페테 슐레밀』과 『성 실베스터 밤[73]의 모험』을 지은 환상이야기꾼들이 그의 뇌리에 다시 떠올랐다. 그러나 라모트-푸케와 호프만의 등장인물들은 한 사람은 자신의 그림자만, 다른 사람은 거울에 비치는 모습만을 잃어버렸다[74]. 그리고 모든 사람들이 가지고 있는 자신의 모습의 투영이라는 이 괴상한 것을 강탈당한 것이 불안한 의심을 불러일으킨다 하더라도, 적어도 아무도 그들이 그들 자신이라는 것은 부정하지 않았다.

그로서는 자신의 위치가 그야말로 처참했다. 그는 자신이 갇혀있는 모습을 가지고는 라빈스키 백작이라는 자신의 칭호를 주장할 수가 없었다. 그는 모든 사람들의 눈에 철면피 같은 강탈자로 비치거나, 그렇지 않으면 최소한 미친 사람으로 비칠 터였다. 자신의 아내조차도

73 (역주) 한 해의 마지막 날 밤, 즉 섣달그믐 밤.

74 호프만은 『성 실베스터 밤의 모험』에서 샤미소(1781-1838)의 『페테 슐레밀의 이야기』 속의 등장인물 페테 슐레밀을 등장시킨다. 따라서 고티에는 여기서 『페테 슐레밀의 이야기』의 저자를 샤미소의 친구인 라모트-푸케(1777-1843)로 착각하고 있다.

이 거짓부렁이 외양으로 꾸민 자신을 알아보지 못할 터였다.

자신의 정체를 어떻게 입증할 것인가? 분명 다른 사람들 아무도 모르는 무수히 많은 내밀한 일들과 비밀스런 것들이 있고, 프라스코비에게 상기시킨다면 그것들로 인해 이 변장하고 있는 그에게서 남편의 영혼을 알아볼 지도 몰랐다. 하지만 모든 사람들의 의견에 반하여 부인의 확신을 끌어낸다한들, 그 혼자만의 확신이 무슨 쓸모가 있을 것인가? 그는 분명히 실질적으로, 그리고 확실하게 자신의 자아를 빼앗겨버렸다. 또 다른 근심거리는 이렇다. 그의 변형이 키와 모습의 외형적 바뀜에 국한된 것인가, 아니면 실제로 자신이 다른 사람의 육체에 거처하였는가? 이 경우라면 자신의 것은 어떻게 되었을까? 석회 구덩이에서 소각되어 버렸을까, 아니면 어떤 파렴치한 도둑의 것이 되어버렸는가? 라빈스키 저택에서 본 분신은 유령이나 환영일 수도 있었고, 인도 고행자 모습의 그 의사가 악마 같은 능란한 솜씨로 자신에게서 강탈해간 껍데기에 깃든, 육체를 가진 살아있는 존재일 수도 있었다.

한 쓰라린 생각이 독사의 송곳니같이 자신의 심장을 물어뜯었다.

“그런데 악마의 손이 주물러 내 모습으로 만든 이 가상의 라빈스키 백작. 이제 내 저택에 살면서, 내 하인들이 나를 배척하고 복종하는 이 뱀파이어가 아마도 이 시간에 그 갈라진 악마의 발로 부인 방의 문턱을 넘을지도 모르는데, 그 방은 내가 첫날밤같이 두근거리는 마음을 갖지 않고는 들어간 적이 없었던 방이거늘. 그리고 프라스코비가 그 거짓 번데기, 그 귀신, 그 괴물, 그 소름끼치는 밤과 지옥의 아들을 나로 착각하며 그자에게 부드럽게 미소지우며, 성스러운 홍조 띤 매력적인 얼굴을 악마의 발톱이 찍힌 그 어깨에 기댈지도 모르겠다. 만약 내가 저택으로 달려가서, 집에 불을 지르고 프라스코비에게 다음과 같이 외친다면. “너는 속고 있어, 네가 가슴에 품는 네 사랑하는 사람은 올라프가 아니야! 너는 순진하게도 파렴치한 죄를 짓고 있고, 절망에 빠진 내 영혼은 억겁의 세월이 흐른 뒤 세상이 다시 시작할 때까지도 네가 지은 그 죄를 기억할 테야!"라고."

백작의 머릿속에 뜨거운 기운이 치밀어 올라와서, 그는 무언가 미친 듯한 소리를 내지르고, 주먹을 물어뜯고, 맹수처럼 방안을 돌아다녔다. 그에게 자기 자신으로 남아있게 했던 어렴풋한 의식은 광기로 인해 사라져 버렸다. 그는 옥타브의 화장실로 달려가서, 물을 가득 채운 세면대에 머리를 집어넣었다가 허연 김을 내뿜는 머리를 얼음장 같은 물에서 들어올렸다.

그는 침착함을 되찾았다. 마력과 마술의 시간은 지나갔으며, 죽음만이 육체로부터 영혼을 해방시킬 수 있다고 그는 중얼거렸다. 또 로스차일드은행에서 수억을 신용대출 받고, 최고 가문들의 동맹이고, 인기 많은 한 여인의 사랑받는 남편이고, 최고 등급의 성 앙드레 훈장을 받은 폴란드 백작을 파리 한가운데서 그런 식으로 슬쩍하지는 못한다고 그는 중얼거렸다. 또 이 모든 것은 아마도 앤 래드클리프[75] 소설 속의 허수아비들처럼 아주 자연스럽게 설명될지도 모르는, 발타자르 쉐르본노씨의 아주 고약한 취향에서 나온 장난에 불과했다고 그는 중얼거렸다.

그는 피곤에 지쳐 녹초가 되었으므로, 옥타브의 침대에 쓰러져서 죽음과도 유사한 깊고 탁한 잠에 빠져들었고, 장이 주인이 깬 줄 알고 편지와 신문을 테이블에 갖다 놓으러 올 때까지 계속 자고 있었다.

75 (역주) 영국의 여류 소설가(1764-1823). 대표작으로 고딕소설인 『우돌포의 비밀』이 있다.

8

백작이 눈을 떴고, 탐문하는 시선으로 자신의 주위를 훑었다. 그에게 침실은 아늑하지만 단조로워 보였다. 표범 가죽을 모방한 반점 있는 카펫이 바닥을 덮고 있었다. 장식융단 커튼이 창문에 드리워져 문들을 가리고 있었는데, 장이 그것을 막 반쯤 열어젖혔다. 벽은 천을 흉내 낸 초록 단색의 부드러운 벽지로 되어 있었다. 바르브디엔이 크기를 축소하여 만든, 은으로 된 고대의 잔 두 개를 든 디안 드 가비[76]의 산화은(酸化銀) 동상이 떠받치고 있는 검은 대리석 덩어리 형태의 벽시계가 푸른 기운이 도는 흰 대리석 벽난로를 장식하고 있었다. 전날 밤 백작이 더는 본래의 모습을 가지고 있지 못한 자신을 비춰보았던 베니스의 거울과, 아마 옥타브의 어머니로 보이는, 프랑드랭[77]이 그린 나이 든 여자의 초상화가 조금은 쓸쓸하고도 꾸밈없는 이 방의 유일한 장식이었다. 긴 의자, 벽난로 가까이 놓인 볼테르풍의 안락의자, 서류와 책으로 덮인 서랍 달린 테이블이 편리하게 배치되어 있었지만, 라빈스키 저택의 호화로움이라고는 조금도 연상시키지 않았다.

장이 백작에게 주인의 아침복장인 발까지 덮이는 플란넬 바지와 알제의 소매 없는 긴 옷을 건네면서, 옥타브가 아픈 동안 했던 조심스런 목소리로 말했다.

---

76 바르브디엔(1810-1892)은 유럽의 박물관에 소장된 많은 조각들을 현대건물의 실내에 장식이 가능한 크기로 복제하기 위해 작업동료 아쉴 콜라가 고안한 작업절차를 이용했다. 디안 드 가비는 로마 가까이 가비에서 발견되어 루브르 박물관에 소장되어있는 고대 그리스 조각가 프락시텔레스의 아르테미스 브라우로니아의 모작이다.

77 프랑드랭(1809-1864)은 19세기 중반에 유행을 일으킨 화가로 많은 그림을 남겼으며, 고티에는 그의 작품비평을 종종 했다.

“주인님 일어나시겠습니까?”

백작으로서는 모르는 사람의 옷을 입기가 영 내키지 않았지만, 벌거벗고 있지 않으려면 장이 내민 옷가지를 받아야 했고, 그는 침대 앞 바닥깔개로 사용된 부드럽고 검은 곰가죽에 발을 내려놓았다.

곧 그의 치장이 끝났고, 옷 입는 것을 도와주는 가짜 옥타브 드 사빌의 정체에 대해 조금도 의심을 품지 않은 표정으로 장이 그에게 말했다.

“주인님 몇 시에 아침을 드시겠습니까?”

자신의 인격을 되찾기 위해 하기로 계획한 일에 방해를 받지 않을 요량으로, 백작이 이해할 수 없는 자신의 변형을 겉으로는 인정하기로 결심한 채 대답했다.

“평소 먹는 시간에.”

장이 물러가고, 올라프-드 사빌은 어떤 정보라도 얻기를 기대하며 신문과 함께 가져다 놓은 편지 두 통을 열었다. 첫 번째 편지에는 우정 어린 비난이 들어있었고, 이유 없이 끊어진 동료애에 대한 좋은 관계를 한탄하고 있었다. 그가 모르는 이름이 서명되어 있었다. 두 번째 편지는 옥타브의 공증인의 것이었고, 오래전부터 만기가 된 연금의 사분의 일을 찾으러 오거나, 아니면 적어도 놀고 있는 이 자금의 용처를 지정해달라고 재촉하고 있었다.

백작이 중얼거렸다.

“아 그래, 내 의지와 상관없이 내가 차지하고 있는 껍데기인 옥타브 드 사빌이 실제로 존재하는 모양이네. 이 자는 아힘 폰 아르님이나 클레멘스 브렌타노[78]의 등장인물인 환상적인 존재가 전혀 아니구먼. 이

78 아르님(1781-1831)과 브렌타노(1778-1831)는 독일출신의 작가로 둘이 함께 독일민요를 채집하기도 했다.

자는 아파트, 친구들, 공증인, 급료로 받는 연금 등, 한 신사의 주민등본을 구성하는 모든 것을 소유하고 있구먼. 그러니까 내가 분명 올라프 라빈스키 백작인거 같구먼."

거울에 한번 눈길이 닿자, 그의 이 생각에 아무도 동의하지 않을 거라는 점을 그는 수긍했다. 대낮의 밝은 빛에서나 촛불의 으슴푸레한 빛에서도 비치는 것은 동일했다.

그는 집안 살피기를 계속하는 가운데 테이블의 서랍을 열었다. 그는 그 중 한군데서 부동산 등기 증서와 천 프랑짜리 지폐 두 장과 오십 루이를 발견하고, 자신이 시작할 작업에 필요하므로 거리낌 없이 그것을 자기가 챙겼고, 다른 서랍에서는 비밀열쇠로 잠긴 러시아산 가죽지갑을 발견했다.

장이 들어와 알프레드 욺베르 씨의 방문을 알리자, 그 친구는 하인이 주인의 대답을 전해주러 오기를 기다리지도 않고, 오랜 친구사이에 갖는 친밀감으로 방으로 뛰어들었다.

"옥타브 안녕."

사냥하고도 꾸밈없는 표정의 잘 생긴 젊은 사람이 들어오며 말했다.

"뭐 하고 있나? 어찌 되었나? 죽었나 살았나? 코빼기도 보이지 않아서, 몇 자 적기도 했지만 답장도 하지 않고. 너에게 화를 내야 하겠지만, 나는 애정에 자존심을 섞는 위인은 아니라서 화해하러 왔어. 제기랄! 중학교 친구를 유스트 수도원의 샤를 캥[79] 감방처럼 음산한 이 아파트 구석에서 우울증으로 죽게 놔둘 수는 없지. 너는 네가 아픈데다 지겹다고 상상하는 것이 전부야. 하지만 내가 억지로라도 네가 기

---

79 (역주) 신성로마제국의 황제(1500-1558)로 스페인의 유스트 수도원은 그가 말년에 머물다가 죽은 음산한 거처가 있던 곳을 일컫는다.

분을 풀도록 해야겠기에, 내 권위로 구스타브 랭보가 총각딱지를 떼는 즐거운 점심에 너를 데려갈 거야."

그가 반쯤은 화나고 반쯤은 우스꽝스럽게 이 장광설을 뱉어내며, 잡고 있던 백작의 손에 악수하며 힘차게 흔들었다.

"안 되겠네. 내가 오늘은 평소보다 더 아파. 내 컨디션이 좋지 않아. 네 기분을 상하게 하고 성가시게 하겠지만."

프라스코비의 남편이 자신의 역할을 의식하고서 대답했다.

"사실은 네 안색이 아주 창백하고 피곤해 보여. 이런 좋은 기회에! 나는 사라져야겠네, 삼인분의 생굴과 소테른 포도주 한 병을 마실 참인데 늦었거든. 랭보가 너를 보지 못해 화낼 거야."

알프레드가 문 쪽으로 가면서 말했다.

이 사람의 방문으로 백작의 슬픔은 더해졌다. 장은 그를 자신의 주인으로 여겼고, 알프레드는 그를 자신의 친구로 여겼다. 그에게 마지막 시련이 남아 있었다. 문이 열렸다. 벽에 걸려있는 초상화와 놀랍도록 닮은 한 부인이 백발의 머리와 뒤엉킨 머리띠를 두르고 방으로 들어와 긴 소파에 앉아 백작에게 말했다.

"얘야, 좀 어떠니? 장이 나에게 말하기를, 너는 어제 위중할 정도로 약한 상태로 늦게 들어왔다며. 귀한 내 자식, 몸조심해라. 네가 결코 비밀을 나에게 털어놓고 싶지 않았던 그 까닭 모를 슬픔이 내 고통의 원인임에도 불구하고, 내 너를 얼마나 사랑하는지를 너는 알고 있으니까."

올라프 드 사빌이 대답했다.

"어머니, 걱정하지 마세요. 전혀 심하지 않아요. 오늘 훨씬 좋아졌어요."

누가 긴 시간 아들이 혼자 있는 것을 방해하면 좋아하지 않는 것을 아는지라, 안심이 된 드 사빌 부인이 그를 귀찮게 하지 않기 위해 일어나 방을 나갔다.

늙은 부인이 나갔을 때, 백작이 소리쳤다.

"내가 분명 빼도 박도 못하게 옥타브 드 사빌이 되었구나. 그의 엄마가 나를 알아보고, 자기 아들의 표피 속에 있는 낯선 영혼을 못 알아보는구나. 결국 나는 어쩌면 영원히 이 껍데기 속에 갇히게 되는구나. 한 영혼에게 다른 자의 육체라는 참으로 괴상한 감옥이로고! 그렇지만 올라프 라빈스키 백작이기를 그만두는 것, 자신의 문장과 자신의 부인, 자기 재산을 잃는 것, 그리고 스스로 나약한 부르주아적 존재로 움츠려드는 것을 보는 것은 참기 어렵도다. 오! 내 자아를 옭아매는 이 네소스[80]의 표피에서 탈피하기 위해, 내 그것을 찢어발겨서 그 쪼가리들만을 그 첫 소유자에게 돌려주리라. 만약 내가 저택으로 되돌아간다면! 아니야! 내가 이 환자복을 입고는 더 이상 박력이 없을 것이므로, 쓸데없는 소란을 야기할 테고, 문지기가 나를 문밖으로 내칠 거야. 가만 있자, 궁리를 해보자, 이제 내가 되어버린 옥타브 드 사빌의 삶을 좀 알아야 하겠기에."

그리고서 그는 지갑을 열려고 했다. 우연하게 건드린 스프링이 빠져나오면서 백작은 가죽 주머니에서 먼저 촘촘하고 가는 글씨로 새카맣게 된 여러 장의 서류를 꺼낸 다음, 한 장의 고급 벨렝지를 꺼냈다. 그 벨렝지에는 별로 능란하지는 않지만 사실에 충실한 솜씨로, 마음에 새겨진 기억을 더듬어가며 대가들도 언제나 그려내지는 못할 정도로 유사하게 프라스코비 라빈스카 백작부인의 초상화를 데생해놓았는데, 단박에 알아보지 아니할 수가 없었다.

80 (역주) 그리스 신화에 나오는 반인반마의 켄타우로스 족. 상반신은 인간이고 하반신은 말의 형상을 가졌다.

백작은 이것을 발견하고 어안이 벙벙했다. 놀라움이 가시자, 질투로 몸 둘 바를 몰라 했다. 어떻게 백작부인의 초상화가 모르는 젊은 사람의 비밀 지갑 속에 있으며, 어디에서 그가 그것을 입수했으며, 누가 그렸으며, 누가 주었단 말인가? 그토록 경건하게 사랑한 그 프라스코비가 상스러운 수작에 놀아나 사랑의 낙원에서 내려오기라도 했을까? 그 순간까지 그렇게 순수하다고 믿었던 이 여자의 애인의 육체에 갇힌 남편에게 이 무슨 끔찍한 조롱을 뒤집어씌운 것인가? 그는 남편이 된 뒤로는 호색꾼이 될 걸 그랬다! 냉소적인 변신, 미칠 것 같은 상황의 반전, 그는 스스로 착각하고 있는지도 모르고, 클리탕드르이자 동시에 조르주 당댕[81] 일지도 모르겠다!

이런 생각들이 온통 자신의 머릿속에서 어지럽게 돌아다녔다. 그는 이성이 마비될 지경임을 느끼고, 좀 침착함을 되찾기 위해 최대한의 노력을 기울였다. 점심이 준비되었다고 알리는 장의 말을 듣지도 않고, 신경이 곤두서서 안절부절 못하는 가운데 의심스러운 지갑을 계속해서 조사했다.

메모지들은 여러 시기에 걸쳐 그만 뒀다가 다시 시작한 일종의 심리일기로 되어있었다. 백작의 불안한 호기심이 낚아챈 그 몇몇 단편들은 이렇다.

"결코 그녀는 나를 사랑하지 않을 거야, 결코, 결코! 나는 그녀의 그토록 다정한 눈에서 너무나 잔인한 이 말을 읽었으므로, 단테도 도렌테 도시의 청동문에 "온 희망을 잃어라"라는 글을 새겨 넣었을 정도로 그 일에 나보다는 힘겹지 않았을 것이다. 내가 하나님께 무슨 죄를 지었기에 산채로 지옥에 떨어졌단 말인가? 내일, 모레, 언제나, 변함

81 몰리에르의 희곡『조르주 당댕 혹은 당황한 남편』에 나오는 인물들로 클리탕드르는 조르주 당댕의 아내이자 앙젤리크의 애인이다.

없을 것이다! 별들도 자신들의 궤도를 서로 교차할 수 있고, 회합 중인 별들은 매듭을 형성하는데, 내 운명의 어느 것도 변함이 없을지니. 말 한마디로 그녀는 꿈을 날려버렸다. 몸짓 하나로 그녀는 환상의 날개를 꺾어버렸다. 도저히 불가능한 것들이 기막히게 얽혀서 나는 빠져나갈 구멍이 없구나. 행운의 수레바퀴에서 억 만 번도 더 꺾여버린 숫자들은 빠져나오지 못할 것이므로, 나를 위한 당첨 번호는 없도다!"

"불행하도다, 나는! 낙원의 문이 내 앞에서 잠겨버린 줄, 나는 아네. 나는 열릴 리 없는 그 문에 기댄 채, 망연자실 문지방에 앉아 있네. 내 눈이 솟아나는 샘물이라도 되듯이, 미동도 없이 가만히 눈물이 흐르네. 나는 광활한 사막이나 사람으로 시끌벅적한 바벨탑 속을 머리를 쳐들고 꿋꿋이 헤쳐 나갈 용기가 없네."

"가끔 밤에 잠 못 이룰 때면, 나는 프라스코비를 생각하네. 내가 잠든다면, 나는 그녀의 꿈을 꾸네. 오! 그날 피렌체의 살비아티 빌라의 정원에서 그녀는 얼마나 아름다웠던가! 그 하얀 원피스와 그 검은 리본은 매혹적이고도 음산했지! 흰 색은 그녀의 것, 검은 색은 나의 것! 이따금 리본이 봄바람에 흔들려, 그 새하얀 바탕에 십자가를 만들었지. 육안으로 볼 수 없는 한 정령이 내 심장의 임종미사를 나지막이 읊조렸지."

"만약 어떤 전대미문의 천지개벽으로 내가 황제와 칼리프의 왕관을 쓰게 된다 해도, 만약 땅에서 내가 금광맥을 발견한다 해도, 골콘다와 비자푸르[82]의 다이아몬드 광산의 번쩍거리는 맥석을 내게 발굴할 수 있게 해준다 해도, 만약 내가 바이런의 칠현금을 연주한다 해도, 만약 고대와 현대 예술의 가장 완벽한 걸작의 아름다움을 내가 빌

82 골콘다와 비자푸르는 인도 데칸고원에 있는 도시들로 다이아몬드 광산으로 유명했던 곳이다.

린다 해도, 만약 내가 어떤 세계를 발견한다 해도, 아아, 나는 그것에 비해 더 나을 것이 없으리라!"

"운명은 무엇으로부터 유래하는가! 나는 콘스탄티노플에 가고 싶었고, 그랬다면 나는 그녀를 만나지 않았으리라. 나는 플로렌스에 머물게 되어 그녀를 보았고, 죽을 지경이 되었다."

"나는 분명 생을 마감했을지도 몰랐다. 하지만 그녀는 우리가 살아 숨쉬는 이 공기를 호흡하고 있어서, 아마도 내 탐욕스런 입술이 그녀의 그윽한 숨결로 내쉬는 아스라한 향기를 갈망해서 일거야. 아 이루 말할 수 없는 행복이여! 그러고 나서 죄 많은 내 영혼에겐 유배 갈 별이 주어질 테고, 다른 생에서 그녀에게서 사랑받을 기회는 없을 것이리라. 그녀는 낙원에 나는 지옥에, 저승에서도 여전히 떨어져 살아. 끔찍한 생각이여!"

"무엇 때문에 나는 나를 사랑할 수 없는 한 여인만을 오로지 사랑해야한단 말인가! 남들이 아름답다고 하는 한가한 여인들이 나에게 매우 다정한 미소를 흘리며, 귀에 와 닿지도 않는 고백을 호소하는 것 같았다. 오! 그자는 얼마나 행복할까! 무슨 숭고한 전생의 삶에 대한 보상으로 하나님은 그에게 이런 기막힌 사랑의 선물을 준단 말인가?"

……

더 이상 읽는다는 것은 의미가 없었다. 백작이 프라스코비를 그린 초상화를 보고 품을 수 있었던 의심이 이 서글픈 고백 글의 첫 줄을 읽자마자 사라져버렸다. 수도 없이 그리고 그린 이 소중한 이미지는 실제 모델과는 별개로, 불행한 사랑의 지칠 줄 모르는 인내로 다듬어진 거라는 것과, 그것이 희망 없는 숭배자가 무릎 꿇고 조아린, 신비로운 작은 기도원의 마돈나였다는 것을 그는 알아차렸다.

"그러나 만약 이 옥타브라는 사람이 나의 육체를 강탈하여 내 모습으로 프라스코비의 사랑을 꾀어내기 위해 악마와 거래를 했다면!"

19세기에 이와 비슷한 가정을 한다는 것이 있을 수 없었음에도 그러한 가정 때문에 이상하게 혼란스러웠던 백작은 곧 그런 생각으로부터 벗어났다.

자신의 고지식함에 스스로 미소를 지우며, 그는 장이 가져온 식어버린 점심을 먹고, 옷을 차려입고 마차를 준비시켰다. 그는 발타자르 쉐르본노 의사 집으로 마차를 몰게 했다. 그는 전날 밤 여전히 올라프 라빈스키 백작이라 불리며 들어갔다가 옥타브 드 사빌이라는 그저 그런 이름으로 인사를 받으며 나섰던 방들을 가로질러갔다. 의사는 평소처럼 맨 구석방의 긴 안락의자에 손안에 발을 얹고 앉아서, 깊은 명상에 잠긴 것 같았다.

백작의 발소리에, 의사가 고개를 들었다.

"아! 여보게 옥타브, 그대인가. 내 그대 집에 들리려든 참이네. 하지만 환자가 의사를 보러오는 것은 좋은 징조이지."

"여전히 옥타브! 미쳐 돌아버릴 지경이구만!"

라고 백작이 말했다. 그리고 팔짱을 끼고 의사를 마주하고 서서 그를 무섭게 노려봤다.

"발타자르 쉐르본노씨, 내가 옥타브가 아니라, 올라프 라빈스키 백작이라는 것을 당신도 잘 아시지요. 왜냐하면 어제 저녁 바로 여기서, 당신이 외국에서 가져온 요술을 이용해 나의 피부를 훔쳤으니까."

이 말에 의사는 큰 소리로 웃어젖히며 방석 위에 뒹굴고는, 터져 나오는 기쁨을 억제하기 위해 주먹으로 옆구리를 두드렸다.

"의사양반, 당신이 후회할 지도 모르는 그 무례한 기쁨을 자제하시지요. 난 심각하게 말하고 있소."

"안됐구먼, 안됐구먼! 내가 그대를 치료하던 지각마비와 심기증(心

氣症)이 정신이상으로 발전하고 있음을 보여주는구려. 처방을 바꿔야 하겠구먼, 그게 전부네."

"어떻게 해줄까 빌어먹을 의사양반, 당신 목을 조를까보다."

백작은 소리 지르면서, 쉐르본노 앞으로 다가갔다.

의사가 백작의 위협에 미소를 지으며, 작은 강철막대 끝을 건드렸다. 올라프-드 사빌이 무시무시한 전기쇼크를 받고는 자신의 팔이 부러진 줄 알았다.

"오! 우리는 환자들이 반항할 때, 제압하는 방법이 있다오. 당신 집으로 돌아가서, 목욕을 하시오. 그 과잉흥분이 가라앉을 거요."

미친 사람들을 길들이고 사자들을 납작 엎드리게 만드는, 찬 샤워물처럼 싸늘한 시선으로 그를 내려다보면서 의사가 말했다.

전기충격에 기절초풍한 올라프-드 사빌이 전보다 더 불안하고 더 동요되어 쉐르본노 의사 집을 나왔다. 그는 B 의사에게 진료를 받기 위해 파시[83]로 마차를 몰게 했다.

그는 그 유명한 의사에게 말했다.

"나는 기이한 환각에 사로잡혀 있어요. 내가 거울을 볼 때면, 내 모습이 본래의 모습으로 나타나지 않아요. 나를 둘러싼 사물들의 모양도 변했어요. 나는 내 방의 벽도 가구들도 낯설어요. 나는 나 자신이 아닌, 다른 사람인 것 같아요."

의사가 물었다.

"당신이 어떻게 보입니까? 잘못은 눈이나 뇌에서 올 수 있지요."

"나는 검은 머리에 짙푸른 눈, 수염으로 덮인 창백한 얼굴로 보입니다."

---

83 (역주) 19세기 파리의 유명한 정신병원이 있던 지역이다. 의사 B는 고티에의 친구인 작가 네르발이 정신발작을 일으켜 이 병원에 입원했을 때, 치료를 한 블랑쉬 의사를 암시한다.

“여권에 나온 인상착의가 더 정확하지는 않을 것 같군요. 당신에게 지적 환각도 없고, 시각이상도 없습니다. 당신은 실상 당신이 말한 그대로입니다.”

“전혀 아니지요! 나는 실제로 금발머리에, 검은 눈, 가무잡잡한 피부에 헝가리 풍으로 기른 콧수염을 가졌지요.”

의사가 대답했다.

“여기서 지적능력의 가벼운 변질이 시작되는군요.”

“하지만, 의사님 저는 전혀 미치지 않았어요.”

“어쩌면요. 내 병원에 스스로 찾아오는 사람은 현인들뿐이지요. 조금의 피로감, 공부와 기쁨에 약간 들뜨는 것도 이런 불안을 초래했을 수도 있지요. 당신이 잘못 알고 있어요. 시력은 정상인데, 생각이 허황하군요. 당신은 갈색으로 보이는 금발 머리칼을 가진 것이 아니라 금발이라 믿는 갈색 머리칼을 가졌습니다.”

“그렇지만, 나는 올라프 라빈스키 백작임에 분명한데요, 어제부터 사람들이 모두 나를 옥타브 드 사빌이라 부른답니다.”

의사가 대답했다.

“그게 바로 내가 정확하게 말한 것입니다. 당신은 드 사빌씨인데, 당신이 스스로 라빈스키 백작이라고 상상하고 있고요, 나도 분명 금발인 그 백작을 만난 것으로 기억합니다. 어떻게 당신 스스로 거울 속에서 다른 모습으로 비치는 가는 이런 점으로 정확하게 설명되지요. 당신 것인 이 용모가 당신의 내면적 생각과 전혀 부합하지 않아서 당신을 놀라게 하지요. 이 점을 깊이 생각해보시지요, 모든 사람들이 당신을 드 사빌씨라 부름으로, 결과적으로 당신의 믿음에 동조하지 않는다는 것을. 이 주일쯤 뒤에 여기 들려주시오. 목욕과 휴식, 그리고 큰 나무 그늘아래 산책을 하면, 이 고약한 기운이 떨어져 나갈 것이오.”

백작은 머리를 숙이고 다시 오겠다고 약속했다. 그는 더 이상 믿을 수가 없었다. 그는 생 라자르가의 아파트로 돌아와서, 옥타브가 쉐르본노씨에게 보여준 라빈스카 백작부인의 초대장이 우연히 테이블 위에 놓인 것을 보았다.

그는 외쳤다.

"이 부적으로 내일 나는 그녀를 볼 수 있으리라!"

9

문간에 선 가짜 수호천사로부터 자신의 지상낙원에서 쫓겨난 진짜 라빈스키 백작을 하인들이 마차에 태우는 동안, 변신된 옥타브는 하얗고 황금색이 섞인 작은 거실로 돌아와, 백작부인이 쉬기를 기다렸다.

그는 아궁이에 꽃으로 가득 채워진 벽난로의 흰 대리석에 기대어, 황금색 쇠시리 장식 다리를 가진 콘솔 위에 대칭으로 놓인 거울 속에 겹겹이 비치는 자신을 보고 있었다. 자신이 변모한 비밀, 더 정확하게 말하자면 자신의 바꿔치기 비밀을 알고 있음에도 불구하고, 그는 자기 것과 너무나 다른 이 이미지가 자기 고유의 모습의 분신이라는 것을 스스로 받아들이기 어려웠지만, 자신이 되어버린 이 이상한 유령에게서 눈을 뗄 수가 없었다. 그는 스스로에게 시선을 던졌으나, 다른 사람을 보고 있었다. 무의식적으로 그는 올라프 백작이 가까이 벽난로 난간에 팔을 괴고 거울에 자신을 비추고 있지나 않은지 두리번거렸다. 그러나 그는 분명 혼자였다. 쉐르본노 의사가 성심껏 일을 했던 것이다.

몇 분이 흐른 뒤, 옥타브-라빈스키는 프라스코비 남편의 육체 속에 자신의 영혼을 들어가게 했던 그 경이로운 아바타에 대해 더 이상 생각하지 않게 되었다. 그의 생각은 자기 상황에 더 맞아떨어지는 사건의 추이를 파악하게 되었다. 어떠한 가능성도 있을 수 없고, 너무나 터무니없는 희망이라서 정신착란 속에서도 감히 꿈꾸지 못 했을 이 믿을 수 없는 사건이 일어나다니! 그는 그 사랑해마지 않는 미인 앞으로 나아갈 참인데, 그녀는 그를 내치지 않을 테지! 자신의 행복과 백작부인의 순결한 정조를 화해시킬 수 있었던 유일한 조합이 실현되었도다! 이 최상의 순간이 다가오자, 그의 영혼은 공포와 끔찍한 근심을 느꼈다. 진실 된 사랑에서 오는 소심함 때문에, 마치 그 영혼은 아직도 옥타브 드 사빌이라는 멸시 받은 모습으로 있는 것 같아 기절할 것 같았다.

하녀가 도착하자, 소용돌이치던 이 생각의 부딪침도 끝났다. 그녀가 다가오자, 그는 신경이 두근거리는 것을 억제할 수 없었고, 그녀가 그에게 말을 했을 때, 그의 피가 거꾸로 솟구치는 듯 했다.

"백작부인께서 이제 주인님을 보실 수 있습니다."

옥타브-라빈스키는 저택이 어떻게 생겼는지를 알지 못하므로, 확실하지 않은 처신으로 자신의 무지를 드러내는 것이 싫었기에 하녀를 따라갔다.

하녀는 그를 꽤 넓은 방, 그러니까 온통 섬세하고도 화려하게 치장한 화장용 방으로 데려갔다. 크네흐트와 리엔하르트[84]가 조각한 고급 목재로 된 일련의 장롱들이 일종의 목조건축물 형태를 갖추고 있었는데, 그것들은 빼어나게 세련되고 원숙한 솜씨의 변화무쌍한 양식의 회랑을 이루며 늘어서있었다. 그 장롱들의 문짝은 하트 잎에다 기막

84 프레데릭-에밀 크네흐트(1808-1889)는 유명한 나무 조각가이고, 리엔하르트는 아마도 장식가인 미셸-조제프-나폴레옹 리어나르(1810-1870)를 말하는 것 같다.

힌 기교로 잘린 작은 종모양의 꽃을 단 여린 메꽃 가지가 감고 오르는 나선형 원주로 나누어져 있었다. 이 장롱들 속에는 비로드와 물결무늬 원피스, 캐시미어, 짧은 케이프, 망사, 검은담비와 푸른 여우 털 외투, 수많은 모양의 모자들, 예쁜 여자들에게 필요한 도구일체가 빼곡 차 있었다.

다른 점이라면 창이 없는 농의 문짝들이 간막이판처럼 경칩 위에서 놀고 있는 거울로 채워져 있어서, 정면에는 동일한 소재가 반복해서 나타나고 앞면과 옆면, 뒷면을 볼 수도 있고, 블라우스나 머리모양의 맵시를 판단할 수도 있었다.

셋 째 면에는 설화 석고판으로 된 긴 화장대가 굽어보고 있었는데, 거기 은수도 꼭지에서 더운물과 찬물이 같은 금속으로 둥글게 잘라서 박아 넣은 커다란 일본제 대야로 흘러내리고 있었다. 다이아몬드와 루비처럼 촛불에 영롱하게 반짝이는 보헤미아 크리스탈로 된 향수병들에는 에센스와 향수가 담겨 있었다.

벽들과 천장은 마치 보석상자의 내부처럼 해록(海綠)색 수자(繻子)로 누벼져 있었다. 폭신한 색깔로 조합된 이즈미르산의 두툼한 카펫이 바닥을 덮고 있었다.

방 가운데 있는 녹색 비로드 덮인 받침돌 위에는 기이한 모양의 큰 상자가 놓여 있었는데, 그것은 알람브라 대사의 방을 단순하게 치장할 때 썼던 기교로 아라베스크 문양을 상감부조하고 꽃가지 무늬를 새긴 코라산산(産) 강철로 되어 있었다. 요정의 솜씨가 개입되었을 이 경이적인 작품 속에서 오리엔탈의 기교는 최고의 솜씨를 뽐내고 있었다. 프라스코비 라빈스카 백작부인이 자신의 장신구와 왕비에 버금가는 패물을 넣어둔 곳이 바로 이 상자였고, 그녀는 현명하게도 그것들을 걸치고 나갈 곳이 마땅찮다고 여겨 아주 드물게 착용하곤 했다. 그녀는 화려하게 치장하기에는 너무나 아름다웠다. 그녀는 자신의 여성적 본능으로 그것을 감지했다. 유서 깊은 라빈스키 가문이 대대로 내려오면서 치르는 성대한 행사를 최대한 화려하게 드러내어야할 장중한 기회가 있을 때만, 그녀는 그 장신구들에게 햇볕을 쐬게 했다. 다이아몬드 또한 부족하게 사용된 적이 없었다.

풍성한 커튼주름이 힘차게 드리워진 창문 가까이, 공작부인이 사용하는 듯한 화장대 앞, 여섯 개의 양초가 꽂힌 촛대 두개가 주위를 환하게 밝히고 있는 가운데, 포보[85]양이 자신의 재능을 한껏 살려서 날씬하고 유연하게 조각한 천사 둘이 몸을 숙이고 있는 거울 앞에, 프라스코비 라빈스카 백작부인이 눈이 부시도록 청순하고 아름답게 앉아있었다. 한 줄은 투명하고 한 줄은 불투명한 푸르고 흰 줄무늬 띠로 된, 적절하게 섬세한 튀니지식 두건달린 소매 없는 실내복이 포근한 구름처럼 그녀를 감싸고 있었다. 가벼운 직물이 양 어깨의 반들반들한 천 위로 삐져나와서 칼라매듭이 드러나 보이게 했는데, 그 칼라는 백조의 하얀 눈 같은 목덜미를 회색으로 보이게 할 정도였다. 묶는 끈이라곤 전혀 없는, 밤에 걸치는 별장실내복의 레이스가 옷 주름사이에 물결치고 있었다. 백작부인의 머리는 헝클어져 있었고, 여황제의 외투같이 풍성한 다발로 그녀의 어깨너머로 흘러내렸다. 사실 이오니아 쪽빛 바다에서 꽃처럼 솟아올라, 진주소라고동 위에 무릎 꿇은 비너스 아프로디테가 진주방울 결정을 떨어뜨리는 유연한 금빛 땋은 머리는 차라리 덜 금발이고, 덜 무성하고, 덜 치렁치렁했으리라! 티치아노[86]의 호

85 펠리시 드 포보(1799, 혹은 1801-1886)는 최초의 여류 조각가 중의 한 사람이다.

86 (역주) 티치아노(1488, 혹은 1490-1576)는 이탈리아의 르네상스 시대의 대표적인 베네치아 화가이다.

박(琥珀)색과 파올로 베로네제[87]의 은색을 렘브란트의 금빛 니스와 섞어 보라지. 황옥에 햇빛을 통과시켜보라지. 그래봐야 빛을 흡수하기보다 발산하는 것 같고, 옛 성좌(星座)들 가운데 새로운 성좌인 불타오르는 베레니스[88]의 머릿결보다 훨씬 가치 있을 이 풍성한 머릿결이 지닌 기막힌 색조를 얻지는 못할걸! 여자 하인 둘이서 그 머릿결을 나누고, 반들거리게 하고, 결 지게하고, 베게에 닿아도 구겨지지 않게 하기 위해 정성스럽게 다발로 감아올려 정리해놓았다.

이 세심한 작업을 하는 동안, 백작부인은 발끝으로 금실 박은 흰 벨벳 실내화를 간들간들 흔들었고, 그 신발은 터키황제의 본부인들과 처첩들이 질투를 느낄 정도로 자그마했다. 이따금 그녀가 민소매 외투의 비단주름을 젖힐 때면 하얀 팔이 드러나곤 했고, 맵시 있는 손동작으로 흘러내린 머리카락을 쓸어 올리곤 했다.

그렇게 나른한 자세로 몸을 내맡긴 그녀는 고대 그리스 항아리에 장식으로 새겨진, 그리스풍 화장을 한 날씬한 인물상들을 환기시켰고, 어떤 예술가도 그 인물상의 순수하고 그윽한 윤곽과 젊고 가벼운 아름다움을 되살릴 수는 없었다. 그녀는 피렌체 살비아티 빌라의 정원에 있을 때보다 여전히 수천 배는 매력적이었다. 만약 옥타브가 이미 사랑에 빠지지 않았더라고 해도, 이제 그는 피할 길 없이 그렇게 될 터이다. 하지만 다행스럽게도 무한한 것에 무엇을 덧붙인들 헛수

87 (역주) 베로네제(1528-1588)는 이탈리아 르네상스 시대에 티치아노와 함께 베네치아 유파의 대표적 화가였다.

88 전설에 의하면, 이집트의 프톨레마이오스 왕이 시리아 왕과의 전쟁에서 승리하여 개선하자, 왕비인 베레니스가 비너스에게 자신의 머리칼을 바쳤다. 그러나 잘린 머리칼이 비너스의 신전에서 사라졌으므로, 왕국의 천문학자인 코논은 여신이 하늘로 가져갔다고 믿었고, 사자좌와 목동좌 사이에 있는 성좌에 베레니스의 머리칼이라는 이름을 부여했다.

고가 아닌가.

옥타브-라빈스키는 이 광경 앞에서 너무나 무시무시한 장면을 보기나 한 것처럼 자신의 무릎이 맞부딪치고 오금이 저려오는 것을 느꼈다. 입술은 말라가고, 고통에서 오는 압박감으로 마치 한 터그 교도의 손이 자신의 목을 옥죄는 것 같았다. 붉은 불길이 자신의 눈 주위로 소용돌이 쳤다. 그녀의 아름다움이 그를 소스라치게 만들었다.

그가 여전히 자신의 여자에게 얼마나 홀딱 반했던지 간에, 거부당한 애인에게나 어울릴 것 같은 그의 놀라고 바보 같은 태도가 남편입장에서는 완전히 우스꽝스러울 것이라고 중얼거리며, 그는 애써 용기를 내려고 했고, 그래서 아주 결심한 듯 백작부인 쪽으로 다가갔다.

"아! 올라프, 당신이세요! 오늘 밤은 늦게도 들어오세요!"

하녀들이 그녀의 긴 머리자락를 땋느라 그녀의 머리를 붙들고 있었으므로, 백작부인이 뒤돌아보지 않은 채 말했다. 그리고는 두건달린 소매 없는 실내복 주름을 젖히고, 예쁜 한 손을 그에게 내밀었다.

옥타브-라빈스키는 꽃보다 더 부드럽고 신선한 그 손을 잡아서, 자신의 입술에 대고는 길고 열정적인 입술자국을 남겼다. 그 작은 자국에 자신의 영혼 전부를 집중시켰다.

우리는 백작부인이 어떤 예민한 미묘함을, 어떤 성스런 부끄러운 본능을, 어떤 마음의 비이성적 직관을 예견했는지 모른다. 그러나 장밋빛 기운이 그녀의 얼굴과 목덜미, 팔위로 삽시간에 퍼져나가서, 높은 산봉우리에 새벽 햇빛을 받아 놀란 순백의 눈이 발하는 색조를 띠었다. 그녀는 몸을 떨더니 반쯤 화난 듯이, 반쯤 부끄러운 듯이 천천히 손을 빼냈다. 옥타브의 입술이 그녀에게 벌겋게 단 쇠도장 같은 효과를 주었다. 하지만 그녀는 곧 마음을 추스르고 천진난만한 미소를 지었다.

“여보 올라프, 내 말에 대답하지 않네요. 당신을 보지 못한지가 여섯 시간이 더 되었다는 것을 아세요? 나를 소홀하게 대하네요. 전 같았으면 저녁 내내 나를 그렇게 내버려두지 않았을 거예요. 당신, 나만을 생각했어요?”

그녀가 비난 투로 말했다.

“언제나.”

옥타브-라빈스키가 대답했다.

“오! 아니지요, 언제나는. 멀리서조차 당신이 내 생각을 할 때 나는 느껴요. 예를 들자면 오늘 밤, 나는 홀로 피아노 앞에 앉아, 베버의 한 소절을 연주하면서 내 무료함을 음악으로 달랬어요. 당신 영혼은 몇 분 동안 선율이 울려 퍼지는 소용돌이 속에서 내 주위를 날아다녔지요. 그 뒤 마지막 화음과 함께 어디론지 날아가서는 돌아오지 않았어요. 거짓말하지 말아요, 내가 하는 말이 틀림없어요.”

사실 프라스코비가 옳았다. 그때는 발타자르 쉐르본노 의사 집에서 올라프 라빈스키 백작이 마법의 물 잔에 몸을 숙이고 있던 때였고, 온 정신력을 고정시켜 사랑해마지않는 한 이미지를 불러내고 있었다. 그 순간부터 백작은 최면이라는 바닥없는 대양에 빠져서 더 이상 생각도, 느낌도, 의지력도 가지지 못했었다.

하녀들이 백작부인의 밤화장을 마친 뒤 물러갔다. 옥타브-라빈스키는 계속 서서 이글거리는 시선으로 프라스코비를 응시하고 있었다. 백작부인은 그런 시선에 거북해하면서도 몸이 달아서, 천으로 몸을 감싸고 있는 폴림니아[89]처럼 자신의 두건달린 소매 없는 실내복으로 몸을 감쌌다. 희고 푸른 주름 위로 불안하지만 매혹적인 그녀의 얼굴

89 (역주) 그리스 신화에 나오는 아홉 뮤즈 가운데 하나로, 노래와 시, 수사학을 관장한다.

만이 나와 있었다.

비록 고행자 브라마-로굼의 주문을 이용해 쉐르본노 의사가 행한, 신비스런 영혼 이동을 어떤 혜안을 가진 인간이라도 예견할 수 없었겠지만, 프라스코비는 옥타브-라빈스키의 눈에서 올라프의 눈빛이 말해주는 익숙한 표현, 즉 천사가 주는 사랑처럼 순수하고 고요하고 한결같으면서도 영원한 사랑의 표현을 발견하지 못했다. 그 시선에 세속적인 정열이 불타고 있어서, 그녀를 심란하게 하고 얼굴을 붉히게 했다. 그녀는 일어난 일에 대해 이해하지 못했지만, 무슨 일이 일어나기는 했던 것이다. 이상한 추측들이 수없이 그녀의 머리를 스치고 지나갔다. 올라프에게 그녀는 후궁처럼 미모에 끌리는 저속한 여자에 지나지 않았단 말인가? 그들 영혼 간에 맺어진 지고한 합의가 그녀도 모르는 어떤 불협화음으로 파기되었단 말인가? 올라프가 다른 여자를 좋아하고 있었던가? 파리의 부패한 모습이 그 순결한 마음을 더럽혔단 말인가? 그녀는 만족할만한 대답을 얻을 수도 없는데도 빠르게 이런 질문을 스스로 던지고는 자신이 미쳤다고 중얼거렸다. 하지만 결국은 그녀가 옳다고 느꼈다.

그녀는 자신도 알지 못하는 위험에 직면해있지만, 영혼이라는 제 2의 시선이 그 위험을 예견하여, 알 수 없는 공포가 엄습해왔고, 그런 영혼에 따르지 않는 사람들은 언제나 잘못하는 것이다.

그녀는 상기되고 신경이 날카로워져 몸을 일으켰고, 자신의 침실 문 쪽으로 향했다. 섹스피어 연극에서 오셀로가 외출 때마다 데스데모나를 동반하듯이, 가짜 백작이 한 팔로 그녀의 허리를 감고 함께 움직였다. 그러나 그녀가 문간에서 돌아서며, 일순간 조각상처럼 하얗고 차갑게 멈춰 서서, 젊은 남자에게 공포에 질린 눈길을 던지고는 들어가서 세차게 문을 닫아버리고 걸쇠를 내려버렸다.

"옥타브의 시선!"

그녀는 2인용 안락의자에 거의 기절하듯 넘어지며 소리 질렀다. 그녀가 의식을 되찾으며 중얼거렸다.

"내가 그 눈길이 표현하고자 하는 의미를 결코 잊은 적이 없는 바, 그 눈길이 오늘 저녁 어떻게 올라프의 눈에서 발산될 수 있단 말인가? 그 눈길이 품은 어둡고도 절망적인 불꽃이 내 남편의 눈동자를 통해 번득이는 것을 내가 어떻게 볼 수 있었단 말인가? 옥타브가 죽은 걸까? 이 세상을 떠나기 전에 나에게 작별인사라도 하려는 듯이, 잠시 내 앞에서 빛났던 것이 그의 영혼일까? 올라프! 올라프! 내가 실수한 거라면, 괜한 공포에 미친 듯이 속은 거라면, 나를 용서해주오. 하지만 오늘밤 내가 당신을 받아들였다면, 나는 타인에게 나를 내어준 거라고 믿었을 거요."

백작부인은 걸쇠가 단단히 걸린 것을 확인하고, 천장에 매달린 램프를 켜고, 형용할 수 없는 공포심에 질린 아이처럼 침대에 몸을 웅크린 채, 아침 무렵이 되어서야 잠이 들었다. 밑도 끝도 없이 이상야릇한 꿈으로 잠을 설쳤다. 이글거리는 눈 - 옥타브의 눈 - 이 안개 깊숙한 곳에서 자신을 뚫어지게 쳐다보았고, 그녀에게 불줄기를 쏘아붙이고 있는 사이, 침대 머리맡에는 검고 주름에 패인 얼굴이 듣도 보도 못한 언어를 웅얼거리며 웅크리고 있었다. 올라프 백작 역시 이 터무니없는 꿈에 나타났는데, 그런데 자신이 아닌 모습을 갖추고 있었다.

우리는 닫힌 문 앞에 서서 안에서 잠기는 걸쇠소리를 듣고 있는 옥타브의 낙담에 대해서는 묘사하지 않을 것이다. 그에게 절호의 기회는 무너져가고 있었다. 아니 무엇이라고! 그는 무시무시하고도 이상한 방법에 도움을 청하였거늘. 비록 무방비상태로 인도의 마법에 자신을 내맡겼다 해도, 자신으로부터 달아난 한 여자를 정복하기 위해 이승에서 생명의 위험을 감수하면서까지, 저승에서 영혼의 위험을 감수하면서까지 그는 마술사, 아마도 악마에게 몸을 맡겼거늘. 애인이 되기에도 거절당했는데, 남편으로서도 또 거절당하다니. 가장 악랄한 흉계도 프라스코비의 꺾일 줄 모르는 순수성 앞에서는 안 통하다니. 침실 문간에서의 그녀는 악령에게 벼락을 내리는 스웨덴보리의 백옥 천사 같아 보였다.

그는 밤새도록 이런 우스꽝스런 상황에 빠져있을 수 없었다. 그는 백작이 머무는 장소를 찾았고, 죽 늘어선 방 끝에 있는 방문 하나를 열었고, 나뭇가지와 아라베스크 무늬 가운데 문장이 수놓아진 태피스트리 커튼이 걸려있는 중간에 흑단 다리로 된 침대 하나가 있었다. 동양풍의 무기와 기사의 갑옷과 투구가 램프불빛에 반사되어 어둠 속에서 희미한 광채를 발산하고 있었다. 황금색 문양이 박힌 보헤미아 가죽이 빛을 반사하여 벽이 아롱거렸다. 조각장식을 한 큰 안락의자 서너 개, 도기그림으로 장식된 불룩한 여행용 궤짝으로 봉건적 취향의 이 실내장식은 완성되었다. 그렇다고 고딕영지의 거대한 실내에 옮겨진 것 같지는 않았다. 그것은 백작이 경박하게 유행을 따라 한 것이 아니라, 경건한 추억에 따른 결과였다. 이 방은 그가 그의 모친 집에 살 때의 방을 그대로 재현한 것이었고, 이 다섯 번째 장식물에 대해 그가 종종 비난을 받았음에도 불구하고, 그는 그 방의 스타일을 바꾸기를 완강히 거부해왔던 것이다.

피로감과 감동으로 녹초가 된 옥타브-라빈스키는 침대에 쓰러져, 발타자르 쉐르본노 의사를 저주하며 잠에 곯아떨어졌다. 다행히도 날이 새자 그에게 훨씬 희망적인 생각이 떠올랐다. 그는 보다 절제된 태도로 처신하고, 자신의 눈빛을 지우고 한 남편으로서의 행동을 하기로 다짐했다. 그는 백작 방의 몸종의 도움을 받아 진지하게 몸단장을 하고, 침착한 걸음으로 점심을 먹기 위해 백작부인이 자신을 기다리고 있는 식당으로 갔다.

10

옥타브-라빈스키는 자신이 주인으로 나타난 이 집에 식당이 어디 있는지 몰랐기 때문에 몸종의 발걸음을 따라 내려갔다. 식당은 마당과 접한 일층의 넓은 방이었고, 고상하고도 장식 없는 양식으로 꾸며져 있어서 영주의 저택과 수도원 풍을 섞어 놓은 듯 했다. 따뜻하고 다채로운 색조의 갈색 참나무 목재 널판자가 대칭적인 구획으로 나눠져 천장까지 이어져 있었고, 천장에는 조각장식한 튀어나온 대들보가 푸른색으로 채색된 채, 가벼운 황금 아라베스크로 장식된 정육각형 격자 형태를 이루고 있었다. 긴 나무 널판자에는 필립 루소[90]가 신화적 인물로 상징한 것이 아니라, 한 해의 각 철에 나는 생산물로 구성된 정물쟁반으로 상징된 사계절을 그려놓았다. 자댕[91]의 「사냥」이 필립 루소의 정물과 짝을 이루고 있었고, 각각의 그림 위에는 둥그런 방패처럼 베르나르 팔리시 아니면 레오나르 드 리모주[92]가 빚은 거대한 접시, 혹은 일본자기 아니면 마졸리카도기나 아랍도기의 거대한 접시

90 필립 루소(1816-1887)는 고티에가 그 재능을 인정하고 그의 그림 비평을 많이 한 화가이다.

91 루이 고드프르와 자댕(1805-1882)은 고티에가 아주 좋아한 동물화가로서 1841년 파리시청의 식당에 「사냥」, 「포도수확」, 「낚시」, 「추수」를 소재로 한 큰 널판자 네 개를 그렸다.

92 팔리시(1510-1589)는 유명한 도예가이고, 레오나르 드 리모주가 아니라 레오나르 리모쟁(1505-1575)은 도자기 공업으로 유명한 리모주 출신의 화가 겸 법랑 공예가이다.

가 방패 판처럼 반짝이며 걸려있었고, 그 접시들은 온통 프리즘 색깔에 무지갯빛을 발산하는 유약으로 아롱거렸다. 사슴뿔, 들소뿔이 도자기와 차례로 걸려있었고, 커다란 찬장이 있고 스페인 교회의 장식벽처럼 높다란 방의 양끝에는 베루게테, 코르네호 두케, 베르브루겐[93]의 가장 멋진 작품들에 버금갈 정도의 장식조각 처리된 건축물이 솟아있었다. 냄비걸이 칸에는 라빈스키 가문의 고대 은그릇들, 희한한 모양의 물병들, 옛날식의 소금통들, 굽 달린 큰 잔들, 일반 잔들 등, 괴상한 독일풍 기벽(奇癖)으로 뒤틀려있지만 드레스덴의 녹색 돔[94]의 보물창고에 있어야 격에 맞을 물품들이 어지럽게 빛났다. 와그너, 뒤퐁쉘, 루돌피, 프로망-뫼리스[95] 등이 만든 걸작인 현대의 세공품들이 고대 은그릇을 마주하고 반짝거렸다. 퓌쉐르와 베쉬트[96]의 작은 얼굴상이 세공된 다기(茶器), 상감된 큰 쟁반, 바쿠스축제 모습이 포도넝쿨 받침대에 부조된 샴페인 통, 폼페이의 삼각대처럼 우아한 향로 등...

---

93 알론소 베루게테(1480-1561)는 스페인의 기교주의 조각가로 이탈리아에 머물 때 미켈란젤로의 영향을 받았다. 페드로 코르네호 두케(1678-1757)는 스페인의 로코코 조각가로 코르도바 성당의 성직자석을 완성했다. 핸드릭 프랭스 베르브루겐(1654-1724)은 벨기에 출신의 조각가이다.

94 (역주) 독일 드레스덴의 레지덴츠 궁전 내 보석 전시실을 말한다. 프리드리히 아우구스트 1세에 의해 만들어진 이 그뤼네스 게뵐베(Grünes Gewölbe)에는 유럽 최대의 진귀한 보석세공품들이 전시되어있다.

95 칼(혹은 샤를) 와그너(1799-1841)는 파리에 정착한 베를린 태생의 세공사로 1834년과 1839년에 공산품 박람회에서 금메달을 획득했다. 에드몽 뒤퐁쉘(1795-1868)은 건축가이자 세공사, 장식가로 고티에의 편지에도 등장하며, 파리 오페라 감독으로 무대장식 혁신으로 유명해진 인물이다. 1808년 덴마크에서 태어난 프레데릭 쥘 루돌피는 바그너의 제자로 스승이 죽자 그를 계승했다. 프랑수와-데지레 프로망-뫼리스(1802-1855)는 고티에의 친구로 뛰어난 재주를 지닌 세공사였다.

96 장-자크 퓌쉐르(1807-1852)는 고티에가 재능을 높이 산 조각가이다. 앙투안 베쉬트(1799-1868)는 19세기 중엽 높이 인정받은 세공사로 그의 작품은 첼리니에 비교되었다.

보헤미아의 크리스털제품, 베네치아의 유리공예품, 옛 작센 식기들과 옛 세브르 식기들은 언급하지 말자.

초록 가죽을 덧댄 참나무의자들이 벽을 따라 정돈되어 있었고, 다리에 독수리발톱이 조각된 테이블 위에는 가운데가 뚫린 오목한 격자를 덧씌운 흰 반투명 유리로 걸러진 균일하고 순수한 빛이 천장으로부터 떨어지고 있었다. 투명한 포도넝쿨장식의 푸른 잎사귀들이 이이 우윳빛 도는 테이블 상단을 감싸고 있었다.

테이블 위에는 보라색 동아줄 속에 갇혀 그득하게 쌓아올린 과일들이 이미 놓여 있었고, 음식들은 아랍 국왕의 군모처럼 반짝거리는 금속뚜껑 아래에서 회식자들의 나이프를 기다리고 있었다. 모스크바의 사모바르[97]가 증기를 내뿜으며 물을 쏟고 있었다. 짧은 바지에 흰 넥타이를 한 하인 둘이 두 안락의자 뒤에서 서로 마주보고 있었는데, 부동의 자세로 침묵을 지키고 있는 모습이 꼭 두 하인 조각상 같았다.

옥타브는 자신에게 친근해야할 대상들이 본의 아니게 낯설게 보이는 것에 정신을 빼앗기지 않기 위해 한눈에 이 모든 세세한 것을 익혔다.

바닥타일 위를 가볍게 끄는 소리, 호박단 천이 구겨지는 소리에 그는 고개를 돌렸다. 그에게 다가와 가볍게 애정표시를 하고 앉는 사람은 바로 프라스코비 라빈스카 백작부인이었다.

그녀는 같은 천으로 늑대이빨모양으로 레이스가 대어진 녹색과 흰색의 격자무늬 비단 가운을 입고 있었다. 관자노리 위에 두꺼운 머리띠를 한 그녀의 숱 많은 머리는 목덜미에서 황금 다발로 되감겨서 이오니아식 기둥머리의 소용돌이꼴 장식과 흡사하여, 귀족적인 만큼 소박한 머리매무새를 만들어냈다. 어떤 그리스의 조각가도 그 머리

97 (역주) 러시아의 (찻)물 끓이는 주전자.

스타일을 바꾸는 것을 조금도 원치 않았을 터였다. 그녀의 연붉은 장미색 혈색은 전날 밤의 감동과 뒤숭숭한 잠자리로 약간 창백해져 있었다. 평소에 그렇게도 청아한 그녀의 눈가에는 나무랄 데 없는 진주빛 달무리가 서려있었다. 그녀는 피곤하고 나른해 보였다. 하지만 그렇게 측은해 보이는 그녀의 아름다움은 더욱 뇌쇄적으로 보였으므로, 그녀는 일면 어떤 인간적인 측면을 보여주었다. 즉 여신이 여자로 변했으며, 천사가 날개를 도로 접으며 날기를 그만 두었다.

이번에는 더욱 신중하게도 옥타브는 자신의 눈에서 이글거리는 불꽃을 가리고, 속에서 차오르는 희열을 짐짓 아무렇지도 않다는 듯한 표정 아래 감췄다.

백작부인은 식당바닥에 깔려있는 흰대리석과 베로나의 다색대리석의 모자이크로부터 올라오는 냉기를 차단하기 위해, 테이블 아래 깔아놓은 양탄자의 비단 같은 양모 속에 금갈색 가죽 실내화를 신은 발을 뻗고 있었고, 극도의 열기가 주는 전율에 얼어버리기라도 한 듯, 가볍게 어깨를 움직였다. 그리고 날이 밝아 나쁜 예감과 공포, 밤의 환영이 눈 녹듯 사라졌기 때문에, 그녀는 자신의 남편이라 여기며 함께 식사하고 있는 사람을 아름답고 검푸른 눈으로 똑바로 쳐다보면서 순결한 애교가 넘쳐흐르는 조화롭고 부드러운 목소리로 그에게 폴란드 말 한 구절을 걸어왔겠다! 그녀는 백작과 있을 때, 다정하고 내밀한 순간에 종종 거룩한 모국어를 사용했으며, 그 언어를 알아듣지 못하는 프랑스 하인들이 있을 때는 더욱 그랬다.

파리사람인 옥타브는 라틴어, 이탈리아어, 스페인어와 영어는 몇 마디 할 줄 알았다. 그렇지만 갈로-로마사람 모두가 그렇듯이, 그는 슬라브계 언어는 전혀 몰랐다. 폴란드 말에서 빈번하지 않는 모음을 지탱하는 연속된 자음으로 인해 그가 아무리 흉내 내보려고 했다한들 감히 따라하지 못했을 터였다. 피렌체에서 백작부인은 그에게 언제나 불어 아니면 이탈리아어로 말했으므로, 그는 거의 바이런만큼 유명한 미츠키에비치가 사용한 방언을 배울 생각을 가지지 못했다. 결코 모든 것을 감안할 수는 없는 일이 아닌가!

그 말을 듣자 옥타브의 자아가 들어앉은 백작의 뇌에서 이상한 현상이 일어났다. 파리사람에게 이상한 소리가 슬라브인의 귓속 주름을 따라 들어와, 올라프의 영혼이 그것을 생각으로 바꾸기 위해 받아들이는 익숙한 지점에 다다랐고, 거기서 일종의 물리적 기억을 상기시켰다. 그 의미가 어렴풋이 옥타브에게 떠올랐다. 대뇌(大腦) 회전(回轉)에 깊숙이 들어박힌 단어들이 추억이라는 비밀스런 서랍 밑바닥에서 붕붕거리며 대답할 준비를 마치고 나타났다. 그러나 이 희미한 무의지적 기억[98]은 정신과 소통하지 못했기 때문에 곧 흩어져서, 모든 것이 도로 불투명하게 되어버렸다. 불쌍한 연인의 난처함은 끔찍했다. 그는 올라프 라빈스키 백작의 피부를 뒤집어쓸 때는 이런 복잡한 것들을 생각하지도 못했었고, 다른 사람의 모습을 훔쳤기에 쓰라린 낙담을 삼켜야한다는 것을 알아차렸다.

옥타브의 침묵에 놀란 프라스코비는 그가 어떤 몽상에 빠져서 자기 말을 듣지 못한 줄 알고, 자기가 한 말을 천천히 더욱 크게 반복했다.

그 말소리를 더 잘 들었다 한들, 가짜 백작은 그것이 의미하는 바를 더욱 이해하지 못했다. 그는 그것이 의미하는 바가 무엇인지 알아맞히기 위해 절망적인 노력을 기울였다. 하지만 그것을 알지 못하는 자에게 압축된 북유럽 언어는 조금의 짐작도 허락하지 않으므로, 만약 어떤 프랑스 남자가 이탈리아 여자가 말하는 것은 추측할 수 있다

98 (역주) 레미니상스.

해도, 한 폴란드 여자가 하는 말을 듣는다는 것은 귀가 먹은 거나 다름없을 것이다. 본의 아니게 양 볼이 빨갛게 물들었다. 그는 입술을 깨물고는 애써 태연한 채하기 위해 쟁반위에 놓인 것을 미친 듯이 잘랐다.

이번에는 프랑스말로 백작부인이 말했다.

"사랑하는 나리님, 그대는 실상 내말을 듣지 않거나, 아니면 전혀 이해하지 못하는 것 같은데요......"

옥타브-라빈스키는 자신이 무슨 말을 하는지도 잘 모르면서 더듬거렸다.

"그 몹쓸 언어는 어렵기도 하군!"

"어렵다고요! 그래요 아마도 이방인들에게는 그렇겠지만, 자기 엄마 무릎 위에서 말을 따라 배운 사람에게 그 말은 숨을 쉬듯 생각 그 자체처럼 입 밖으로 튀어나오겠지요."

"그렇겠지요. 하지만 그 말을 더 이상 모를 것 같은 때가 있지요."

"올라프, 무슨 이야기를 지껄이는 거예요? 뭐라고요! 당신 조상의 언어, 성스런 조국의 언어, 뭇사람들 가운데서 당신에게 형제들을 알아보게 하는 언어, 그리고,"

- 더욱 나직이 그녀가 덧붙였다 -

"당신이 처음으로 나에게 사랑한다고 말한 언어를 잊어버렸을 리가!"

"내가 다른 언어를 사용하는데 익숙해져서..." 라고, 생각 끝에 옥타브-라빈스키가 말을 뱉었다.

백작부인이 비난 투의 어조로 반박했다.

"올라프, 파리가 당신을 망친 것 같네요. 여기 오고 싶지 않았던 내가 옳았군요. 고귀한 라빈스키 백작이 자신의 땅으로 돌아갔을 때, 자기 신하들의 축하인사에 화답할 수 없다면 누가 나에게 뭐라고 하겠어요?"

프라스코비의 매혹적인 얼굴이 곤혹스런 표정으로 바뀌었다. 천사의 이마같이 티끌 한 점 없는 그녀의 이마에 처음으로 슬픈 그림자가 드리워졌다. 이런 해괴한 기억상실은 그녀 영혼의 가장 민감한 부분까지 구겨지게 하였으며, 그녀에게 거의 배신감으로 다가왔다.

남은 점심시간은 침묵 속에 지나갔다. 프라스코비는 백작으로 간주하고 있는 그 사람에게 화가 치밀어 올랐다. 옥타브는 다른 질문이 나오면 대답을 못하게 될 수밖에 없으므로, 그것이 두려운 나머지 바늘방석에 앉아 있는 것 같았다.

백작부인이 자리에서 일어나 자기 처소로 돌아갔다.

혼자 남은 옥타브는 칼자루를 만지작거리며 그것을 자기 심장에 꽂고 싶은 충동을 느낄 정도로 자신의 처지에 괴로워했다. 그는 예상치 못한 일에 기대를 걸었건만, 이제 자신도 모르는 한 존재의, 해결책 없는 우여곡절 속에 빠져들게 되었다. 올라프 라빈스키 백작에게서 그의 육체를 탈취하면서 그의 과거의 개념, 그러니까 그가 가졌던 언어, 그의 어린 시절의 추억, 한 사람의 자아를 형성하는 수많은 내밀한 것들, 그의 존재가 다른 존재들과 맺고 있는 관계 등을 그에게서 훔칠 뻔하였다. 그런데 그런 것에는 발타자르 쉐르본노 의사가 가진 모든 지식으로는 충분하지 않은 것 같았다. 얼마나 미칠 일인가! 감히 멀리서 그 문턱을 겨우 쳐다본 이 낙원에 있다는 것이! 프라스코비와 한 지붕 아래에 산다는 것이! 그녀를 보고, 그녀에게 말을 걸고, 그녀 남편의 바로 그 입술로 그녀의 예쁜 손에 입 맞추고, 그녀의 성스러운 수줍음을 속일 수 없고, 매 순간마다 어떤 설명할 수 없는 어리석음으로 자신의 속셈을 드러낸다는 것이!

"그녀가 나를 좋아할 리 없는 것은 숙명적이다! 그렇지만 나는 인간 자존심이 깎일 수 있는데 까지 모든 희생을 치렀다. 나는 내 자아를 포기했고, 다른 사람 몫의 애무를 해괴한 형태로 이용하는데 동의했거늘!"

자신의 독백이 그쯤 되었을 때, 한 마부가 최대한의 예의를 갖춰 자신 앞에 고개를 숙이며 오늘은 어떤 말을 탈 것인지 물었다.

그의 대답이 없자, 그 마부는 감히 자신의 무모함에 몸을 떨면서 얼버무렸다.

"불투르 아니면 루스템을 타시겠습니까? 이 둘은 8일 전부터 밖에 나가지 못했습니다."

"루스템."

옥타브-라빈스키가 불투르 라고 말하려고 했지만, 마지막 이름이 산만한 머리를 스치고 갔기 때문에 그렇게 대답했다.

그는 신경이 타들어 가는 것 같아 바람을 쐬고 싶었으므로, 승마복을 입고 불로뉴 숲으로 출발했다.

루스템, 즉 금실 수놓아진 벨벳으로 된 동양식 주머니가 가슴팍 아래 달려 있었고, 그 속에는 마호메트의 헤지라까지 거슬러 올라가는 족보호칭이 들어있는 네지 종(種)[99]의 뛰어난 짐승은 동요될 이유가 없었다. 그 말은 자기를 타는 사람의 생각을 이해하는 것 같았고, 포장길을 떠나 흙길로 들어서자, 옥타브가 박차를 가하기도 전에 화살처럼 달려 나갔다. 두 시간 동안의 미친 듯한 질주 끝에 기사는 마음이 가라앉았고, 짐승은 벌건 콧구멍으로 수증기를 뿜어내면서 저택으로 돌아왔다.

---

99 특이한 아랍말의 한 종 Nedji 혹은 Nedjdi라 부름(라루스 19세기 사전).

가상의 백작은 백작부인의 거처로 들어왔고, 그는 거실에서 허리춤까지 장식주름 단이 달린 흰 호박단 원피스를 입고, 귓가에 리본매듭을 달고 있는 그녀를 보았는데, 오늘이 바로 목요일, 그녀가 집에 머무는 날이고 방문객을 맞이하는 날이기 때문이다.

뾰루퉁함이 그녀의 아름다운 입술에 오랫동안 머물 수 없거니와, 그녀는 우아하게 미소 지으며 말했다.

“이봐요, 숲길을 달리면서 당신 기억을 되찾았나요?”

옥타브-라빈스키가 대답했다.

“이런 낭패가, 아니오, 여보. 그런데 그대에게 고백 하나 해야겠소.”

“내가 미리 당신이 생각하는 것을 다 모르던가요? 우리 서로를 꿰뚫어보지 않던가요?”

“어제, 나는 수없이 사람 입에 오르내리던 의사에게 갔지요.”

“그랬지요. 발타자르 쉐르본노 의사라고, 인도에서 오랫동안 체류했으며, 어느 하나 경이롭지 않은 것이 없는 수많은 비밀을 브라마들로부터 터득했다고 했지요. 당신은 저까지 데려가려 했지요. 하지만 저는 호기심이 없어요. 왜냐하면, 당신이 절 좋아하는 줄 아니까요, 그래서 제겐 그 지혜로 충분하답니다.”

“그는 내 앞에서 너무나 기이한 실험들을 했으며, 엄청난 기적을 행해서 나는 아직도 정신이 혼미해요. 그 기이한 작자는 저항할 수 없는 힘을 지녀서, 나를 너무도 깊은 최면의 잠에 빠져들게 하였으므로 내가 깼을 때, 나는 더 이상 전과 같은 내 능력을 되찾지 못했지요. 나는 수많은 기억을 잃어 버렸지요. 유일하게, 당신을 향한 나의 사랑만이 손상되지 않고 남아있었어요.”

프라스코비 라빈스카 백작부인이 심각한 어조로 말했다.

“올라프, 당신을 그 의사의 영향 아래 내맡긴 것은 잘못한 거예요.

영혼을 창조한 신은 그것을 건드릴 권리가 있지만, 인간이 그렇게 하는 것은 불경스런 행위와 다를 바 없지요. 저로서는 당신이 더 이상 거기에 다시 가지 않기를 바라며, 그리고 제가 당신에게 어떤 사랑스런 것을 폴란드말로 하게 되면, 당신은 옛날처럼 내 말을 이해하시길 바라요."

옥타브는 말 타고 산책하는 동안, 자신이 다른 사람으로 존재하는 동안 저지르기 마련인 실수를 얼버무리기 위해 이 최면술이라는 변명을 상상해냈다. 그러나 그가 짜낸 노고는 성공을 거두지 못했다. 하인 한 명이 문의 걸쇠를 열면서 방문자가 한 사람 있다고 알렸다.

"옥타브 드 사빌씨."

이제나 저제나 그들의 만남을 예상해야 했음에도 불구하고, 이 단순한 말에 진짜 옥타브는 최후의 심판을 알리는 나팔소리가 갑자기 자신의 귀전을 찢기나 하듯이 창백해졌다. 그는 될 수 있는 한 용기를 긁어모을 필요와, 동요되기에는 자신이 유리한 상황에 있다고 스스로 다독거릴 필요가 있었다. 그는 본능적으로 2인용 안락의자 등받이를 꽉 움켜잡았으며, 그래서 결연하고 침착한 겉모습으로 서 있을 수 있었다.

옥타브의 겉모습을 한 올라프 백작이 백작부인 앞으로 다가와서 깊숙이 머리 숙여 인사를 올렸다.

신사들을 서로 서로 소개하면서 라빈스카 백작부인이 말했다.

"라빈스키 백작...... 옥타브 드 사빌씨......"

그 두 사람은 가끔 너무나 많은 잔인한 열정을 숨기고 있는, 사교적 예의라는 대리석 가면 너머로 야수 같은 시선을 서로에게 쏘아붙이며 차갑게 인사를 나누었다.

백작부인이 친밀하고 우정 어린 목소리로 말했다.

“옥타브씨 당신은 피렌체에서부터 나에게 한을 품었지요, 그래서 나는 당신을 보지 못하고 파리를 떠날까봐 두려웠어요. 당신이 빌라 살비아티에 정말 꾸준히 방문하였기에, 나의 단골의 일원으로 여기게 되었지요.”

가짜 옥타브가 부자연스런 어투로 대답했다.

“부인, 나는 여행을 했고, 고통스러웠고, 아프기 조차 했으며, 당신의 관대한 초대를 받고는 내가 응해야 할 것인가 자문했지요. 왜냐하면 이기주의자가 되어서는 아니 되며, 따분한사람에게 보이는 후덕함을 남용해서도 아니 되기 때문이지요.”

백작부인이 반박했다.

“아마도 따분해지는 사람이겠지. 따분하게 하는 사람은 아니에요. 당신은 언제나 우울했었지요. 하지만 당신이 좋아하는 시인 중의 한 사람이 우수에 대해 말하지 않던가요.

“*빈둥거림에 이어서 최고조의 고통이 오는구나.*[100]”

올라프 드 사빌이 말했다.

“그것은 행복한 사람들이 괴로워하는 사람들을 동정하는 부담을 덜기 위해 퍼뜨리는 소문입니다.”

백작부인이 본의 아니게 그에게 부추긴 사랑에 대해 용서를 구하려는 듯이, 옥타브의 형태 속에 갇힌 백작에게 더할 나위 없이 부드러운 시선을 던졌다.

“당신은 내가 보기보다 훨씬 경솔하다고 믿겠지요. 진정어린 고통

100 이 시구는 뮈세의 시 「처녀들은 무슨 몽상을 하는가」의 한 구절이다.

에 나는 연민을 보내지요, 그리고 내가 그 고통을 누그러뜨릴 수는 없다 해도, 그것을 애처롭게 여길 줄은 알지요. 옥타브씨, 나는 당신이 행복하길 바랐어요. 하지만 당신은 무슨 까닭으로 나름의 행복과 나름의 매혹과 의무와 더불어 당신에게 주어진 인생을 완강하게 거부하며 당신의 슬픔 속에 갇혀 지내시나요? 당신은 무슨 까닭에 내가 당신에게 제안한 우정을 거부했나요?"

너무나 단순하고 솔직한 이 말들이 듣고 있는 두 사람을 서로 다르게 감동시켰다. 옥타브는 그 말에서 살비아티 정원에서 행한 선언성 발언을, 조금도 거짓말을 뱉지 않는 이 아름다운 입으로 재차 확인하는 것으로 받아들였다. 올라프는 그 말을 악랄한 계략으로만 끌어내릴 수 있는, 그 여자의 변질될 리 없는 미덕을 한 번 더 입증하는 계기처럼 받아들였다. 자신의 집을 차지한 또 다른 영혼에 의해 살아 움직이는 자신의 유령을 보자, 그는 갑작스런 분노에 휩싸였으며, 가짜 백작의 목을 조르려고 달려들었다.

"도둑놈, 사기꾼, 악당아 내 껍데기를 내놔라!"

너무도 유별난 이 행동에 백작부인이 초인종 줄을 끌어당기자, 제복을 갖춘 하인들이 백작을 끌고 나갔다.

사람들이 부질없이 몸부림치는 올라프를 데리고 가는 동안, 프라스코비 백작부인이 말했다.

"가련한 옥타브가 정신이 나갔구나!"

진짜 옥타브가 대답했다.

"보다시피 사랑에 미쳤군요! 부인, 당신이 정말 너무 아름다우니까요!"

⓫

그러한 장면이 있은 지 두 시간 후, 가짜 백작은 진짜 백작으로부터 옥타브 드 사빌의 인장 - 그 박탈당한 불행한 사람은 그것 외에 다른 것을 가지고 있지 못했다 - 으로 봉해진 편지 한 장을 받았다. 자신의 문장(紋章)으로 봉인된 서신의 봉인을 떼어내는 것이 올라프 라빈스키의 실체를 강탈한 사람에게 이상한 효과를 연출했지만, 하긴 이런 비정상적인 위치에서는 모든 것이 이상하기 마련이었다.

올라프가 옥타브의 손으로 글 쓰는데 익숙하지 않았기 때문에, 부자유스런 손으로 흉내 내는 듯한 필체로 쓰인 편지에는 다음과 같은 내용을 담고 있었다.

“당신이 읽든 전혀 다른 사람이 읽든, 이 편지는 정신병원에서 부친 것으로 보이겠지만, 당신은 내 말을 이해할 것이요. 지구가 태양 주위를 도는 이후로 아마도 결코 일어나서는 안 되는 숙명적 상황의 설명할 길 없는 우연으로 인해, 나는 어떤 인간도 하지 않았던 행동을 할 수밖에 없게 되었소. 나는 나에게 편지를 쓰고, 받는 사람의 주소에 내 이름, 당신이 내 몸과 더불어 훔쳐간 그 이름을 기재하오. 내가 어떤 무시무시한 음모의 피해자인지, 내가 어떤 악랄한 환영의 굴레에 빠져드는지 나는 모르겠소. 당신은 그것을 알고 있겠지요, 아마도. 그 비밀. 당신이 전혀 겁쟁이가 아니라면, 아주 명예로운 사람이든 아주 불한당이든 자신에게 묻는 질문에 대답하는 곳에서, 내 권총의 총구 혹은 내 칼끝이 당신에게 그 비밀을 요구할 것이요. 내일 우리들 중 한 사람은 하늘을 그만 보아야할 것이요. 이 드넓은 우주가 이제 우리 두 사람에겐 너무 좁구려. 나는 강탈자 당신의 정신이 깃든 내 육체를 죽일 것이오, 그렇지 않으면 내 영혼이 갇혀있기가 수치스런 당신의 몸을 당신이 끝장낼 것이오. 나를 미친 사람으로 취급하려 하지 마시오. 나는 온당하게 처신할 용기가 있을 것이며, 당신을 만나는 곳 마다, 외교관의 냉철함으로 신사도의 예의를 지키며 당신을 비난할 것이오. 백작 올라프 라빈스키씨의 콧수염이 옥타브 드 사빌씨의 마음에 들지 않을 수도 있을 것이고, 매일 오페라의 출구에서 발을 밟히지만, 애매한 것과는 거리가 먼 내 말들이 당신에게 어떤 모호함도 주지 않기를, 그리고 나의 증인들과 당신 측 증인들이 결투 시간과 장소, 그리고 세부 조건에 대해 완전히 의견일치를 하기 바라겠소."

이 편지는 옥타브를 아주 난처하게 만들었다. 그는 백작의 결투장에 거부할 수는 없었지만, 자신의 옛 껍데기에 어떤 연민을 느끼고 있었으므로 자신과 싸운다는 것이 괴롭기 짝이 없었다. 엄밀하게는 자신의 상대방에게 정신병자용 보호복을 입혀서 그자의 팔을 붙들어 맬 수 있었음에도 불구하고, 이런 폭력적인 방법에 호소하는 것은 섬세한 그의 양심에 거부반응을 불러일으켰고, 이 결투가 어떤 명백한 모욕감으로 인해 진행될 수밖에 없다는 생각에 이르러서는 그는 결투를 수용하기로 마음먹었다. 비록 그가 돌이킬 수 없는 열정에 이끌려 비난받아 마땅한 행동을 저지르고, 모든 유혹을 다해 정숙한 한 여인을 정복하기 위해 남편이라는 가면 아래 애인의 얼굴을 숨겼다 하나, 명예도 없고 용기도 없는 사람은 아니었다. 게다가 이 극단적인 해결책은 그가 삼년 동안의 싸움과 고통 끝에, 자신의 생명이 사랑에 소진되어 꺼져가는 순간에야 실행에 옮긴 것이 아니던가. 그는 백작을 알지 못했다. 그는 그자의 친구가 아니었다. 그는 그자에게 빚진 것이 아무것도 없었고, 발타자르 쉐르본노 의사가 자신에게 제공한 우연한 방법을 이용한 것이었다.

어디서 증인들을 구할 것인가? 아마도 백작 친구들 중에서. 하지만 옥타브는 저택에 거주한 날 이후로 그들과 교류를 할 수 없었다.

벽난로 위에는 밑동이 황금용(龍) 형태로 되어있고, 자잘한 금이 간 청자 잔이 두 개 불룩하게 배를 내밀고 있었다. 하나에는 반지와 머리핀, 인장, 갖가지 섬세한 보석들이 담겨 있었다. 나머지 하나에는 명함이 담겨 있었는데, 공작, 후작, 백작의 왕관모양 아래, 고딕체로 세로획을 말아 올린 영어로 한 무리의 폴란드, 러시아, 헝가리, 독일, 이탈리아, 스페인 이름들이 능숙한 조각가에 의해 새겨져 있어서, 가는 나라마다 친구를 사귄 백작의 여행가적 삶을 입증해 주었다.

옥타브는 그중에 두 장을 임의로 집었다. 자모이츠쥐스키 백작과 세풀베다 후작. 그는 말을 준비하게 하여 그들 집으로 가도록 했다. 그는 그들을 차례로 만났다. 그들은 자신들이 올라프 라빈스키 백작이라 여기는 사람의 간청에 대해 놀라는 것 같지 않았다. 부르주와 증인들에 대한 감각이 전혀 없는 그들은 사건이 해결될 수 있을지, 완벽한 신사도를 가진 자로서 다툼의 동기에 대해 호의의 침묵을 지켜야 할지에 대해서 묻지 않았다.

진짜 백작 쪽에서도, 아니면 이렇게 부르는 것이 더 좋다면, 가짜 옥타브 쪽에서도 비슷한 곤란에 빠져 있었다. 그는 자신이 함께 하기를 거절한 점심식사 자리에 있었던 알프레드 움베르와 구스타브 랭보를 기억했고, 그는 그들을 그 결투의 증인으로 삼고자 마음먹었다. 일 년 동안 거의 집밖을 나가지 않았고, 싸움질을 좋아하는 기질이라기보다 훨씬 평화로운 기질로 알려진 그들의 친구가 결투를 한다는데, 두 젊은 사람은 적잖이 놀라는 표정이었다. 그러나 그가 그들에게 밝힐 수 없는 이유로 벌이는 사생결단이라고 말하자, 그들은 거절하지 못하고 라빈스키 저택으로 갔다.

곧 결투의 조건이 합의되었다. 상방 간에 칼이든 권총이든 상관없다고 선언하자, 금화동전을 한개 공중에 던져 무기가 결정되었다. 불로뉴 숲 포토거리, 투박한 기둥이 지탱하고 있는 초가집 지붕 가까이, 다져진 모래가 이런 종류의 결투에 적합한, 원형경기장 모습을 한 나무 없는 빈 공간에 아침 6시까지 와야 했다.

모든 것이 완료되었을 때, 거의 자정이 되었고, 옥타브는 프라스코비 거처의 문으로 향했다. 문의 빗장은 전날 밤처럼 채워져 있었고, 백작부인의 조롱하는 듯한 목소리로 다음과 같은 야유가 문 너머로 날아왔다.

"당신이 폴란드 말을 하게 될 때 다시 오세요. 내 거처에 이방인을 받아들이기에는 저는 너무 애국자예요."

다음 날 아침, 옥타브가 미리 알려서 쉐르본노 의사가 한 다발의 수술도구와 붕대상자를 들고 왔다. 그들은 함께 마차에 올랐다. 자모이츠쥐스키 씨와 세풀베다 씨는 그들의 이륜마차로 따라갔다.

의사가 말했다.

"아니, 여보시게 옥타브, 모험이 결국 이미 비극으로 치닫는가요? 내가 백작을 내 소파에서 한 8일 동안 자게 놔둬야 했었는데. 나는 이 한계를 넘도록 최면을 연장했소. 그러나 인도의 브라만과 회교승려들과 고행자들의 지혜를 공부했어도 소용없소, 언제나 어떤 것은 잊어버리고, 가장 잘 짜인 계획에도 완벽하지 않은 것이 끼어들게 되니까요. 하지만 프라스코비 백작부인이 이렇게 변장한 자신의 피렌체 연인을 어떻게 맞아들었소?"

옥타브가 대답했다.

"내 변신에도 불구하고 그녀가 나를 알아봤거나, 그렇지 않다면 그녀의 수호천사가 나를 경계하라고 그녀에게 귀띔해준 지도 몰라요. 그녀는 북극의 눈만큼 순결하고, 차갑고, 순수했어요. 그녀의 그윽한 영혼은 아마도 사랑하는 사람의 외관 뒤에 숨은 기이한 영혼을 알아보았을 거예요. 당신은 나를 위해 아무 것도 할 수 없다고 제가 분명히 말했지요. 나는 내가 당신 집을 처음 방문했을 때보다 훨씬 더 불행하답니다."

발타자르 쉐르본노 의사가 생각에 잠기며 말했다.

"누가 영혼이 가진 능력에 한계를 정할 수 있겠소? 특히 그 영혼이 지상의 어떤 사상에도 변질되지 않고, 인간을 구성하는 어떤 요소에도 더럽혀지지 않고, 그 영혼이 조물주의 손으로부터 광명 속으로, 사랑의 합일 속에 태어날 때의 그대로 지속된다면 말이오. 그렇소, 그대 말이 옳을 것이요, 그녀가 그대를 알아보았소. 그녀의 천사 같은 수줍음은 욕정의 시선 앞에서 몸을 떨었고, 본능적으로 자신의 하얀 날개로 스스로 감싸고 말았지요. 참 딱하구려, 불쌍한 옥타브! 그대 병은 사실 고칠 수 없소. 우리가 중세에 산다면, 그대에게 말하지요, 수도원에 들어가라고."

옥타브가 대답했다.

"저도 종종 그 생각을 했답니다."

우리는 목적지에 도착했다. 가짜 옥타브의 마차는 이미 정해진 장소에 서 있었다.

이 아침나절의 숲은 낮 동안에 벌어질 사교모임이 훼손하기 전까지 정말 보기 좋은 경관을 연출하였다. 여름이 일러, 햇빛이 아직 숲의 녹음을 칙칙하게 만들 만한 시간이 없었다. 밤 동안 이슬에 씻겨 싱그럽고 투명한 색조가 거대한 수풀에 명암을 주었고, 거기서 여린 식물들의 향기가 발산되고 있었다. 환경이 훨씬 좋은 토양에서 자라는 나무든, 홀로 오랫동안 살아남아 이끼 덮이고 은빛 껍질 반들거리는 우람한 둥치가 이리저리 얽힌 뿌리를 대지에 박고, 기이한 이음새를 한 가지들을 내뻗고, 더 별 볼일 없는 나무를 찾아 더 멀리 가기도 하는 화가들과 장식가들에게 모델이 될 수도 있는 나무든, 이곳에 나무들은 특히나 아름다웠다. 낮의 소음으로 울음을 그치게 될 새들 몇 마리가 나뭇잎 사이에서 즐겁게 지저귀고 있었다. 은밀한 산토끼 한 마리가 오솔길의 모래 위를 깡충거리며 가로지르다가 바퀴소리에 놀라 얼른 풀 속에 숨었다. 잠이 덜 깨 놀란 자연의 이런 시정(詩情)은 알다시피 두 결투자와 증인들의 안중에는 별로 없었다.

쉐르본노 의사의 출현에 대해 올라프 라빈스키 백작은 기분 나쁜 인상을 내보였다. 그러나 그는 곧 표정을 바꾸었다.

사람들이 칼을 재보고 결투자들에게 자리를 지정하자, 그들은 옷을 벗어 던지고 대결자세를 취했다.

증인들이 외쳤다.

"결투 시작!"

상대방에 대한 원한이 어떻든 간에 모든 결투에는 숨 막히듯 장엄한 순간이 있게 마련이다. 각각의 결투자는 숨죽이고 자신의 적수를 탐색하고 공격을 예상하고 반격에 대비하면서 자신의 계획을 머릿속에 그려보게 된다. 이어서 칼날이 서로를 노려보고 위협하다가, 말하자면 꼼짝 않고 서로에게 열중한다. 그런 것이 몇 초간 지속되고, 지켜보는 사람들의 조바심으로는 몇 분, 몇 시간처럼 느껴지게 된다.

여기 구경꾼들이 볼 때 종종 일어나는 결투 조건이 당사자들에게는 너무나 기이하여, 그들은 보통 하는 것보다 더욱 오랫동안 그렇게 경계자세로 있었다. 사실 각각의 결투자는 자기 앞에 자기 자신의 육체를 마주하고 있었고, 전날 밤까지 자기 것이었던 몸속에 강철 칼날을 찔러 박아야 했다. 결투는 상상도 못한 일종의 자살로 꼬이게 되었고, 옥타브와 백작은 둘 다 용맹스러움에도 불구하고, 그들은 자신들의 환영 앞에서 손에 칼을 들고 서로를 덮치려 한다는데 대한 본능적인 공포로 몸을 떨었다.

증인들이 참지 못하고 한 번 더 고함을 질러댔다.

“두 분 다 어서들 맞붙으시오!”

그러자 그들의 칼날이 서로 부딪쳤다.

상방 간에 몇 차례 민첩한 공격이 오갔다.

백작은 군사훈련 덕택에 능숙한 검객이었다. 그는 내로라하는 검술 사범들의 흉갑에 칼자국을 내곤 했었다. 그러나 그가 여전히 검술이론을 가지고 있다한들, 이맘 샤밀이 이끄는 무리드족들을 궁지에 몰아넣는데 익숙한 억센 팔을 가지고 있지는 못했다. 그의 칼을 잡고 있는 것은 바로 옥타브의 나약한 손목이었다.

그와는 반대로, 백작의 몸을 가진 옥타브는 알 수 없는 박력에 휩싸여, 능란하지 못하면서도 자신을 노리는 칼날을 번번이 가슴께에서 막아내고 있었다.

올라프는 상대를 맞히려고도, 아무렇게나 일격을 가하려고도 애써 봤지만 허사였다. 더욱 냉정하고 단호한 옥타브는 모든 페인트 동작을 막아내고 있었다.

칼 놀림이 신경질적이고 엉망이 된 백작은 분노가 치밀어 올랐다. 그는 옥타브 드 사빌로 남아있는 한이 있더라도, 프라스코비를 속일 수 있었던 이 사기꾼의 육체를 죽이고 싶었고, 그것이 형용할 길 없는 분노에 사로잡힌 그의 생각이기도 했다.

그는 자기 자신의 육체 안에 깃들은 적수의 영혼과 목숨을 절명시키기 위해, 몸을 관통당할 위험을 무릅쓰고서도 정면으로 내리치려고 했다. 그러나 옥타브의 칼이 너무나 민첩하고 거침없고 단호한 동작으로 그의 칼을 감고 돌았으므로, 그의 손에서 빠져나간 칼이 허공에 솟아올랐다가 몇 발치 밖에 나가떨어졌다.

올라프의 목숨은 옥타브에게 달려있었다. 그는 올라프를 마구 찌르려면 칼을 내려치기만 하면 되었다. 백작의 얼굴이 일그러졌다. 죽음이 두려워서가 아니라, 자기 부인을 이 육체도둑의 손아귀에 내맡겨 둬야하고, 이제 아무 것도 정체를 밝힐 수 없다는 생각이 들었기 때문이었다.

자신의 유리함을 이용하기는커녕, 옥타브가 칼을 던지고, 증인들에게 관여하지 말라는 몸짓을 하고는 아연실색한 백작에게 다가와서, 그의 팔을 잡고 숲 깊숙이 그를 데리고 갔다.

백작이 말했다.

“무엇을 바라오? 죽일 수 있을 때, 왜 나를 죽이지 않소? 무기 없는 자를 내리치는 것을 스스로 용납하지 못했다면, 왜 내게 다시 칼을 잡도록 하여 계속 싸우지 않소? 태양이 우리 두 사람의 그림자를 한꺼번에 모래밭 위에 드리워서는 안 되며, 대지가 우리 그림자 중 하나를 삼켜야한다는 것을 당신도 잘 알잖소.”

옥타브가 대답했다.

“잠자코 내 말 좀 들어보시오. 당신의 행복은 내 손에 달려 있소. 합법적으로는 당신이 주인이지만 지금 내가 뒤집어쓰고 있는 이 몸을 나는 계속해서 차지할 수 있소. 지금 우리 가까이 증인들이 없다는 것, 말을 전할 리 없는 새들만이 우리의 말을 들을 수 있다는 것을 느끼니 기쁘다오. 만약 우리가 다시 결투를 한다면, 나는 그대를 죽일 것이오. 어쨌거나 내가 서투르게 표방하는 올라프 라빈스키 백작은 유감스럽게도 내가 제거해야하고 당신이 지금 모습을 하고 있는 옥타브 드 사빌보다 검술에는 훨씬 강하다오. 그런데 이 죽음은 내 영혼은 거기서 살아남으므로 비록 실재가 아니더라도, 내 어머니를 슬프게 할 것이오."

이런 견해가 사실임을 간파한 백작은 일종의 동의와 같은 침묵을 지켰다.

옥타브가 계속했다.

"내가 반대하는 한, 결코 당신은 당신의 인격체를 회복하게 되지 못할 것이오. 당신은 두 번에 걸친 시도에서 무엇을 얻었는지 알겠지요. 또 다시 시도를 한다면 당신은 편집증 환자로 취급받을 것이오. 아무도 당신의 주장에 대해 한 마디도 믿으려 하지 않을 것이며, 당신이 올라프 라빈스키 백작이라고 주장할 경우, 당신이 이미 확인할 수 있었듯이, 모든 사람이 당신의 면전에서 웃음을 터뜨릴 것이오. 사람들은 당신을 감금할 것이고, 당신은 남의 비난 속에서 당신이 실제로 아름다운 프라스코비 라빈스카 백작부인의 남편이라고 주장하느라 남은 삶을 보내고 말 것이오. 가엾게 여기는 영혼들이 말할 것이고, 당신은 "이 가련한 옥타브!"라는 말을 들을 것이오. 자신이 죽지 않았다는 것을 입증하고 싶어 했던 발작의 그 샤베르[101]처럼 당신을 알아주지 않을 거요."

계산 해봐도 그것이 너무나 분명했으므로, 낙심한 백작은 머리를 축 늘어뜨리고 말았다.

"당신은 현재 옥타브 드 사빌이기 때문에, 아마도 당신은 그자의 서랍을 뒤져서 그자의 서류를 훑어봤겠지요. 그래서 그자가 삼 년 전부터 프라스코비 라빈스카 백작부인을 향한 미친 듯한, 그러나 희망 없는 사랑을 품어왔다는 것, 그자가 헛되이 그 사랑의 마음을 뺏으려 했고 아직 무덤까지는 그 사랑을 쫓아가지 않더라도, 자신의 목숨과

101 (역주) 전쟁에서 죽었다고 알려졌으나, 시체더미 속에서 살아남은, 발작의 동명소설『샤베르 대령』의 주인공을 말함.

함께 끝낼 거라는 것쯤은 당신도 모르지 않겠지요."

백작이 입술을 깨물며 말했다.

"그래, 알지요."

"아아, 나는 그녀에게 다가가기 위해 끔찍하고도 소름끼치는 방법을 사용하였고, 오로지 미친 듯한 열정만이 위험을 감수할 수 있는 그런 방법 말이지요. 의사 쉐르본노가 모든 나라와 모든 시대의 마술사들을 나가떨어지게 할 비법을 나를 위해서 시도했지요. 그 후에 우리 두 사람은 모두 잠의 나락에 떨어졌고, 그는 최면술로 우리의 영혼에게 거죽을 바꾸게 했지요. 쓸데없는 기적이로고! 내, 당신에게 당신의 육신을 돌려주리다. 프라스코비는 나를 좋아하지 않소! 그녀는 남편의 형태 속에 있는 애인의 영혼을 알아보았소. 그녀의 시선은 살비아티 빌라의 정원에서 그랬던 것처럼 당신들 부부가 자는 침실의 문간에서 싸늘하게 얼어붙었지요."

옥타브의 말투에서 너무나 솔직한 슬픔이 느껴졌으므로, 백작은 그자의 말에 신뢰를 느꼈다.

옥타브가 미소를 띠며 덧붙였다.

"나는 연인이지, 도둑이 아니오. 그래서 내가 이 지상에서 원했던 유일한 행복을 차지할 수 없는 까닭에, 당신의 칭호, 당신의 성(姓), 당신의 땅, 당신의 돈, 당신의 말, 당신의 문장(紋章)을 내가 간직할 이유가 없소. 자 내 팔을 잡으시오, 화해한 표정을 지으시오, 우리의 증인들에게 고맙다고 합시다, 우리 함께 쉐르본노 의사를 만나서, 우리가 변신되어 빠져나온 마술 작업실로 돌아갑시다. 그 늙은 브라만은 자신이 건 마술을 도로 풀 수 있을 것이오."

옥타브가 아직 몇 분 더 올라프 라빈스키 백작 역을 맡으며 말했다.

"여러분, 내 적수와 나는 이 자리에서 공개할 수 없는 해명을 서로 전달했는데, 결투를 계속하는 것이 쓸데없는 짓이라는 것이오. 칼날좀 부딪친다해서 무고한 사람들 사이에 일어난 생각들을 밝혀줄 것은 아무 것도 없소."

자모이츠쥐스키씨와 세풀베다씨는 그들의 마차에 다시 탔다. 알프레드 움베르와 구스타브 랭보는 그들의 이륜마차로 갔다. 올라프 라빈스키 백작, 옥타브 사빌, 쉐르본노 의사는 르가르르가를 향해 쏜살같이 달려 나갔다.

⑫

불로뉴 숲에서 르가르르가(街)로 가는 동안 옥타브 드 사빌은 쉐르본노 의사에게 말했다.

"의사 선생님, 제가 한 번 더 선생님의 기술을 시험해볼까 합니다. 우리 각자의 영혼을 본래 자기 거처로 도로 보내주셔야 하겠습니다. 당신에게는 그러는 것이 어렵지 않겠지요. 대궐을 오두막으로 바꿔서 몇 시간동안 자신의 고명한 인격체를 내 가련한 신체 안에 살게 한데 대해, 라빈스키 백작은 당신을 원망하지 않기를 바랍니다. 하기야 당신은 그 어떤 복수도 두려워하지 않을 힘을 가지셨지요."

쉐르본노 의사는 동의한다는 표시를 한 후 말했다.

"그 절차는 아까보다 훨씬 간단할거요. 그대들에게는 육체에 영혼을 붙들어 두는 보이지 않는 미세한 끈들이 최근에 끊어져버렸는데, 그것들이 도로 붙을 시간이 없었고, 그대의 의지가 최면술사와 최면에 걸린 사람의 본능적인 저항이 대립해서 생기는 장애물을 만들지는 않을 것이오. 어떤 경험을 행해보고 싶은 기쁨을 억누를 수 없었던 나

같은 늙은 학자를 백작님은 아마 용서하시겠지, 그런 경험을 위한 대상을 많이 찾지 못하는 데다, 이 시도는 애매한 것을 점술(占術)로까지 밀고 가서, 다른 모든 효능이 굴복하는 거기서 승리하는 어떤 효능을 똑 부러지게 확인하고자 하는 차원에서만 한 것이니까. 그대들은 원한다면 이 일시적인 변신을 괴상한 꿈 정도로 간주해도 될 것이고, 아마도 언젠가는 극소수의 사람들이 알게 된 이 기이한 감각, 즉 두 육체에 걸쳐 살았다는 것을 체험한 데 대해 화를 내지 않을 것이오. 윤회는 새로운 학설이 아니오. 하지만 영혼들은 다른 존재로 태어나기 전에 망각의 잔을 마시므로, 모든 사람들이 피타고라스가 그랬듯이 트로이 전쟁을 목격한 것을 기억할 수는 없지요."

백작이 정중하게 대답했다.

"친절하게도 나를 내 인격체 속에 다시 깃들게 해주는 것이 나를 그곳에서 쫓아냈을 때의 불쾌함과 상쇄되는 바, 아직은 내가 옥타브드 사빌씨이지만, 곧 그 사람이기를 그만두게 될 그자를 위해서도 전혀 나쁜 의도는 아닐 것입니다."

옥타브는 이 말에, 남의 육체를 통해서만 자기 말을 전할 수 있는 라빈스키 백작의 입술로 미소를 지었다. 그리고 그들의 비정상적인 상황이 대화를 어렵게 했으므로 이 세 사람들 사이에 침묵이 흘렀다.

가련한 옥타브는 사라진 자신의 희망에 대해 생각했으며, 고백하건데 그의 생각은 분명히 분홍빛 색조를 띠지는 않았다. 거부당한 모든 애인들처럼, 그는 아직도 자신이 왜 사랑받지 못했는지 자문하고 있었다 - 마치 사랑에 무슨 이유를 가지기라도 하듯이! 거기 답할 수 있는 유일한 대답이 '왜냐면'인데, 그것은 여성들이 모든 곤란한 질문에 대항하며 내세우는, 고집스럽고 간편한 표현으로 된 논리적 대답이거늘. 그렇지만 그는 패배를 느꼈고, 쉐르본노 의사로 인해서 잠시 자신 속에 붙잡고 있던 생명의 용수철이 다시 부서져서, 땅바닥에 떨어져버린 시계 용수철같이 자신의 가슴 속에서 망가진 소리를 내는 것을 느꼈다. 옥타브는 스스로 목숨을 끊는 슬픔에 대해서 자신의 모친에게 말하고 싶지 않았을 것이고, 그는 과학적인 이름으로는 명명하기 불가능한 병인 자신의 슬픔이 조용히 소멸될 장소를 찾았다. 자신이 화가나 시인, 혹은 음악가였더라면, 자신의 고통을 걸작으로 승화시킬 수 있었을 테고, 하얗게 차려입은 프라스코비는 단테의 베아트리체와 비슷하게 별 왕관을 쓰고 빛을 발하는 천사처럼 자신에게 영감을 불러일으켰을 텐데. 그러나 우리가 이 이야기를 시작하면서 그랬듯이, 교육을 잘 받고 뛰어나기는 했지만, 옥타브는 이 세상에 자신의 자취를 남기는 엘리트 정신의 소유자가 아니었다. 남몰래 숭고한 영혼인 그는 사랑하고 죽어갈 줄만 알았다.

마차가 르가르가의 오래된 저택 마당에 들어섰다. 깔린 포석 틈새에 푸른 풀로 채워진 마당에는 찾아오는 사람들의 발자국으로 길이 나있고, 건물의 우중충한 높은 벽에는 수도원의 회랑에 드리우는 그것처럼 차가운 그늘로 덮여있었다. '침묵'과 '부동(不動)'이 학자의 묵상을 보호하기 위한 두 투명 조각상처럼 문간을 지키고 있었다.

옥타브와 백작이 마차에서 내렸고, 의사는 자신의 나이에 비해 훨씬 민첩하게 발판을 내려왔으며, 노약한 사람들을 배려해서 고관집의 시종들이 갖추는 예의에 버금가게 제복 입은 하인이 그에게 내미는 팔을 잡지도 않았다.

이중문이 그들 뒤에서 잠기자마자, 올라프와 옥타브는 뜨거운 공기가 그들을 감싸는 것을 느꼈다. 그 공기는 의사에게 인도의 대기를 상기시켰고, 그만이 편안하게 숨 쉴 수 있었지만, 그처럼 삼십년 동안 적도의 태양에 그을리지 않은 사람들은 거의 숨이 막힐 지경이었다.

비슈누의 아바타들은 액자 속에서 여전히 찡그린 모습을 하고 있었는데, 불빛에서 보다 낮 동안 더욱 괴상했다. 푸른 신(神) 시바는 기둥 위에서 냉소를 지었고, 두르가[102]는 산돼지 이빨로 울퉁불퉁하게 굳어진 입술을 물고 해골로 만든 묵주를 만지작거리는 것 같아 보였다. 집안은 신비롭고도 마술적인 인상을 간직하고 있었다.

발타자르 쉐르본노 의사는 이 두 대상을 첫 번째 변형이 시행되었던 방으로 데려갔다. 그는 전기장치의 유리원판을 돌게 했고, 동물자기통의 쇠막대기를 움직이게 했고, 온도를 빠르게 상승시키도록 열기구멍을 열었고, 너무나 오래된 파피루스 위에 쓰인 글을 두 세줄 읽었는데, 그것은 막 가루로 변할 것 같은 낡은 나무껍질 같았다. 그리고 몇 분이 흘렀을 때, 그는 옥타브와 백작에게 말했다.

"여러분, 준비가 되었소. 우리 시작할까요?"

의사가 작업 준비를 하는 동안 불안한 생각이 백작의 머리를 스치고 지나갔다.

"내가 잠들어 있을 동안 악마 그 자체 일 수도 있을 원숭이를 닮은 이 늙은 마술가가 내 영혼에 무슨 짓을 할지? 내 육체에 내 영혼을 되돌려 줄 것인가, 아니면 내 영혼을 자신과 함께 지옥으로 끌고 갈 것인가? 나의 행복을 나에게 돌려주어야할 이 교환이 새로운 함정에 불과한 것인가, 내 의지로는 어쩔 수 없는 최종 목표를 가진 어떤 요술 같은 일을 위한 일련의 마키아벨리적인 술책에 불과한가? 하지만, 현재 나의 위치는 더 나빠질 것이 없다. 옥타브가 내 육체를 소유하고 있고, 그가 오늘 아침 분명히 말했듯이 지금 내 모습으로 그것을 요구한다면, 나는 미친 사람으로 감금당하게 될 것이다. 그가 결정적으

102 (역주) 여신 두르가는 시바의 아내로 여러 개의 팔을 가지고 들소 악마와 싸울 때 각각의 팔로 다양한 무기를 사용한다고 전해진다.

로 나를 제거하기를 원했다면, 자기 칼끝으로 찌르기만 하면 되었다. 나는 칼을 놓쳤고, 그의 처분에 달려 있었다. 사람들의 정의라는 것은 이것과는 아무 상관이 없었다. 결투라는 형식은 완벽하게 합법적이었고, 모든 것이 관례에 따라 진행되었었다. 자! 프라스코비를 생각하고, 어린애 같은 두려움은 떠올리지 말자! 그녀를 되찾기 위해 나에게 남은 유일한 방법을 시도해 보도록 하자!"

그리고 그는 옥타브처럼 발타자르 쉐르본노 의사가 자기에게 내미는 쇠막대기를 잡았다.

두 젊은 사람이 과도한 자기류가 흐르는 금속도체에 충격을 받아, 처음 보는 사람들은 죽은 것으로 여길 정도로 깊은 마비 상태에 떨어졌다. 의사는 손으로 마술을 걸고, 의식(儀式)을 마치고, 시작할 때처럼 주문을 외웠다. 그러자 두 개의 작은 불꽃이 밝게 떨면서 옥타브와 백작 위로 나타나서, 번쩍번쩍 날면서 최면술사의 동작을 따라갔다.

그러는 동안 옥타브의 영혼은 천천히 올라프의 몸에서 멀어져 가서, 자기 몸과 합쳐지는 대신에 자유로워 아주 즐거운 듯이 상승하더니, 자신의 감옥으로 되돌아오는 것을 걱정하지 않는 것처럼 보였다. 의사는 날개를 파닥이는 이 프시케에게 연민의 정을 느꼈고, 이 비참함의 계곡으로 그를 끌어들인 것이 잘 한 것인지 스스로 되물었다. 이 머뭇거리는 순간에도 영혼은 계속 올라가고 있었다. 쉐르본노씨는 자기 역할을 되짚으며 주체할 수 없는 단음절을 더욱 절박한 어조로 반복했고, 충격적인 손동작으로 강인한 마술을 걸었다. 떠다니는 작은 발광체는 이미 자기장 밖으로 벗어나 있었으며, 가장 높은 곳에 있는 격자창을 넘어 사라져갔다.

의사는 쓸데없다는 것을 간파하고 애쓰기를 멈추고 백작을 깨웠다. 그는 거울로 평소의 자신의 모습을 비쳐보고, 기쁜 소리를 지르며,

분명하게 그 껍데기를 떨쳐버렸다는 것을 입증이라도 하려는 듯이 여전히 움직이지 않는 옥타브의 몸을 힐끗 쳐다보았다. 그리고는 발타자르 쉐르본노씨에게 손으로 인사하고 밖으로 뛰쳐나갔다.

얼마 뒤, 덮개 있는 마차가 무겁게 구르는 소리가 들렸고, 발타자르 쉐르본노 의사 혼자 옥타브 드 사빌의 시체와 마주하고 있었다.

"가네샤[103]의 코를 걸고 맹세코!"

백작이 떠났을 때, 엘레판타의 브라마 제자가 외쳤다.

"이런 고약한 일이 있나. 내가 새장 문을 열었으니 새는 날아 가버렸고, 이제 그는 이미 이 세상영역 밖으로 너무 멀리 가버려서, 고행자 브라마-로굼 본인이 와도 그를 도로 붙잡지 못할 게다. 나는 육신만을 안고 있게 되었네 그려. 뼛조각 하나 추리지 못할 정도로 아주 강렬한 부식성(腐蝕性) 목욕으로 그를 분해할 수 있으며, 혹은 여기저기 상형문자로 뒤덮인 관에 갇힌 것과 비슷한 파라오의 미라를 몇 시간 안에 만들 수도 있거늘. 그러나 경찰조사가 시작될 테고, 내 거처를 수색할 테고, 내가 가진 상자들을 열어볼 테고, 모든 종류의 골치 아픈 심문을 나에게 할 테지......"

때마침 반짝하고 좋은 생각이 의사의 뇌리를 스쳐갔다. 그는 펜을 잡고 종이 한 장에 빠르게 몇 줄을 갈겨쓴 후, 자신의 책상서랍에 끼워 넣었다.

종이에는 다음처럼 적혀있었다.

"부모도 없고, 방계혈족도 없으므로, 나는 나의 모든 재산을 내가

103 (역주) 사람의 몸에 코끼리 머리를 한 인도의 신으로 시바와 파르바티의 아들이다. 지혜와 행운을 가져다 주고 장애를 제거해준다고 믿기 때문에 사업의 시작이나 모든 예배나 의식에 그에 대한 예배로 시작한다. 그의 코는 진리와 거짓을 식별하는 능력을 가지고 상황에 적응하는 유연한 지성을 의미한다.(류경희, 『인도 신화의 계보』, 살림출판사, 2003년 참조)

특별히 애정을 쏟아 온 옥타브 드 사빌씨에게 물려준다. 늙었거나 지쳤거나 병든 동물들을 위해 십만 프랑[104]의 유산을 스리랑카의 브라만 병원에 지불하고, 내 인도 하인과 영국 하인에게 천이백 프랑의 종신 연금을 사용하고, 마자린 도서관에 마누법전의 원고를 기증하기를 유언한다."

산 사람이 죽은 사람에게 쓴 이 유서가 믿기지 않지만, 사실인 이 이야기에 하나도 이상할 것 없는 일은 아니다. 그러나 이 이상스러움은 곧 해소될 것이다.

의사는 생명의 온기가 아직 남아있는 옥타브 드 사빌의 몸을 만졌고, 이상하리만치 거만한 태도로 거울 속에 비치는 오돌토돌 쪼그라든 가죽처럼 주름투성이에 거무죽죽하고 꺼칠꺼칠한 자기 얼굴을 쳐다보았고, 재단사가 새 옷을 가져다 줄 때, 낡은 옷을 벗어던지는 그런 동작을 자신에게 취하면서, 그는 고행자 브라마-로굼의 주문을 중얼거렸다.

곧 발타자르 쉐르본노 의사의 몸이 양탄자 위에 벼락을 맞은 듯이 데굴데굴 구르자, 옥타브 드 사빌의 몸이 힘차고 민첩하고 활기차게 도로 일어났다.

옥타브-쉐르본노는 잠시 동안 이 야위고, 뼈마디 불거지고 푸르스름한 껍데기 앞에 서 있었다. 그것은 조금 전까지 그를 활기차게 살아있게 했던 힘센 영혼에 의해 지탱되지 않았으므로, 거의 즉각적으로 극단적인 노쇠의 기미를 보였고, 곧바로 시체 같은 모습을 띠었다.

"안녕, 세계 다섯 대륙을 내 칠십 평생 동안 끌고 다녔던 가련한 인간 누더기, 팔꿈치가 헤어지고, 바느질 자국은 전부 닳아빠진 비참한

104 (역주) 유로로 바뀌기 전의 프랑스 화폐.

누더기여! 너, 고생 많이 했고, 너를 떠나보내려니 아쉽구나. 그렇게 오랫동안 함께 살면서 서로 정이 들었는데! 그러나 내 지식이 곧 튼실하게 할 이 젊은 거죽과 더불어, 나는 아직 위대한 경전의 글들을 연구하고, 연습하고, 읽을 수 있을 걸세. 죽음이 다음과 같이 말하면서 가장 흥미진진한 구절에서 그 경전을 덮을 때까지. "이제 그만 하게나!"

이 장례연설을 자기 자신에게 전달하면서 옥타브-쉐르본노는 자신의 새 존재를 소유하러가기 위해 조용히 밖으로 나왔다.

올라프 라빈스키 백작은 자신의 저택으로 돌아가자마자 백작부인이 자신을 맞이할 수 있는지 물어보게 했다.

그는 온실 안 이끼더미 위에 앉아있는 그녀를 보았고, 온실의 반쯤 젖혀진 크리스털 판으로 훈훈하고 밝은 공기가 이국적이고 열대 식물의 그야말로 처녀림 한 가운데로 흘러들었다. 그녀는 독일 유심론이 잉태한, 가장 미묘하고 가장 드물고 가장 관념적인 작가 중 한 사람인 노발리스를 읽고 있었다. 백작부인은 현실적이며 강렬한 색조로 삶을 묘사한 책들은 좋아하지 않았다. 우아함과 사랑과 시(詩)의 세계에서 살아온 나머지, 그녀에게 삶은 좀 거칠게 보였다.

그녀는 책을 던지고 천천히 백작을 올려다보았다. 그녀는 남편의 검은 눈동자에서 이상한 생각이 담긴, 이글거리고 격동하는 그 시선을 또 볼까봐 두려웠다. 그 시선은 그녀를 너무 고통스럽게 흔들어 놓았으며, 미칠 것 같은 불안감에다 괴상망측한 생각이 들었지만, 다른 사람의 시선처럼 보였었다.

올라프의 눈에는 차분한 기쁨이 피어올랐고, 정숙한 사랑과 순수한 사랑이 동일한 불길로 타올랐다. 표정이 변해버렸던 낯선 영혼은 영원히 날아가 버렸던 것이다. 프라스코비는 곧바로 자신이 너무나 사랑하던 올라프를 다시 알아보았고, 순식간에 기쁨에 물든 홍조가 그녀의 투명한 볼에 퍼졌다. 비록 그녀는 쉐르본노 의사가 시행했던 영혼의 바꿔치기를 알지 못하는데도 불구하고, 그녀의 예민한 감각이 그것을 파악하지 못하면서도 이 모든 변화를 감지했던 것이다.

이끼더미 위에서 푸른 가죽으로 장정된 책을 주워들면서 올라프가 말했다.

"여보 프라스코비, 당신 거기서 무얼 읽으셨소?"

"아! 하인리히 폰 오프터딩엔[105]의 이야기예요. 어느 날 당신이 식탁에서 그 책을 보고 싶다고 했을 때, 내가 당신을 위해 전속력으로 마차를 몰아 모히레프에 찾으러 갔던 바로 그 책이지요. 자정에 그 책은 당신의 작은 원탁 위 등불 옆에 있게 되었지만, 덕분에 랄프 또한 가쁜 숨만 내쉬게 되었지요!

그리고 나는 당신 앞에서 최소한의 환상조차 절대로 표시하지 않으리라고 말했지요. 당신은 자기 연인에게 별을 가져다 줄 수 없었기 때문에 그녀에게 별을 쳐다보지 말 것을 부탁한 이 스페인의 대장부 성격을 지녔어요."

백작이 대답했다.

"만약 그대가 별 하나를 쳐다본다면, 내가 하늘로 올라가서 하나님께 그 별을 달라고 해볼 테요."

백작부인은 남편의 이야기에 기를 기울이면서, 금빛 햇빛에 불꽃처럼 반짝거리는 머리다발에서 삐져나온 머리꽁지를 제쳐 넘겼다. 이 동작으로 그녀의 소매가 미끄러져서, 그녀의 아름다운 팔이 드러났고,

---

105 『하인리히 폰 오프터딩엔』은 1802년에 출판된 노발리스의 미완성 소설이고, 그 중 몇몇 부분만이 당시의 여러 잡지에 프랑스어로 소개되었다.

그녀의 손목에 터키석으로 수놓아진 도마뱀 팔찌가 감겨있었는데, 그것은 옥타브에게는 너무나 숙명적이게도 그녀가 카시네스에 나타나던 날 손에 찼던 것이었다.

백작이 말했다.

"옛날 당신이 내 간곡한 간청에 처음으로 정원에 내려왔을 때, 내가 막대기 한 방으로 죽여 버린 가엾은 그 쪼그만 도마뱀이 참으로 당신을 놀라게도 했지! 내가 금으로 그것의 주형을 뜨게 하고 보석으로 장식하게 했지. 그런데 보석 상태로 있는데도, 여전히 당신을 무섭게 하는 것 같구려, 또 당신이 그것을 끼기로 마음먹은 지가 제법 시간이 지난 뒤였는데도 말이오."

"오! 나는 이제 이 팔찌를 끼는 것이 완전히 몸에 뱄어요, 그리고 이것은 내 보석 중 내가 좋아하는 거구요. 왜냐하면 이것은 내 한 소중한 추억을 상기하기 때문이지요."

백작이 말을 받았다.

"맞아요. 그날 내가 당신의 숙모에게 공식적으로 당신과 결혼하게 해달라고 그 다음날 요구하기로 합의했으니까요."

진짜 올라프의 시선과 억양을 다시 알아본 백작부인이 이런 둘 사이의 세밀한 것까지 아는데 안심이 되어, 일어나 그에게 미소를 지으며 그의 팔을 잡고 온실을 몇 바퀴 돌았다. 그녀는 지나가는 길에 다른 손으로 꽃을 꺾어서 장미꽃을 먹는 스키아보네[106]의 비너스처럼 청순한 입술로 꽃잎을 물었다.

그녀는 진주 같은 이로 베어낸 꽃을 던지며 말했다.

---

106 (역주) 본명이 안드레아 멜돌라(Meldolla)인 스키아보네(1510 혹은 1515-1563)는 달마치아 지방(오늘날 크로아티아)에서 태어난 베네치아 유파에 속하는 화가이자 판화가이다. 티치아노의 제자이며 기교주의자로 과감한 색채를 사용하였다.

"오늘 당신 기억력이 너무 좋은 걸로 봐서, 어제 당신이 알지 못했던 당신 모국어의 용법을 되찾은 게 틀림없군요."

백작이 폴란드말로 대답했다.

"오! 만약 영혼들이 낙원에서도 인간의 언어를 잊지 않는다면, 내 영혼이 내가 그대를 사랑한다고 그대에게 전하기 위해 하늘에서 말할 바로 그 언어요."

프라스코비는 계속 걸으면서 자신의 머리를 올라프의 어깨 위에 사뿐히 숙였다.

그녀는 중얼거렸다.

"내 사랑, 바로 내가 좋아하던 그대로의 당신이오. 어제 당신은 나를 겁나게 했고요, 나는 당신을 이방인처럼 피해 달아났어요."

그 다음 날, 늙은 의사의 정신을 가지고 되살아난 옥타브 드 사빌은 가장자리가 검은 색으로 된 편지 한 통을 받았는데, 발타자르 쉐르본노씨의 운구행렬과 하관식에 참석해달라고 부탁하는 부고였다.

의사는 자신의 새 외관을 뒤집어쓰고 자신의 유해를 따라 묘지로 가서, 자신이 매장되는 것을 지켜보며, 자신의 무덤가에서 행하는 장례문을 아주 그럴싸하게 심각한 표정을 지으며 들었는데, 그 글은 과학이 막 저지르고만 돌이킬 수 없는 소멸에 비통해하는 내용을 담고 있었다. 그러고 나서 그는 생 라자르가로 돌아와서, 그가 자신을 배려해 써둔 유언장이 공개되기를 기다렸다.

바로 그날, 석간신문의 부고 란에 다음처럼 고지되었다.

"인도에 오랫동안 체류하고 문헌학적 지식과 기적의 치료술을 행한 것으로 알려진 의사 발타자르 쉐르본노씨가 어제 자신의 집무실에서 죽은 채 발견되었다. 시체를 면밀히 조사한 결과 범죄에 대한 의심은 전혀 없었다. 쉐르본노씨는 아마도 과도한 정신적 피로로 쓰러졌거나, 아니면 어떤 대담한 실험 중에 목숨을 잃은 것 같다. 의사의 책상에서 발견된 자필의 유언장에 의하면, 대단히 중요한 원고들은 마자린 도서관에 기증하고, 자신의 상속인으로는 유명한 가문 출신의 한 젊은 사람 ㅇ. 드 ㅅ. 씨를 지명한다고 명시되어 있다."

커피주전자

- 환상이야기

❶

작년에 나는 같은 화실을 쓰는 동료 아리고 코익과 페드리노 보르니올리와 함께 며칠 동안 노르망디 깊숙한 곳에 초대 받았다.

우리가 출발할 때 좋을 것 같았던 날씨가 갑자기 변할 조짐을 보였고, 비가 얼마나 내렸던지, 우리가 걷고 있는 낮게 패인 길은 급류가 흐르는 도랑처럼 되어버렸다.

진흙탕 길은 무릎까지 빠졌고, 신발 밑창에는 끈적거리는 흙이 두텁게 달라붙어서 그 무게 때문에 어찌나 발걸음이 무거웠던지, 우리는 목적지에 해가 지고도 한 시간이 지나서야 겨우 도착할 수 있었다.

우리는 지칠 대로 지쳐있었다. 우리를 초대한 주인 역시 우리가 나오는 하품을 참느라, 감기는 눈을 뜨고 있느라 애쓰는 것을 보고는, 저녁식사를 마치자마자 우리가 머물 방으로 각각 안내해 주었다.

내가 잘 방은 아주 넓었다. 나는 그 방에 들어가면서 어떤 전율 같은 것을 느꼈다. 왜냐하면 내가 마치 어떤 낯선 세계로 들어가는 것 같았기 때문이었다.

사실, 부셰[107]가 그린 사계절을 묘사한 문의 상층부를 보아서나, 아주 괴팍한 취향의 로카이유 장식[108]으로 칠갑된 가구들을 보아서나,

---

107 (역주) 풍경화와 신화적 소재를 매우 우아하게 표현한 프랑스의 화가(1703-1770).

108 (역주) 구불구불한 곡선이 두드러진 루이 15세 시대의 장식 양식.

벽난로 상층부의 둔탁하게 조각된 거울장식을 보아서도 섭정시절[109]로 돌아와 있다고 여길 만했다.

방은 하나도 어질러지지 않았다. 빗통과 분첩이 놓인 화장대는 전날 밤에 사용한 것 같았다. 현란한 색깔의 원피스 두세 벌과 은줄로 장식된 부채 하나가 초칠이 잘된 바닥에 펼쳐져있었고, 벽난로 위에 열려있는 자개 담뱃갑에는 놀랍게도 아직 신선한 향이 묻어나는 담배가 가득했다.

하인이 침대 머리맡 탁자에 촛대를 놓으면서 잘 주무시라고 말한 뒤에야 나는 이런 것들을 알아차렸고, 고백하자면 내 몸이 나뭇잎처럼 떨리기 시작했다. 나는 재빨리 옷을 벗고 침대 속으로 들어갔고, 이런 터무니없는 무서움을 떨쳐버리기 위해, 벽 쪽으로 돌아누워 바로 눈을 감았다.

그러나 그 자세로 그대로 있을 수가 없었다. 내 몸 아래에서 침대가 파도처럼 요동을 쳤고, 내 눈썹이 무지막지하게 뒤로 당겨졌다. 나는 뒤돌아보지 않을 수가 없었다.

타오르는 촛불이 방안에 불그스레하게 반사되고 있어서, 나는 장식융단에 드러나는 인물들과 벽에 걸린 부옇게 퇴색된 초상화의 모습들을 별로 어렵지 않게 구분할 수 있었다.

그 인물들은 우리를 초대한 집주인의 조상들이었는데, 철갑옷을 입은 기사들과 가발을 쓴 재판관들, 손에 장미를 들고, 화장한 얼굴에다 머리에 하얗게 분을 바른 아름다운 마님들이었다.

갑자기 불꽃이 이상하게 타올라서, 희끄무레한 빛이 방안을 밝혔다. 그래서 나는 그저 그림일 뿐이라 여겼던 것이 실제인물들이라는

109 (역주) 루이 15세가 어린 시절인 1715년부터 1723년에 걸쳐 필립 도를레앙 공이 대신 통치하던 시대.

것을 분명하게 보았다. 왜냐하면 액자 속에 갇힌 이 사람들의 눈동자가 희한하게도 움직이고 반짝거렸기 때문이었다. 그들의 입술이 말하는 사람의 그것처럼 열리고 닫혔지만, 나는 괘종시계의 똑딱거리는 소리와 가을 북풍의 윙윙거림 외에는 아무것도 듣지 못했다.

나는 참을 수 없는 공포에 사로잡혀 이마 위로 머리칼이 삐쭉 서는 것 같았고, 이빨은 부서질 듯이 서로 부딪혔으며, 식은땀이 온몸을 흥건하게 적셨다.

괘종시계가 열한시를 쳤다. 마지막 소리가 긴 여음을 남겼는데, 그 소리가 완전히 사라졌을 때......

오! 이럴 수가, 나는 눈앞에 벌어진 일을 도저히 표현하지 못하겠다. 아무도 내말을 믿으려하지 않을 거며, 나를 미친 사람으로 취급할 테니까.

촛불들이 저 혼자 켜졌다. 부지깽이가 불씨를 휘젓고, 부삽이 재를 들어내는 동안, 보이는 사람이라곤 아무도 없는데, 웬 입김이 천식 걸린 늙은이처럼 색색거리며 아궁이 불에 바람을 불어넣었다.

이어서, 커피주전자가 원래 있던 테이블에서 아래로 뛰어내려서, 뒤뚱뒤뚱 아궁이로 가서, 알불 사이에 자리 잡았다.

얼마 뒤에 안락의자들이 움직이기 시작했고, 의자다리들이 놀랄 정도로 흔들거리며 벽난로 주위로 정렬했다.

2

나는 내가 본 것밖에는 생각할 줄 몰랐다. 그러나 아직 내게 남은 볼거리는 훨씬 기상천회했다.

모든 초상화 중에 가장 오래된 초상화는 회색 수염으로 뒤덮인 통통한 볼을 가지고 있었다. 흡사 늙은 존 폴스타프 경[110]이 그럴 거라고 상상한 것과 헷갈릴 정도로 닮은 그가 얼굴을 찌푸리며 액자 밖으로 머리를 내밀었다. 그리고 온힘을 쏟아 액자 테두리의 좁은 널빤지 사이로 양 어깨와 불룩한 배를 빠져나오게 한 후, 묵직하게 바닥으로 뛰어내렸다.

그는 숨 돌릴 겨를도 없이 저고리 주머니에서 놀랄 만치 작은 열쇠 하나를 끄집어냈다. 열쇠구멍이 막혀있지나 않은지 확인하기 위해, 그는 그 구멍에 입을 대고 불고는, 그것을 액자에 차례대로 끼워 넣었다.

그러자 액자에 갇혀있던 인물들이 쉽게 빠져나올 수 있도록 액자틀이 모두 넓어졌다. 포동포동하게 살이 찐 작은 신부(神父)들과 마르고 혈색이 노란 늙은 귀부인들, 헐렁한 검은 법복에 파묻힌 근엄한 재판관들, 칼끝을 하늘로 한 채, 비단 긴 양말에 튼튼한 모직 반바지를 입은 세련되고 우아한 젊은이들, 이 모든 인물들이 하도 이상한 광경을 자아내어서, 나는 등줄기가 오싹한 데도 불구하고 웃지 않을 수 없었다.

이 위풍당당한 인물들이 자리에 앉았다. 커피주전자가 가볍게 테이블위로 뛰어올라왔다. 서류함 달린 책상위로 달려온 희고 푸른 일본산 커피 잔에 각설탕 하나와 작은 은 숟가락이 놓여있었는데, 그들은 그 커피 잔을 들었다.

110 셰익스피어의 극작품 헨리 4세에 등장하는 말 많고, 교활하고, 허풍 잘 떠는 인물.

커피가 다 마셔지자, 잔과 커피주전자, 숟가락이 동시에 사라지고, 대화가 시작되었는데, 확실히 그것은 내가 결코 듣지 못한 가장 신기한 것이었다. 왜냐하면 이 기이한 이야기꾼들은 어느 누구도 말하면서 상대방을 쳐다보지 않았기 때문이었다. 그들은 모두 하나같이 시선을 괘종시계에 고정시키고 있었다.

나조차도 시선을 다른 데로 돌릴 수 없었고, 시계바늘을 따라가지 않을 수 없었는데, 그 바늘은 눈치 채지 못할 정도의 걸음으로 자정을 향해 가고 있었다.

마침내 자정을 알렸다. 진동이 괘종시계의 그것과 똑같은 목소리가 들리더니 말했다.

"자 춤출 시간이 왔다."

모인 사람들 모두가 일어났다. 안락의자가 스스로 뒤로 물러났다. 그러자 남자파트너들이 부인들의 손을 하나씩 잡았고, 같은 목소리가 말했다.

"자, 오케스트라 악단 여러분, 시작하세요!"

나는 깜빡 잊고 미리 말하지 못했는데, 장식융단 그림의 주제가 하나는 이탈리아 콘서트였고, 다른 하나는 여러 하인들이 각적을 불어대는 사슴사냥에 관한 것이었다. 그때까지 어떤 동작도 하지 않던 사냥개를 돌보는 말 탄 하인들과 악단들이 알았다는 표시로 머리를 숙였다.

지휘자가 지휘봉을 들어 올리자, 춤곡의 활기찬 하모니가 실내의 양끝에서 울려 퍼졌다. 사람들은 우선 미뉴에트부터 추기 시작했다.

그러나 악단들이 연주하는 악보의 빠른 음계가 정중하게 상반신을 구부리는 동작과 잘 맞지 않았다. 몇 분이 지나자 각 쌍의 춤꾼들은 독일제 팽이처럼 돌기 시작했다. 여자들의 비단 원피스가 회오리 춤

동작에 구겨져서, 특이한 성질의 소리를 냈다. 비둘기가 날 때 내는 날개소리 같았다. 치마 아래로 빨려 들어간 바람이 옷들을 굉장하게 부풀게 하여, 그것들은 울려 퍼지는 종처럼 보였다.

명연주가들의 활이 현 위로 너무나 빠르게 지나가서, 전기불꽃을 일어나게 했다. 플루트연주가들의 손가락이 잠시도 가만있지 못하고 활기차게 높은 데로 갔다가 낮은 데로 갔다가 했다. 사냥개를 돌보는 말 탄 하인들의 볼이 풍선처럼 부풀어 올랐는데, 이 모든 것이 쏟아지는 음표와 너무나 압축된 떨림과 너무나 휘감기고 감지하기 힘든, 높고 낮은 음계의 홍수를 이루어서, 악마조차도 그런 장단은 단 이 분을 따라할 수 없을 터였다.

그런 만큼, 리듬을 따라잡기 위해 춤꾼들이 쏟아 붙는 노력을 전부 본다는 것은 고역이었다. 그들은 뛰어올랐고, 깡충거렸고, 무릎을 둥글게 했고, 한쪽 다리로 뛰어올라 다른 쪽 다리로 착지했고, 세 발 앙트르샤를 했는데, 그만큼 이마와 눈으로 땀이 흘러내려서 면사포와 화장자국을 엉망으로 만들었다. 하지만 그들이 아무리 노력을 해도 소용없었고, 오케스트라는 언제나 그들보다 서너 음을 앞서나갔다.

괘종시계가 새벽 한 시를 쳤다. 그들은 춤을 멈추었다. 내 시선에서 벗어나 있던 어떤 것이 눈에 들어왔다. 그것은 춤을 추지 않던 한 여인이었다.

그녀는 벽난로 구석 깊숙한 안락의자에 앉아서, 자기 주위에서 일어나는 것에 조금도 가담하지 않은 것 같았다.

꿈속에서라도 결코 그토록 완벽한 것이 내 눈에 나타난 적은 없었다. 눈부실 듯이 새하얀 피부, 잿빛 금발머리, 긴 속눈썹과 너무나 선명하고 투명한 푸른 눈동자를 가졌기에, 나는 그것들을 통해 개울 바닥에 드러나는 조약돌만큼이나 또렷하게 그녀의 영혼을 볼 수 있었다.

그래서 나는 내가 혹시 누군가를 사랑하게 된다면, 그것은 바로 그녀일 것이라는 것을 직감했다. 나는 그때까지 꼼짝할 수 없었던 침대에서 허겁지겁 빠져나왔고, 내가 이해할 수도 없이 내 속에서 꿈틀거리는 무엇에 이끌려서 그녀에게 다가갔다. 그래서 나는 그녀와 무릎을 맞대고 그녀의 한 손을 잡고, 그녀를 이십년 전부터 알고 지낸 것처럼 이야기를 주고받았다.

그러나 참 요상한 경이로움에 의해 나는 그녀에게 열심히 말하면서도, 연주가 계속되는 음악에 머리를 흔들며 따라가고 있었다. 그리고 이토록 아름다운 사람과 대화하는 것이 행복에 겨운 일임에도 불구하고, 나의 다리는 그녀와 춤추고 싶어 안달이 났다.

하지만 나는 그녀에게 감히 그런 제안을 할 수 없었다. 그녀가 내가 원하는 것을 알아차린 듯 했다. 왜냐하면 그녀가 내가 잡지 않은 다른 손을 시계의 문자판 쪽으로 들어 올리며 말했기 때문이다.

"바늘이 저기에 올 때, 우리 함께 춤출 거야, 소중한 테오도르."

나는 어떻게 그런 일이 일어났는지 모르겠지만, 그렇게 내 이름을 듣는데도 조금도 놀라지 않았고, 우리는 계속해서 이야기 했다. 마침내 정해진 시간이 울렸다. 은은하게 울리는 목소리가 또 한 번 방안을 울리며, 말했다.

"앙젤라, 네가 좋다면 이 신사분과 춤춰도 좋네. 하지만 그 결과는 잘 알겠지."

앙젤라가 볼멘소리로 대꾸했다.

"아무려면 어때요."

그리고 그녀는 상아 같은 팔로 내 목을 감았다.

목소리가 외쳤다.

"가장 빠르게!"

그래서 우리는 왈츠를 추기 시작했다. 처녀의 젖가슴이 나의 가슴에 닿았고, 그녀의 부드러운 뺨이 내 뺨을 스쳤고, 그녀의 감미로운 숨결이 내 입술에 감돌았다. 나는 지금까지 살면서 이런 감동을 겪어본 적이 없었다. 나의 신경은 강철 용수철처럼 전율했고, 내 피는 쏟아내리는 용암처럼 혈관을 타고 흘렀는데, 나는 내 심장의 고동소리를 귓전에 걸린 시계소리처럼 듣고 있었다.

그렇지만 이런 상태는 조금도 힘들지 않았다. 나는 이루 형용할 수 없는 기쁨에 들떠있었고, 나는 언제까지라도 그렇게 머물고 싶었을 것이다. 그리고 신기하게도 오케스트라가 세 배나 빠르게 연주하는데도, 우리는 그것을 따라가는 데 조금도 노력할 필요가 없었다.

구경꾼들은 우리의 민첩함에 놀라서 부라보를 외쳐대며 있는 힘을 다해 손뼉을 쳤는데도, 그 어떤 소리도 나지 않았다.

그때까지 열정적으로 놀랄 만큼 정확하게 왈츠를 추던 앙젤라가 갑자기 피로한 기색을 보였다. 그녀는 마치 다리가 없는 것처럼 내 어깨에 체중을 실었다. 일분 전까지만 해도 바닥을 가볍게 스치던 그녀의 작은 발이 마치 납덩어리를 달고 있기나 한 것처럼 느리게 옮겨갔다. 나는 그녀에게 말했다.

"앙젤라, 당신 피곤하군요. 우리 좀 쉽시다."

그녀가 손수건으로 이마에 땀을 닦으면서 대답했다.

"나도 그러고 싶네요."

하지만 우리가 춤추는 동안 그들은 모두 자리에 앉았으므로, 안락의자 하나만 남아 있었고, 우리는 둘이었다.

"나의 예쁜 천사여, 어떻게 할까? 나의 무릎에 당신을 앉히겠소."

3

앙젤라는 조금도 거리낌 없이 내 무릎 위에 앉아서, 자기 팔로 하얀 머플러같이 나를 감싸고, 대리석같이 차가워진 몸을 좀 데우기 위해 내 가슴에 머리를 파묻었다.

나는 우리가 이 자세로 얼마나 오랫동안 있었는지 몰랐다. 왜냐하면 이 신비하고도 환상적인 창조물을 주시하느라 나의 모든 감각이 홀딱 빠져있었기 때문이었다.

나에게는 또한 시간과 공간 개념이 전혀 없었다. 나에게 현실 세계는 더 이상 존재하지 않았고, 나와 맺어졌던 모든 인연이 끊어졌다. 진창이라는 감옥에서 풀려난 내 영혼은 허공과 영원 속에 헤엄쳐갔다. 나는 어떤 사람도 이해할 수 없는 것을 이해했고, 앙젤라의 생각이 그녀가 말할 필요도 없이 나에게 드러났다. 왜냐하면 그녀의 영혼이 자기 몸 속에서 흰 대리석 램프처럼 빛나고, 그녀의 가슴에서 나오는 광선이 때때로 내 가슴을 관통했기 때문이었다.

종달새가 울었고, 창백한 빛이 커튼에 어련 거렸다.

앙젤라가 그것을 알아채자, 그녀는 재빨리 일어나서 나에게 하직 인사를 하고, 몇 걸음질 친 뒤 비명을 지르고는 그대로 넘어졌다.

나는 깜짝 놀라 그녀를 일으켜 세우려고 달려갔는데...... 생각만 해도 내 피가 얼어붙는 듯 했다. 나는 산산 조각난 커피주전자 외에 아무것도 찾지 못했으니까.

그러한 것을 보자, 내가 어떤 악마 같은 환영의 노리개였다는 확신이 들어, 얼마나 큰 공포가 나를 사로잡든지 나는 그만 기절하고 말았다.

4

내가 정신을 차렸을 때, 나는 침대 위에 있었다. 아리고 코익과 페드리노 보르니올리가 머리맡에 서 있었다.

내가 눈을 뜨자마자, 아리고가 소리 질렀다.

"아! 헛수고가 아니었군! 내가 오드콜론 향수로 너의 관자놀이를 문지른 지 어언 한 시간이 다되었다네. 도대체 너는 간밤에 무슨 짓을 한 거지? 오늘 아침, 네가 내려오지 않아서, 너의 방으로 갔었는데, 네가 긴 의식용 옷을 입고 방바닥에 뻗어 있었지. 깨어진 도자기 조각을, 그것이 마치 젊고 예쁜 여자라도 되는 듯이 네 양 팔에 꼭 끼고 있었지."

초록 꽃무늬가 있는 장미색 바탕의 비단 연미복 중의 하나를 들쳐 올리며, 다른 사람이 말했다.

"분명코! 이것은 우리 할아버지의 결혼 예복이야. 할아버지께서 많이도 자랑하시던, 인조보석과 선조세공(線條細工)으로 된 단추 좀 봐. 테오드르가 어느 구석에서 이것을 발견해서 장난삼아 입어본 모양이지."

보르니올리가 덧붙였다.

"그런데 무엇 때문에 아픈 거야? 이런 것은 하얀 어깨를 가진 멋쟁이 아가씨들에게 어울리는 거야."

그들이 연미복의 끈을 풀고, 그에게서 목걸이와 스카프를 벗겨내는데, 그 순간이 응석부리기에 좋은 기회였다.

"내가 잠시 실신했을 뿐이야. 나는 잘 그래." 라고 나는 쌀쌀맞게 대꾸했다.

나는 일어나서, 내가 입은 우스꽝스런 복장을 벗겨내었다. 그리고 나서 우리는 점심을 먹었다.

나의 동료 셋은 많이 먹고 더 많이 마셨다. 나는 거의 먹지 않았고, 일어났던 것에 대한 추억이 나에게 이상한 기분전환을 가져다주었다.

점심이 끝났을 때, 소나기가 쏟아져서 나갈 방도가 없었다. 각자 할 수 있는 일에 몰두했다. 보르니올리는 군가에 맞춰 창문을 두드렸다. 아리고와 주인은 체커놀이를 했다. 나는 나의 화보집에서 네모난 벨렝지[111]를 끄집어내서 그림을 그리기 시작했다.

내가 조금도 의식하지 않은 채, 연필로 그려진 거의 감지되지 않는 윤곽이 지난밤에 벌어진 광경에서 그렇게 중요한 역할을 한 커피주전자를 경이롭게도 흡사하게 드러내고 있었다.

체커를 끝내고 내 어깨 너머로 내가 그리는 것을 쳐다보던 주인이 말했다.

“이 얼굴이 나의 누이 앙젤라와 닮은 것 같아 놀랍네.”

사실, 조금 전에 커피주전자 같았던 사람은 실제로 앙젤라의 유순하고 우수에 찬 옆모습이었다.

내 목숨이 그의 대답에 달려있기라도 하듯이, 나는 떨리는 목소리로 외쳤다.

“-----! 그녀가 죽었니? 살았니?”

그녀는 죽었어 이 년 전에, 무도회에 참가한 뒤 폐렴으로.

나는 고통스럽게 대답했다.

“이럴 수가!”

그리고, 나는 터져 나오려는 눈물을 참으면서 데생종이를 화보집에 도로 끼워 넣었다.

나는 나를 위한 지상의 행복이 더 이상 없다는 것을 막 깨달아버렸다!

---

111 (역주) 독피지를 모방한 고급 흰 종이.

옴팔레
- 로코코 이야기

나의 삼촌인 *** 기사는 작은 집에 살았는데, 집의 한 쪽은 썰렁한 투르넬 길에 접하였고, 다른 쪽은 역시 썰렁한 성 앙투안 대로에 맞닿아 있었다. 대로와 건물 사이에는 벌레와 이끼에 잠식당한 소사나무 가로수길이 있었고, 그 가로수는 시커멓고 높은 담장으로 깊숙이 둘러싸인 수렁 같은 바닥에서 헐벗은 가지를 초라하게 펼치고 있었다. 한줄기 햇빛이 반쯤 썩은 꽃 이파리들을 고사시키기를 기다리기나 하듯, 색깔이 바랜 몇몇 처량한 꽃들이 폐병에 걸린 소녀들 같이 나른하게 머리를 숙이고 있었다. 풀들이 오솔길에 무성한데도, 그 풀들을 뽑지 않은지 하도 오래되어서 길을 분간하기 어려웠다. 한두 마리의 금붕어가 좀개구리밥과 늪지 식물들로 뒤덮인 연못에서 헤엄을 치기보다는 차라리 물결에 떠있었다.

나의 삼촌은 그곳을 자신의 정원이라 불렀다.

삼촌의 정원에는 우리가 방금 말한 그 좋다는 것들 외에도, 상당히 음산한 정자가 하나 있었는데, 아마도 반어법에 의한 것인지 그는 환희라는 이름을 붙였다. 그 정자는 완전히 폐허 상태로 있었다. 벽은 불룩하게 튀어나와 있었는데, 초벽의 커다란 판이 떨어져 나와, 쐐기풀과 야생귀리로 덮인 땅바닥에 널브러져있었다. 썩어가는 곰팡이가 그 벽의 하부 토대를 푸르게 물들였고, 덧창과 문짝은 헐거워서, 더 이상 닫히지 않거나, 닫히더라도 제대로 닫히지 않았다. 빛을 발산하면서 불꽃이 솟는 큰 항아리 모양의 건축장식 같은 것이 큰 출입구를 치장하고 있었다. 왜냐하면 환희를 짓던 시기인 루이 15세 시절에는 언제나 만일을 위해서 두 개의 출입구를 두었기 때문이었다. 계란형 장식과 꽃상추 장식, 소용돌이꼴 장식들이 빗물이 새어 들어와 완전히 허물어져버린 코니스를 짓누르고 있었다. 간단히 말하자면, 나의 삼촌인 *** 기사의 환희라는 것은 보기에 아주 처량한 건축물이었다.

이 처량한 최근의 폐허는 마치 천년이나 된 것 같이 황폐하였는데, 돌이 아니라 석회로 만들어진 그것은 온통 쭈글쭈글하고 갈라지고 헐어빠진데다 이끼와 부르튼 곰팡이에 먹혀서, 난잡한 주색잡기로 몸을 망쳐버린 겉늙은이의 풍채 같았다. 그 건물은 어떤 매력도 불러일으키지 못했다. 왜냐하면 오래가서는 안 되지만 오래가는 두 가지인, 낡은 얇은 망사 원피스와 낡은 회벽만큼 세상에서 추하고도 가련한 것은 아무 것도 없기 때문이다.

나의 삼촌이 나를 묵게 한 곳이 바로 이 정자였다.

비록 보존상태가 조금 더 낫다하나, 그 내부도 외부만큼이나 로코코적이었다. 침대는 크다란 흰 꽃무늬의 노란 비단 천으로 되어 있었다. 로카이유 양식의 추시계가 나전과 상아로 상감된 작은 받침대 위에 놓여있었다. 방울술처럼 매달린 작은 장미꽃줄이 베네치아산 거울 주위를 앙증맞게 감싸고 있었다. 문 위에는 사계절을 나타내는 그림이 단색화로 그려져 있었다. 머리에 서리처럼 하얀 분을 바르고, 하늘색 블라우스와 같은 색의 사다리꼴 리본으로 장식하고, 오른 손에는 활, 왼손에는 자고새, 이마에는 초승달, 발치에는 그레이하운드 사냥개를 동반한 아름다운 부인이 넓은 타원형 액자 속에서 더할 나위 없이 우아하게 미소 지으며 편안하게 있었다. 그녀는 삼촌의 옛 애인 중의 한 사람이었는데, 그녀를 여신 디아나[112]처럼 그리게 했었다. 보다

112 (역주) 숲과 자연을 관장하는 사냥의 여신으로 그리스의 여신 아르테미스에 해당함.

시피 가구들은 최신식이 아니었다. 마치 모든 것이 섭정시대에 있는 것처럼 보이게 했고, 벽에 드리운, 신화를 주제로 한 장식융단이 그런 환영을 더할 나위 없이 잘 실현하게 했다.

장식융단은 옴팔레[113] 발치에서 실을 잦는 헤라클레스를 묘사하고 있었다. 데생은 반루[114] 기법에다, 또 상상할 수 있는 한 가장 퐁파두르 양식[115]으로 과잉 장식되어 있었다. 헤라클레스는 작은 장미색 리본이 감겨있는 토리개를 가지고 있었다. 그는 엄지와 검지 사이에 하얀 실 꾸러미를 돌리면서, 마치 담배를 피우는 후작처럼 아주 고상한 자세로 자신의 작은 손을 쳐들고 있었다. 근육이 발달한 그의 목에는 리본 매듭과 장미꽃 장식, 실에 꿴 진주, 수많은 여성 장신구 나부랭이들이 매달려 있었다. 치마를 둥그렇게 펴지게 하는 거대한 살대 두개로 받친, 비둘기 목털 색상의 큰 치마가 괴물을 정복한 영웅에게 아주 바람둥이의 풍모를 자아내게 했다.

옴팔레는 네메아의 사자가죽[116]으로 반쯤 가린 하얀 어깨를 드러내 놓고, 섬세한 손으로 자기 애인의 옹이진 몽둥이를 짚고 있었다. 연한 색깔의 분으로 희끗희끗하게 된 그녀의 아름다운 금발머리는 산비둘

---

113 (역주) 고대부터 화가들과 시인들이 자주 다루었던, 고대 소아시아지방 리디아의 여왕. 헤라클레스가 주피터의 벌을 받아 그녀의 노예가 됨. 여왕은 그를 여자로 분장하게 하고 실 잦는 법을 가르치고, 자신은 그가 죽인 사자 가죽을 쓰고 그의 몽둥이를 들고 다님. 가장 널리 알려진 그녀에 관한 신화에 의하면 헤라클레스가 수년 동안의 여자행세를 한 후 그녀의 애인이 되었다함.

114 (역주) 17세기 이후로 프랑스에 거주한 네덜란드 화가 집안. 여기서는 1762년에 궁정화가가 된 카를 반 루(1705-1765)를 가리키며 이름을 불어 식으로 바꿔 반루(Vanloo)로 불렸다.

115 (역주) 루이 15세의 애첩으로 그녀의 이름으로 불리는 양식은 로코코 분위기의 양식을 말한다.

116 (역주) 괴물사자로 헤라클레스가 맨손으로 때려잡아 그 가죽을 벗겨 쓰고 다님.

기 목처럼 부드럽고 굽이치는 그녀의 목을 따라 자연스레 드리워져있었다. 진짜 스페인 여인이나 중국 여인의 발 같고, 신데렐라의 유리 슬리퍼에 들어가고도 남을 그녀의 작은 발은 수많은 진주가 박힌 반쯤 고대풍인 부드러운 라일락색 반장화를 신고 있었다. 너무나 매력적인 그녀였다! 그녀의 머리는 감탄할 만큼 대담한 자태로 뒤로 젖혀져 있었고, 뾰족 나온 그녀의 입술로 인해 황홀할 정도로 작은 보조개가 만들어졌다. 그녀의 콧구멍은 가볍게 부풀어 있었고, 그녀의 볼은 약간 상기되어 있었다. 기막히게 잘 붙인 애교점은 혈색을 놀라우리만치 돋보이게 했다. 따라서 그녀가 완벽한 근위기병이 되기에는 작은 콧수염만 있으면 되었다.

당연히 동반되는 시녀, 빠질 수 없는 어린 푸토[117] 등, 장식융단에는 아직 많은 다른 인물들이 있었다. 그러나 그들은 내가 묘사할 수 있을 정도로 충분하게 분명한 윤곽을 내 추억 속에 남겨놓지 못했다.

그 당시에 나는 아주 젊었었는데, 그렇다고 지금 내가 아주 늙었다는 뜻은 아니다. 나는 중학교를 갓 졸업하였고, 직장 선택을 기다리면서 삼촌 집에 머물렀다. 만약 내가 환상이야기 작가가 될 것이라는 것을 그 삼촌이란 작자가 미리 알 수 있었더라면, 그는 나를 문밖으로 내쫓았을 것이고, 나의 상속권을 일언지하에 박탈했을 것은 의심할 여지가 없었다. 왜냐하면, 그는 문학 전반에 대해, 특히 작가들에 대해 더할 나위 없이 귀족적인 경멸로 가르쳐왔기 때문이었다. 사실 그의 성격상, 쓸데없이 종이를 까맣게 메우고, 귀족들에 대해 불손하게 말하는 이런 하찮은 작가들 모두를 그는 그의 하인들을 시켜서 매타작을 하고 싶었을 것이다. 나의 가련한 삼촌을 용서하기를! 하지만 실제

117 (역주) 고전적 미술작품에 사용되는 사랑을 상징하는 어린 아이.

로 그가 세상에서 평가한 문학작품은 제튈베[118]의 서간뿐이었다.

그러니까 나는 중학교를 막 졸업했다. 나에게는 꿈과 환상이 가득했다. 그런 만큼 나는 평화로운 시골의 덕성스럽고 순결한 처녀만큼, 아마도 그보다 더 순진했다. 나는 더 이상 공부 못한 벌로 해야 할 보충수업이 없어서 행복했기에, 모든 것이 가능한 세계에서 할 수 있는 한 최상의 상태에 있다는 것을 알았다. 나는 사물이 무한하다는 것을 믿었고, 나는 플로리앙[119]씨의 소녀목동과 빗질하고 흰 분을 바른 양들이 있다는 것을 믿었다. 나는 잠시도 데줄리에르[120] 부인의 양떼들에 대해 의심하지 않았다. 주방시 신부[121]의 고대신화사전에서 분명히 설명하고 있듯이, 나는 실제로 아홉 뮤즈들이 있다고 생각했다. 베르캥[122]과 게스네[123]에 관한 추억으로 나는 모든 것이 장밋빛과 하늘색과 푸른 사과색으로 된 작은 세계를 만들었다. 오 성스러운 천진함이여! 메피스토펠레스[124]가 말하듯이, 순진무구라는 성인이여!

내가 혼자 독차지한 이 아름다운 방에 있을 때, 나는 다른 어느 곳에서도 느낄 수 없는 기쁨을 느꼈다. 나는 가장 하찮은 가구까지 꼼

---

118 이 여주인공은 『천일야화』에 등장하는데, 1800년 브와엘디외가 자신의 희극오페라 『바그다드의 술탄』에 이 이름을 딴 여주인공을 등장시킨다.

119 장-피에르-클라리스 드 플로리앙(1755-1794)은 희곡, 전원시, 우화 작가.

120 앙투아네트 뒤 리지에 드 라 가르드 데줄리에르(1643-1694)는 전원시인.

121 (역주) 조제프 드 주방시(1643-1719)는 예수교 신부로 학교에서 오랫동안 사용한 신화사전 『신들과 영웅적 시인들에 관한 부록』 *Appendix de Diis et Heroibus poeticis*의 저자인데, 이 저서는 고트뤼슈 신부가 쓴 『고대 시인과 작가의 지혜에 관한 시적 이야기』 *Histoire poétique pour l'intelligence des poètes et auteurs anciens*를 번역한 것이다.

122 아르노 베르캥(1749-1791)은 감상적이고 도덕적인 연애시인.

123 살로몬 게스네(1730-1788)는 작품 『전원시집』을 남긴 스위스의 전원시인.

124 (역주) 괴테의 『파우스트』에 나오는 악마. 파우스트 박사의 소원을 들어주는 대가로 그의 영혼을 가지기로 계약한다.

꼼하게 목록을 작성했으며, 구석이란 구석은 다 뒤졌고, 나는 그 방을 모든 방면으로 이용했다. 나는 희열에 잠겨 왕이나 그에 버금가는 인물이나 된 듯이 행복했다. 내가 마음속에 간직한 많은 것 가운데 아쉬워하는 것이 있으니, 자못 매력적인 수많은 다른 관습들과 함께 사라진 아름다운 습관인 밤참이 있다. 그 밤참을 먹은 후(왜냐하면 삼촌 집에서 우리는 수프를 먹었기 때문이다), 나는 나의 새로운 거처를 만끽하는데 너무나 조바심이 나서, 휴대용 촛대를 들고 새 보금자리로 물러났다.

내가 옷을 벗을 때 옴팔레의 눈이 움직이는 것 같았다. 나는 그녀를 더욱 조심스럽게 쳐다보았는데, 약간의 공포심이 드는 것을 억누를 수 없었다. 왜냐하면 방은 널찍했고 촛불 주위를 떠돌던 발광하는 희미한 불빛이 암흑을 더욱 잘 보이도록 하는 역할을 했기 때문이었다. 나는 그녀가 머리를 거꾸로 돌리고 있는 것을 본 것 같았다. 극도의 공포가 엄습하기 시작했다. 그래서 나는 불을 불어 껐다. 나는 벽쪽을 향해 누웠고, 나는 이불을 머리까지 뒤집어썼고, 나는 모자를 턱까지 당겨 눌렀고, 마침내 잠들었다.

나는 그 몹쓸 장식융단에 감히 눈길을 주지 못하고 며칠을 보냈다.

내가 말하려는 진짜 같지 않은 이야기를 더 진짜처럼 만들기 위해, 사실인즉 그 당시에 내가 아주 미남 소년이었다는 것을 내 미모의 여성독자들에게 알리는 것이 그다지 소용없지는 않을 것이다. 나는 세상에서 가장 아름다운 눈을 가졌었는데, 내가 왜 이런 이야기를 하는가 하니, 사람들이 그렇게 말했기 때문이다. 지금 내 눈보다 좀 더 신선한 빛깔인 진짜 카네이션 빛깔에다, 아직도 그렇지만, 내 나이 십칠 세 때인 둥글게 말린 갈색 머릿결을 가지고 있었다. 그럭저럭 게루빔[125]처

125 보마르셰의 희곡 『피가로의 결혼식』에 나오는 젊은 하인으로 자신이 대모라 부르는 알마비바 백작부인을 사랑한다.

럼 되기에는 나를 사교계에 인도할 대모가 없을 따름이었다. 불행히도 나의 대모는 쉰일곱 살이고, 치아는 세 개밖에 없었는데, 나이는 너무 많았고 이빨은 너무 적었다.

하지만, 나는 어느 날 저녁 헤라클레스의 아름다운 연인에게 눈길을 줄 정도로 익숙해져갔다. 그녀는 이루 말할 수 없을 정도로 슬프고도 번민하는 표정으로 나를 쳐다보았다. 이번에도 나는 모자를 어깨까지 눌러쓰고 긴 베개 속에 머리를 처박았다.

그래도 그것이 꿈이라면, 그날 밤 나는 이상한 꿈을 꾸었다.

나는 내 침대 커튼의 삼각 고리가 미끄러지면서 소리를 내는 것을 들었는데, 마치 누가 급하게 침대 커튼을 열어젖히는 것 같았다. 나는 잠에서 깼다. 적어도 꿈속에서 잠에서 깬 것 같았다. 나는 아무도 보지 못했다.

달은 격자 창문에 걸려있었고, 방안으로 푸르스름한 빛을 비추고 있었다. 커다란 그림자들이 이상한 형태로 마룻바닥과 벽에 드리워졌다. 십오 분을 알리는 추시계가 울렸다. 여음이 마치 한숨 소리처럼 길게 퍼져나갔다. 또렷이 들려오는 추의 진동소리가 혼동하리만치 흥분한 사람의 심장박동처럼 들렸다.

나는 조금도 편안하지 않았고, 별 생각이 다 떠올랐다.

갑자기 미친 듯한 바람이 덧창을 뒤흔들어, 유리창을 뒤틀리게 했다. 나무 창틀이 삐걱거렸고, 장식융단이 펄럭거렸다. 나는 막연하게 그녀가 이런 것들과 관련이 있지 않을까 의심하면서, 위험을 무릅쓰고 옴팔레 쪽을 쳐다보았다. 내 의심이 틀리지 않았다.

장식융단이 심하게 요동쳤다. 옴팔레가 벽으로부터 떨어져 나와, 가볍게 마루위로 뛰어내렸다. 그녀는 조심스럽게 자신이 있던 쪽을 돌아보면서, 내 침대로 다가왔다. 내가 기절초풍한 것에 대해서는 언급할 필요가 없으리라. 산전수전 다 겪은 늙은 군인이라도 이와 같은 상황에서는 침착할 수 없었을 터고, 나는 늙지도 군인도 아니었다. 나는 조용히 이런 모험이 끝나기를 기다렸다.

낭랑하고 구슬 굴러가는 듯한 목소리가 나지막하게 내 귓가에 울렸는데, 그것은 필립공 섭정시대에 후작부인들과 예절이 몸에 밴 사람들에게 유행한, 귀엽게 구르는 듯한 목소리였다.

"얘야, 내가 무섭니? 그래 너는 한갓 아이에 불과하지만, 아주머니들을 무서워하는 것은 보기가 좋지 않아, 특히 젊고, 너에게 호감을 가지고 있는 아주머니들을. 그런 것은 정직하지도 프랑스적이지도 않기 때문이지. 너의 그 두려움을 고쳐놓아야겠다. 자, 낯가리는 얘야, 이불속에 숨지 말고 그런 인상을 펴렴. 너를 가르칠 것이 아직 많구나, 내 귀여운 몸종아, 너는 거의 배운 게 없어. 우리 때는 어린 아이들도 너보다 더 낯을 가리지 않았어.

- 하지만, 아주머니, 이것은..."

그녀는 하얀 이로 그녀의 붉은 입술을 가볍게 깨물면서, 길고 가느다란 손을 벽 쪽으로 뻗으면서 말했다.

"- 나를 저기가 아니라 여기서 보는 것이 너에게 이상한 것 같다 이거지. 실상, 방금 일어난 일이 아주 자연스런 것은 아니지. 그러나 너에게 그것을 설명하더라도, 너는 그것을 잘 이해하지 못할 거야. 그러므로 너에게 어떤 위험도 따르지 않는다는 것을 아는 정도로 충분할 거야.

- 나는 두려워요, 당신이... 당신이...

- 악마, 잘라 말해서, 그렇지 않니? 그것이 바로 네가 하고자하는 말이지. 적어도 내가 악마이기엔 너무 음흉하지 않고, 설령 지옥이 나 같은 악마들로 차 있다면, 사람들은 거기서 낙원처럼 편안하게 시간을

보낼 수 있을 거라는 데는 너도 동의하겠지."

옴팔레는 자기 자랑 하는 것이 아니라는 것을 보여주기 위해, 그녀는 사자가죽을 뒤로 젖히고, 나에게 자신의 어깨와 완벽한 형태에 눈부실 정도로 하얀 그녀의 유방 하나를 보여주었다.

"자 봐! 어떻게 생각하니?"

그녀는 만족스럽게 교태스러운 몸짓을 했다.

"- 당신이 악마 그 자체일지라도, 나는 더 이상 두렵지 않을 거요, 옴팔레 부인."

"- 드디어 그렇게 말하는구나. 하지만, 나를 부인이라고도 옴팔레라고도 부르지 말게.

나는 너에게 부인이고 싶지 않아, 또 내가 악마가 아니듯이 더더욱 옴팔레가 아니야."

"- 그렇다면, 도대체 당신은 무엇입니까?"

"- 나는 모 후작부인이라네. 우리 결혼식 얼마 뒤에 후작께서 내 거처를 위해 이 장식융단을 만들게 했고, 거기에 옴팔레의 복장을 한 나를 박아 넣도록 했다네. 게다가 그 자신도 거기에 헤라클레스의 모습으로 나타나게 했지. 그때 그가 한 생각이 이상하기도 했지. 왜냐하면, 누가 알겠는가만은, 세상에 어느 누구도 그 가련한 후작보다 헤라클레스를 덜 닮지 않았으니까. 이 방에 사람이 거처하지 않은 지 아주 오래되었지. 자연히 어울리는 것을 좋아하는 나로서는 지겨워 죽을 것 같아서 현기증에 시달렸지. 남편과 함께 있는 것은 혼자 있는 것이나 다름없지. 네가 온 것이 나를 기쁘게 했어. 이 죽은 방이 되살아났고, 나는 누구에게 몰두할 일이 생겼어. 나는 네가 오고가는 것을 쳐다보았고, 나는 네가 잠에 들고 꿈꾸는 소리를 들었고, 네가 책 읽는 것을 따라 읽기도 했지. 나는 너에게서 호감과 상냥한 모습과 내 마음에 드는 무엇을 느꼈어. 그래서 마침내 나는 너를 좋아하게 되었어. 나는 너에게 그것을 알리려고 애썼고, 나는 한숨을 지었는데, 너는 그것을 바람소리로 알아들었어. 그래서 나는 너에게 몸짓으로 알리려 했고, 사랑의 번민을 담은 윙크를 날렸지만, 나는 너에게 공포심을 유발할 뿐이었지. 하는 수 없이 나는 무례한 수작을 걸기로 결심하였고, 네가 다 듣지 않고는 이해할 수 없었던 것을 솔직히 말하기로 결심해 버렸지. 이제 내가 너를 좋아하고 있다는 것을 아는 이상, 내가 바라는 것은…"

대화가 여기까지 진행되었을 때, 자물쇠에 열쇠 넣는 소리가 났다.

옴팔레는 소스라쳤고, 눈의 흰자위까지 붉어졌다.

그녀는 말했다.

"안녕! 내일 봐."

그리고는 아마도 나에게 자신의 등을 보여주기가 두려웠던지, 그녀는 뒷걸음질 치며 벽 쪽으로 물러났다.

그자는 솔질할 내 옷을 가지러 온 밥티스트였다.

그가 말했다.

"도련님, 침대커튼을 열어둔 채 주무시면 안 돼요. 머리까지 감기가 들지도 몰라요. 이 방은 너무나 춥거든요!"

사실, 커튼이 열려있었다. 꿈꾼 줄만 알았던 나로서는 무척 놀랐다. 왜냐하면 매일 밤, 누군가가 커튼을 닫아주는 것이 확실했으니까.

밥티스트가 나가자마자, 나는 장식융단으로 달려갔다. 나는 그것의 곳곳을 더듬어봤지만, 그것은 모든 장식융단처럼 촉감이 울퉁불퉁한 진짜 모직 장식융단이었다. 죽은 사람이 산 사람과 비슷하다면, 옴팔레는 매혹적인 밤의 유령과 비슷했다. 나는 장식융단 자락을 들어 올려봤지만, 벽에는 흠집이 없었다. 거기에는 숨겨진 널빤지도 비밀 문도 없었다. 나는 단지 옴팔레의 발이 딛고 있던 땅바닥에 여러 개의 실오라기가 떨어져 있는 흔적만 발견했을 뿐이었다. 그것이 나를 생각에 잠기게 했다.

나는 전과 다른 소일거리로 하루 종일 보냈다. 나는 불안함과 초조함을 동시에 가지고 매일 저녁을 고대했다. 나는 이 모든 것이 어떻게 끝날지 지켜보기로 마음을 먹었기에 일찍 내 방으로 돌아왔다. 내가 자리에 눕자, 후작부인은 기다렸다는 듯이 벽 아래로 뛰어내려 곧장 내 침대가로 달려왔다. 그녀는 내 머리맡에 앉았고, 우리의 대화는 시작되었다.

전날 밤처럼 나는 그녀에게 질문을 늘어놓았고, 설명해주기를 부탁했다. 그녀는 어떤 것은 교묘하게 피해나가고 어떤 것은 애매한 태도로 대답했지만, 한 시간 쯤 지나자 그녀와 나와의 관계에 있어, 내가 조금도 거리낌을 가지지 않도록 너무나 재치 있게 대답했다.

이야기하면서 그녀는 자신의 손을 내 머리 속에 넣기도 하고, 나의 뺨을 가볍게 두드리기도 하고, 나의 이마에 가볍게 키스를 하기도 했다.

그녀는 수다를 늘어놓았다. 우아하고도 친절한 방식으로 놀리기도 하고 애교스럽기도 한 매너의 수다였는데, 그런 그녀는 후에 내가 결코 아무에게도 보지 못한 귀부인 특유의 매너를 보였다.

그녀는 먼저 침대 옆에 있는 푹신한 의자에 앉았다. 그리고 조금 뒤 자신의 한 팔로 내 목을 감았고, 나는 그녀의 힘찬 심장박동이 내 몸에 전해지는 것을 느꼈다. 내 옆에 있는 사람은 분명 아름답고도 매력적인 실제 여인이자 진짜 후작부인이었다. 열일곱 살의 가련한 학생이여! 머리가 돌아버릴 지경이었다. 아니나 다를까 나는 제정신이 아니었다. 나는 벌어지고 있는 것을 잘 몰랐지만, 그런 것이 후작을 유쾌하게 하지 않을 수 있다는 것을 어렴풋이 느꼈다.

"그런데 후작 아저씨는 저기 벽에서 무어라 할까요?"

사자가죽이 바닥에 떨어지고, 은빛으로 부드럽게 윤이 나는 자홍색 반장화가 나의 실내화 옆에 널브러졌다.

후작부인이 온 힘을 다해 웃으면서 대답했다.

"그는 아무 말도 안 해. 그가 이상하게 보겠는가? 더구나 그가 본다 해도, 그는 세상에서 가장 눈 잘 감아주고 가장 비폭력적인 남편이라서, 이런 것에 익숙하지. 얘야, 날 좋아하니?"

"- 그럼요, 아주, 아주."

날이 밝아왔다. 나의 연인은 몰래 사라졌다.

나에게 하루가 미칠 듯이 길었다. 마침내 저녁이 찾아왔다. 일은 전날 밤처럼 벌어졌고, 둘째 날 밤에도 첫 날 밤이 부러울 것이 조금도 없었다. 후작부인은 점점 더 사랑스러웠다. 이런 수작은 여전히 오랫동안 반복되었다. 내가 밤에 잠을 자지 않았기 때문에 나는 하루 종일 일종의 비몽사몽간에 있었는데, 그것은 삼촌에게 좋은 징조로 보이지 않았다. 그는 무엇인가 짐작했다. 아마도 그는 문 앞에서 모두 엿들었을 것이다. 왜냐하면, 어느 맑은 아침 그가 하도 갑자기 내 방으로 들어왔으므로, 앙투와네트는 겨우 자기 자리로 올라갈 수 있었기 때문이다.

한 인부가 장도리와 사다리를 가지고 그를 뒤따라 들어왔다. 그는 나를 쳐다보았고, 자신이 모든 것을 안다는 것을 나에게 보여주려는 듯한 거만하고도 매서운 표정을 지었다.

삼촌이 입속말로 투덜거렸다.

"이 모 후작부인은 진짜 미쳤구먼. 도대체 이런 코흘리개에게 반하다니 제정신인가? 그래도 조신하기로 약속했거늘! 쟝, 이 장식융단을 벗겨서, 둘둘 말아 다락으로 가져가게."

삼촌이 내뱉는 말 한 마디 한 마디가 비수처럼 느껴졌다.

쟝은 내 연인 옴팔레, 혹은 모 후작부인 앙투와네트를 헤라클레스, 혹은 모 후작과 함께 말아서 모두 다락으로 매고 갔다. 나는 쏟아지는 눈물을 참을 수 없었다.

다음날, 나의 삼촌은 나를 모 합승마차에 태워 내 존경스런 부모님 댁으로 돌려보냈는데, 익히 짐작했던 대로 나는 나의 연애사건에 대해 한 마디도 발설하지 않았다.

나의 삼촌은 돌아가셨다. 사람들은 그의 집과 가구들을 팔았다. 아마도 장식융단은 나머지 물건들과 함께 팔렸을 것이다.

어쨌거나, 얼마 전에 가면무도회용 도구들을 찾기 위해 고물상 집을 뒤지다가, 내 발이 먼지와 거미줄을 잔뜩 뒤집어쓴 말아놓은 물건에 부닥친 것은 사실이다.

나는 오베르뉴[126] 출신 주인에게 물었다.

"이게 무엇입니까?"

"이것은 로코코 장식융단인데요, 옴팔레 부인과 헤라클레스 씨의 사랑을 표현한 것이지요. 이것은 보베[127]산 제품으로 전부 비단인데다 보존상태도 좋지요. 그러니까 가져가서 당신 사무실에 걸어두면 좋겠네요. 당신이니까 비싸게 부르지 않겠어요."

옴팔레라는 이름에 피가 거꾸로 솟구치는 것 같았다.

나는 열에 들뜬 듯이 짧고 머뭇거리는 투로 고물상에게 말했다.

"이 장식융단을 한번 펼쳐보시오."

분명히 그녀가 맞았다. 그녀의 입술이 나에게 우아한 미소를 지어

---

126 (역주) 프랑스 중부 내륙에 위치한, 화산활동으로 이루어진 광활한 고원 지대.

127 (역주) 장식융단 생산으로 유명했던 파리 북쪽의 작은 도시.

보이는 것 같았으며, 내 눈과 마주친 그녀의 눈동자가 생기로 반짝이는 것 같았다.

"얼마에 파시겠소."

"그래도 정확히 사백 프랑 이하로는 팔 수 없겠지요."

"지금 내 수중에는 그만한 돈이 없소. 돈 가지러 갔다 오겠소. 한 시간 내에 돌아오겠소."

내가 돈을 가지고 돌아왔을 때 장식융단은 거기에 없었다. 내가 없는 동안 한 영국 사람이 흥정을 해서, 육백 프랑을 주고 그 물건을 가지고 가버렸다.

사실 일이 그렇게 되어, 그 아름다운 추억을 고스란히 간직할 수 있어서 더 잘 된 건지 모르겠다. 첫사랑으로 다시 돌아가지도 말고, 간밤에 경탄했던 장미를 다시 보러가지도 말라고 하지 않던가.

그런데다 장식융단이 나에게 경의를 표하고 싶어 벽에서 내려오기에는 나는 더 이상 충분히 젊고 사랑스런 소년이 아니거늘.

죽은 연인

사제 형제여, 내가 사랑한 적이 있느냐고 그대가 묻는다면?... 그렇다네. 그것은 기이하고도 무서운 이야기 일세, 그리고 내 비록 예순 살이나 먹었지만, 이 추억의 부스러기를 조금만 들추어 보겠네. 내 그대에게 아무 것도 거절하고 싶지 않지만, 불행을 별로 겪어보지 않은 사람에게는 이런 이야기를 하지 못할 것이네. 그것은 참으로 기이한 사건이어서, 그것이 나에게 일어났다는 것을 믿을 수가 없구려. 나는 삼년이 넘게 괴상하고도 악마 같은 환영의 노리개가 되었다네. 시골의 미천한 사제인 내가 매일 밤 꿈속에서 (하나님 그것이 꿈이기를!) 지옥에 떨어진 자의 삶을, 속세와 사르다나팔루스[128]의 주지육림 같은 삶을 살았다네. 한 여자에게로 향한, 지나친 찬탄으로 가득한 시선 한 번으로 인해 나는 내 영혼을 잃을 뻔 했다네. 하지만, 하나님과 내 수호성인의 도움으로 나에게 엄습했던 못된 혼령을 마침내 쫓아낼 수 있었다네. 나의 존재는 밤에 출몰하는 전혀 다른 존재와 복잡하게 얽혀있었다네. 낮 동안 나는 주님의 사제로서 정숙했고, 기도와 성직 일에 몰두했지. 하지만, 밤 동안 내가 잠이 들자마자 나는 젊은 귀족으로 변했고, 여자와 개와 말에 대해 일가견이 있는 전문가가 되어, 주사위 놀이를 즐기고, 술을 마시며 신성을 모독하였다네. 그리고 먼동이 틀 무렵, 내가 일어날 때면, 반대로 나는 잠자는 것 같았고, 내가 사제가 되는 꿈을 꾸는 것 같았다네. 이런 몽유병적인 삶에 대해서 나로

128 (역주) 수많은 첩들을 거느리고 사치와 방탕한 삶을 살았던 고대 아시리아의 전설적인 왕.

서는 변명할 여지가 없게도 물건들과 내가 한 말들에 관련된 추억이 남아 있네. 비록 내가 교회 내 생활공간의 벽 너머로 결코 나가보지 않았음에도, 내 말을 듣는다면 사람들이 속세의 일과는 아무 관련 없이 숲속 깊숙이 버려진 교구에서 늙어버린 하찮은 성직자라기보다는 오히려 모든 것을 소진하고 속세에서 돌아 와 종교에 귀의하여 하나님의 품속에서 너무나 어지러운 생을 마치고 싶어 하는 사람처럼 여겼을 것이네.

아무렴, 세상 누구도 사랑하지 못했듯이, 나는 엉뚱하고도 미친 듯한 사랑을 너무도 강렬하게 하였기에, 그 사랑으로 인해 내 심장이 터지지 않았다는 것에 놀랐다네. 아! 굉장한 밤이었지! 굉장한 밤이었어!

내 가장 달콤한 어린 시절부터, 나는 성직자가 되는 것이 천직이라 느끼고 있었다네. 내가 한 공부 또한 전부 그 방향으로 향했고, 스무 네 살까지 내 인생은 오랜 성직수련기간에 불과했었지. 종교학 연구과정이 끝나자, 계속해서 나는 말단 성직 지위를 모두 거쳤고, 내가 비록 아주 어렸지만, 나의 상급자들은 내가 최후의 두려운 관문을 통과할 자격을 갖추었다고 판단했지. 나의 서품식은 부활절 주일로 정해졌지.

나는 한 번도 속세에 있어본 적이 없었다네. 나에게 세상이란 교구 내 중학교와 교리교육관의 울타리가 전부였지. 나는 여자라고 불리어지는 어떤 것이 있다는 것을 막연하게 알고 있었지만, 내 생각은 거기에 집착하지 않았다네. 나는 순진무구 그 자체였지. 나는 일 년에 단 두 차례만 늙고 병든 어머니를 만났다네. 그것이 내가 외부세계와 맺고 있는 관계의 전부였다네.

나는 아무 것도 애석해하지 않았고, 나는 이 돌이킬 수 없는 길로 가는데 있어서 조금도 주저하지 않았지. 그래서 나는 기쁨과 조바심으로 가득 차 있었지. 어떤 젊은 약혼자라도 이토록 열에 들뜬 열정으로 학수고대하지는 않았을 거네. 나는 잠 못 이루고 내가 미사를 주관하는 것을 꿈꾸었지. 사제가 된다는 것, 나는 세상에서 그것보다 더 좋은 것을 보지 못했다네. 나는 왕이나 시인이 되기를 거부했을 정도였지. 내 야망이 그 이상으로는 생각하지 못 했지.

내가 이렇게 말하는 것은 나에게 일어난 것이 얼마나 일어나서는 안 되는 것인가를, 그리고 도저히 설명할 수 없는 매혹의 희생물이 되었는가를 그대에게 보여주고자 함일세.

운명의 날이 밝자, 나는 공중에 떠오르듯이, 겨드랑이에 날개가 달린 듯이 이루 말할 수 없이 경쾌한 발걸음으로 교회로 갔다네. 나는 스스로 천사라고 믿었고, 동료들의 어둡고 불안한 모습에 놀랐다네. 왜냐하면 우리는 여러 명이었다네. 나는 밤을 기도로 지새웠고, 거의 황홀경에 빠진 상태에 도달해 있었지. 내가 보기에 추앙받는 늙은 주교는 자신의 영원에 골몰한 하나님 아버지처럼 보였고, 나는 사원의 둥근 천장 너머로 하늘을 보았지.

이 행사의 자질구레한 일에 대해서는 그대도 알고 있지. 은총과 빵과 포도주의 성찬형색(聖餐形色)의 배령(拜領), 기름으로 입문자의 손바닥 도유식, 그리고 마침내 주교와 함께 연주로 진행되는 성제 등. 나는 그런 것을 길게 늘어놓지 않겠네. 오! 욥이 참 현명했네, 자기 눈과 계약을 맺지 않는 자는 참으로 신중하지 못하구나![129] 우연히도 나는 그때까지 숙이고 있던 고개를 들었는데, 실제로는 제법 멀리 반대편 난간에 서 있었지만, 내 앞에 만질 수 있을 듯이 가까이 서 있는 한 젊은 여자, 드문 미모에다 왕족처럼 화려하게 차려입은 여자가 있다

129 (역주) 『구약성서』 욥기 31장 1절에 나오는 구절 “내가 내 눈과 언약을 세웠나니 어찌 처녀에게 주목하랴.”라는 구절을 빗대어 하는 말이다.

는 것을 알았다네. 그것은 마치 내가 비로소 진실에 눈을 뜨는 것과 같았다네. 나는 갑자기 시야를 가리는 것과 같은, 눈앞이 캄캄해져오는 것을 느꼈지. 조금 전에 그렇게도 광채를 발하던 주교는 일시에 빛을 잃고 어두워졌고, 황금 촛대에 꽂힌 초들은 새벽별들처럼 창백해졌고, 교회 전체가 캄캄한 암흑천지로 변해버렸다네. 그 매혹적인 창조물은 어둠의 이 깊숙한 곳에서 천사의 계시같이 혼자 또렷이 드러났다네. 그녀는 스스로 밝아지는 것 같았고, 빛을 받기보다는 차라리 빛을 발하는 것 같았다네.

나는 외부의 상대가 주는 영향에서 벗어나기 위해 더 이상 눈꺼풀을 치켜 올리지 않기로 결심하고, 눈을 내리깔았지. 왜냐하면 부주의가 점점 나를 엄습하여, 나는 내가 하고 있는 것을 겨우 알아차릴 정도였기 때문이었지.

잠시 후에 눈썹 너머 프리즘 색깔로, 태양을 볼 때처럼 불그스레한 빛 속에서 빛나는 그녀를 보았기 때문에 나는 눈을 다시 떴다네.

오! 그녀가 어찌나 아름다웠던지! 하늘에서 완전무결한 아름다움을 갈망하던 최고의 화가들이 마돈나의 성스러운 초상을 지상에 가져왔을 때조차 그들은 이 가공의 현실에는 감히 접근조차 하지 못한다네. 시인의 시구(詩句)도, 화가의 팔레트도 그녀를 묘사할 수 없을 것이라네. 그녀는 아주 커서, 여신의 신장과 면모를 지니고 있었지. 부드러운 금발 머릿결은 머리 가운데서 둘로 갈라져 있었고, 두 줄기 황금 강물처럼 관자놀이로 흘러내렸지. 마치 왕관을 쓴 여왕과 다를 바가 없었지. 푸르스름하고 투명하게 새하얀 그녀의 이마는 거의 갈색인 동그란 두 눈썹 위로 넓고 청정하게 자리 잡았는데, 잠자코 볼 수 없는 생기와 광채를 발하는 바다색 눈동자가 주는 효과에 덧붙여 기이함을 자아냈지. 굉장한 눈매였지! 눈빛 한번으로 한 사람의 운명을 결정해버렸지. 그 눈은 생기와 투명함과 열정과, 내가 사람의 눈에서 결코 본적이 없는 번득이는 습기를 머금고 있었다네. 내 가슴에 와 닿는 것을 분명하게 느끼는, 화살 같은 광선이 그녀의 눈에서 빠져나왔지. 나는 그 눈을 밝히는 불꽃이 하늘에서 오는지 지옥에서 오는지는 몰랐지만, 그 둘 중의 한 곳에서 온다는 것은 분명하게 알 수 있었지. 이 여자는 천사든가 아니면 악마였다네. 아니면 둘 다인지도 몰랐지. 그녀가 우리 모두의 어머니인 이브의 옆구리에서 나오지 않은 것은 분명했다네. 극도로 아름다운 진주색의 치아가 그녀의 붉은 미소 가운데 반짝거렸고, 미간을 찡그릴 때마다 그녀의 경탄할만한 장밋빛 수자(繻子) 볼에 작은 보조개가 파였다네. 그녀의 코로 말할 것 같으면, 뾰족한데다 왕족의 위엄이 전적으로 서려있어서, 가장 고귀한 출신임을 말해주었다네. 반쯤 노출된 그녀의 어깨의 반들거리는 고른 피부에는 마노(瑪瑙) 광택이 났고, 자기 목과 거의 유사한 색조의 굵은 금빛 진주목걸이가 가슴까지 내려왔지. 이따금 구렁이나 힘껏 뽐내는 공작이 하듯 물결치는 동작으로 고개를 치켜세우는 바람에, 은(銀) 망사 같이 그녀의 목을 두르고 있는, 섬세하게 만들어진 레이스 주름장식에 가벼운 전율을 일으켰지.

그녀는 연분홍빛 공단 원피스를 입고 있었고, 흰 담비 털을 덧댄 넓은 소매로부터 비단결같이 섬세하고 고결한 손을 내보였지. 길고 도톰한 손가락은 너무나 이상적으로 투명하여 그 손에 가려진 해는 새벽녘의 해처럼 보였다네.

이 모든 것이 마치 어제 일처럼 낱낱이 떠오른다네. 그리고 내가 심리적으로 극도로 불편했음에도 불구하고 어느 하나도 내 기억에서 지워지지 않았다네. 가장 미세한 여운도, 턱 한켠의 작은 점도, 입술 끝의 보일락 말락 한 보드라운 잔털도, 이마에 난 보드라운 털도, 볼 위에 떨리는 눈썹 그림자도, 나는 놀랄 만큼 명료하게 전부 기억하고 있었다네.

그녀가 나를 쳐다보는 동안 차츰 내 속에서 그때까지 닫혀있던 문들이 열리는 것을 느꼈다네. 사방에 막혀있던 내면의 환기창들이 다시 뚫렸고, 그 창을 통해 어떤 미지의 광경이 얼핏 보였다네. 그 삶은 나에게 전혀 다른 양상으로 나타났으므로, 나는 막 새로운 사고 체계에 눈을 뜨기 시작했지. 무시무시한 고뇌가 내 가슴을 옥죄어왔고, 매 순간순간이 일초도 되고 백년도 되는 것 같았다네. 그럼에도 의식(儀式)은 진행되었고, 나는 세상에서부터 멀리 떠밀려 갔는데, 새롭게 생겨나는 내 욕망은 미친 듯이 그 입구로 몰려들었지. 하지만 아니라고 대답하고 싶었는데도, 내 혀가 내 영혼에 가하는 폭력에 대항하여 내 속에 있는 모든 것이 반발하고 항의하는데도, 나는 받아들이겠노라고 말했지. 요상스런 힘이 내 목구멍에서 나오는 말을 내 의지와는 상관없이 낚아채 갔지. 바로 그래서 수많은 소녀들이 자신들에게 정해진 신랑을 단호히 거부하겠다는 굳은 결심으로 결혼식 제단을 걸으면서도, 단 한 소녀라도 자신의 결심을 실행에 옮기지는 못하는 것이리라. 바로 그래서 많은 수의 수녀 지원자들이 하나님에게 서약을 선언하려는 순간에 그녀들의 베일을 갈가리 찢어버리겠다고 단호히 결심했음에도 불구하고, 그녀들이 수녀가 되는 것을 받아들이는 것이리라. 우리는 모든 사람들 앞에서 감히 그런 물의를 일으킬 수도 없고, 많은 사람들의 기대도 저버릴 수 없는 것이라네. 이러한 의지, 이러한 시선들이 납으로 만든 제의(祭衣)처럼 전부 그대를 짓누를 것만 같다네. 게다가 행사진행은 너무나 잘 짜여 있고, 모든 것이 도저히 돌이킬 수 없도록 사전에 잘 조정되어 있어서, 거역할 생각은 일의 중압감에 굴복하여 완전히 뭉개진다네.

그 미모의 낯선 여인은 의식(儀式)이 진행됨에 따라 시선 속에 담긴 표정을 변화시켰다네. 처음에 부드럽고 애무하는 듯한 시선이 받아들여지지 않았다는 듯이 거만하고 불만스런 표정으로 바뀌었지.

나는 사제가 되고 싶지 않다고 소리치기 위해 산 하나를 들어낼 만큼 애를 썼지만, 목소리를 입 밖으로 내지 못했지. 혀가 입천장에 붙어서 떨어지지 않았고, 가장 사소한 부정적인 몸짓으로 내 의지를 표시하는 것도 나에게는 불가능했다네. 나는 완전히 깨어있으면서도 악몽과 비슷한 상태에 빠지게 되었는데, 인생이 달린 한마디 말을 외치고 싶었지만, 끝내 발설할 수가 없었다네.

그녀는 내가 겪고 있는 박해에 민감하게 반응했고, 나를 격려하기 위해, 신성한 약속이 가득한 윙크를 나에게 날려 보냈지. 그녀의 눈은 시선 하나하나가 노래소절을 이루는 한 편의 시(詩)였다네.

그녀는 나에게 말했지.

“만약 네가 내 것이 된다면, 하나님이 자신의 낙원에서 해줄 수 있는 것보다 훨씬 더 너를 행복하게 해줄게. 천사들이 너를 부러워할 거야. 네가 두를 이 음산한 수의(壽衣)를 찢어버려라. 나는 아름다움 그 자체이고, 나는 젊음이고 생명이다. 나에게 와, 우리는 사랑을 할 거야. 여호와가 너에게 무슨 보상을 해줄 수 있을 것 같니? 우리의 존재는 꿈같이 흘러갈 것이고, 영원한 입맞춤일 뿐이라네.

그 성배(聖杯)의 포도주를 부어버려라, 너는 자유의 몸이다. 미지의 섬으로 너를 데려가마. 너는 은으로 만든 정자아래 황금덩어리로 만든 침대에서 내 품에 안겨 잠들게 되리라. 내가 너를 사랑하니까, 너의 하나님 앞에서 너를 차지하고 싶어. 너는 그 하나님 앞에서 무수한 사랑을 흘러 보내고 있지만, 그에게 가닿지도 않는걸.”

나는 한없이 부드러운 리듬에 실린 이 말들을 듣고 있는 것 같았는데, 그녀의 시선이 거의 울림을 가지고 있었기 때문에, 또 그녀의 두 눈이 나에게 전달하는 문장이 마치 보이지 않는 입이 너 영혼에 그것을 불어넣듯이 내 가슴 깊숙이 울려 퍼졌기 때문이었지. 나는 하나님을 단념할 각오가 선 것을 느꼈지만, 나의 마음은 기계적으로 의식의 절차를 완수하고 있었다네. 그 아름다운 여자는 나에게 재차 눈짓을 보냈는데, 그것이 어찌나 애원 투였고 절망적이었던지, 면도칼로 심장을 도려내는 것 같았고, 고통 속의 성모 마리아보다 더 많은 칼자국을 가슴에 느꼈다네.

행사가 끝났고, 나는 사제가 되었지.

어떤 인간 얼굴도 그렇게 비통한 고통을 표현하지는 못했지. 자기 곁에서 갑자기 쓰러져 죽는 약혼자를 보는 처녀, 아이가 사라진 텅 빈 요람 곁에 선 엄마, 낙원의 문 입구에 앉은 쫓겨난 이브, 숨겨둔 보물 대신에 돌멩이만을 발견한 구두쇠, 자신의 가장 훌륭한 작품의 유일한 원고가 불길에 휩싸이는 것을 보고만 있는 시인도 저만큼 놀라고 절망적인 표정을 지을 수 없겠지. 그 매력적인 얼굴에 핏기가 전부 사라지더니, 하얀 대리석처럼 변해갔지. 마치 근육이 다 해체된 듯이 그녀의 아름다운 팔이 축 늘어졌고, 다리가 떨리고 힘이 빠져서 그녀는 계단 난간에 기대고 말았지. 창백하고, 이마는 골고다 언덕에 선 예수보다 더 흥건한 땀으로 범벅이 되어, 나는 비틀거리며 교회 문으로 향했지. 숨이 막혔지. 교회 천정이 어깨를 짓누르고, 나 혼자 둥근 지붕의 무게 전부를 머리로 받치고 있는 것 같았다네.

내가 문을 막 넘어가려할 때, 갑자기 손 하나가 내 손을 낚아채었다네. 그것도 여자의 손이! 나는 그전에 여자의 손을 한 번도 만져본 적이 없었다네. 그 손은 뱀만큼 차가왔고, 손이 닿은 자국은 벌건 쇠로 지진 자국만큼 뜨거웠다네. 그녀였지.

"못난 사람아! 못난 사람아! 무슨 짓을 저질렀니?"

나에게 나직이 말하고는 군중 속으로 사라졌다네.

늙은 주교가 지나갔지. 그는 엄한 표정으로 나를 쳐다봤다네. 나는 누구보다도 기이한 자세를 하고 있었지. 얼굴이 붉으락푸르락하다가, 현기증을 느꼈지. 한 동료가 그런 내가 안쓰러웠는지, 나를 끌고 갔다네. 나는 혼자서 교리교육관으로 가는 길을 찾아갈 수 없을 것 같았다네. 길모퉁이에서 젊은 사제가 한 눈을 팔 때, 괴상하게 차려입은 흑인 몸종이 나에게 다가와서, 가던 길을 멈추지 않고 모서리가 금으로 새겨진 작은 서첩(書帖) 하나를 나에게 주며 그것을 감추라는 시늉을 했다네. 나는 그것을 내 방에 혼자 있을 때까지 옷소매 안에 넣어뒀지. 나는 서첩의 고리쇠를 벗겼지. 다음과 같은 내용의 종이 두 장만이 들어있었다네.

"클라리몽드, 콘치니 궁전에서."

당시에 나는 세상 소식에 너무나 어두웠으므로, 그녀의 유명세에도 불구하고, 클라리몽드를 알지 못했고, 콘치니 궁전이 어디 있는 지도 전혀 몰랐지. 나는 황당한 추측을 수없이 했지. 그러나 실상 그녀를 다시 볼 수만 있다면, 귀부인이든 궁녀든 그녀의 신분에 별로 개의치 않았지.

조금 전에 생겨난 이 사랑은 내 속에 아주 단단히 뿌리를 내렸지. 그것을 떼어내기란 불가능한 일임을 느끼는 만큼, 나는 그렇게 해볼 생각조차 하지 않았지. 이 여자는 나를 완전히 사로잡았고, 나를 변하게 하는데 눈길 한번으로 충분했다네. 그녀는 자신의 의지를 나에게 불어넣었지. 나는 내 의지대로 사는 것이 아니라, 그녀가 하는 대로 그녀의 의지대로 살았다네. 나는 수없이 이상한 행동을 했는데, 그녀가 만졌던 손 부위에 입을 맞췄고, 온종일 그녀의 이름을 반복해서 부르곤 했지. 눈만 감으면 실제로 그녀가 앞에 있기라도 하듯이 그녀가 분명하게 떠올랐고, 교회 입구 아래에서 그녀가 나에게 한 말을 혼자 되풀이하곤 했다네.

“못난 사람아! 못난 사람아! 무슨 일을 저질렀니?”

나는 내가 어떤 무시무시한 상황에 처해있는지 온전히 깨달았으며, 내가 빠져있는 상태의 음산하고도 무서운 면이 나에게 또렷이 드러났지. 사제가 되다! 다시 말하면, 순결하고, 사랑하지 말아야하고, 성별과 나이를 구별하지 말아야하고, 어떤 외모로부터도 눈길을 돌려야하고, 장님이 되어야하고, 수도원이나 교회의 얼음장 같은 그늘 속을 기어 다녀야하고, 죽어가는 사람들만 보아야하고, 낯선 사람의 시체 곁에서 밤을 지세야 하고, 그대가 걸친 옷을 그대의 관(棺)에 입고 들어갈 수의로 할 수 있도록, 그대 몸소 걸친 검은 사제복을 그대의 관 삼아 지니고 다니는 것!

그래서 나는 물이 차올라 넘쳐흐르는 내 속의 호수처럼 삶이 나의 내부에서 차올라 오는 것을 느꼈다네. 내 핏줄에서 피가 힘차게 고동쳤지. 그렇게 오랫동안 억눌렸던 나의 젊음이 백년 만에 꽃이 피고 우렛소리처럼 피어나는 알로에같이 삽시간에 봉오리를 터뜨렸다네.

클라리몽드를 다시 보려면 어찌해야할지? 나는 도시에 아는 사람이 아무도 없으므로, 교리교육관을 나가기 위한 변명거리가 하나도 없었지. 여기에 머물러서도 아니 되었으므로, 다만 내가 관리할 교구를 지정해주기를 기다릴 뿐이었다네. 나는 창살을 떼어내려고 해봤지. 그러나 창문은 까마득히 높은 곳에 있었고, 사다리도 없었으므로 생각을 말아야했다네. 그리고 게다가 나는 밤에만 내려갈 수 있었는데, 말할 수 없이 복잡한 미로를 어떻게 찾아간다 말인가? 다른 사람에게는 아무 것도 아닌 것인, 이 모든 어려움이 경험도, 돈도, 옷도 없는 가련한 사제훈련생인 나에게는 너무나 거대했다네.

아! 내가 사제가 아니었더라면, 나는 매일 그녀를 볼 수 있었을 텐데. 나는 사랑에 눈이 멀어 혼자 중얼거렸지. 나는 그녀의 애인, 그녀의 남편이 되었을 텐데. 나는 이 서글픈 수의(壽衣)를 두르고 있는 대신에, 비단과 공단 옷과 황금 시곗줄에, 잘생긴 젊은 기사처럼 칼과 깃털로 장식할 텐데. 나의 머리는 윗부분을 넓게 깎아 수치스러운 대신에, 물결치듯 동그랗게 목 주위에서 나풀거릴 텐데. 나는 기름 바른 멋진 턱수염을 가지고 용사가 될 텐데. 그러나 제단 앞에서 보내는 시간과 겨우 중얼거리는 몇 마디 기도로 나는 영원히 사람들과 단절되고, 스스로 내 무덤의 돌을 쌓고, 내 손으로 내 감옥 문을 잠그고 말았노라!

나는 창가로 갔지. 하늘은 정말 푸르렀고, 나무는 봄옷을 입고 있었지. 자연은 아이러니한 기쁨을 뽐내고 있었지. 광장에는 오고가는 사람들로 가득했다네. 멋쟁이 젊은이들과 아름다운 처녀들, 쌍쌍이 정원과 정자 쪽으로 가고 있었다네. 무리지은 사람들이 애주가(愛酒歌)를 잇달아 부르면서 지나갔다네. 그것은 나의 초죽음과 고독을 시리도록 도드라지게 하는 움직임, 인생, 활기, 유쾌함이었다네. 한 젊은 아기엄마가 대문발치에서 아기와 놀고 있었다네. 그녀는 아직 우유방울이 흘러내리는 아기의 앙증맞은 붉은 입술에 입을 맞추고, 엄마들만이 할 수 있는 성스런 아기 어르기를 수없이 하고 있었다네. 아기아버지는 조금 떨어진 곳에 서서, 이 사랑스런 모자에게 그윽한 미소를 지었고, 가슴에 깍지 낀 팔짱은 북받치는 기쁨을 억누르고 있었다네. 나는 이 광경을 더 이상 보고 있을 수 없었다네. 나는 창문을 닫고, 가슴 가득 터질 듯한 분노와 질투로 침대에 늘부러져 삼일을 굶주린 호랑이처럼 손가락과 이불을 물어뜯었다네.

나는 며칠 동안이나 그렇게 있었는지 몰랐지. 격심한 경련을 일으키듯 몸을 돌렸을 때, 세라피옹 사제가 방 가운데 서서 나를 유심히 쳐다보고 있는 것을 알아차렸다네. 나는 나 자신이 부끄러워서, 머리를 가슴에 파묻고는 손으로 눈을 가렸다네.

세라피옹이 긴 침묵을 깨고 말했지.

"여보게 로뮈알드, 자네 내면에 기이한 일이 생긴 모양이구나, 자네 행동은 정말 이해할 수 없어! 그렇게 독실하고, 침착하고, 유순한 자네가 방구석에서 야수처럼 날뛰다니. 조심하게, 형제여, 악마가 속삭이는 말에 귀 기울이지 말게. 자네가 영원히 주님을 섬기기로 한 것에 화가 치민 악귀가 매혹적인 늑대처럼 네 주위를 배회하면서, 자네를 자기 것으로 만들기 위해 마지막 힘을 쏟고 있다네. 내 사랑하는 로뮈알드, 무참히 짓밟히지 말고, 기도로 무장하고 회개의 고통으로 방패 삼아 상대와 용감히 싸우게. 자네가 승리할 것이네. 시련은 독실한 신앙심에 필수적이고, 황금은 도가니 속에서 더욱 순수해지지. 공포에 떨지도, 용기를 잃지도 말게. 가장 온전하고 가장 굳건한 정신들이 이런 순간에 태어났어. 기도하게, 금식하게, 명상에 잠기게, 그러면 악귀가 물러갈 것이네."

세라피옹 사제의 설교가 마음을 되찾게 해주어, 나는 조금 더 안정을 찾았다네.

"나는 자네가 C*** 교구에 임명된 것을 알리러 왔네. 그 교구를 다스린 신부가 막 임종했으므로, 주교 예하께서 나더러 자네를 그곳에 정착하도록 하는 임무를 맡겼다네. 내일 떠날 준비를 해주게."

나는 그러겠노라고 고개를 끄떡거리자 사제는 떠나갔지. 나는 미사 경본을 펼쳤고, 기도문을 읽기 시작했지. 그러나 곧 글자들이 눈앞에서 아롱거렸다네. 머리에는 생각들이 꼬리를 물고 뒤엉켰고, 조심할 틈도 없이 기도 책이 손에서 빠져나와 떨어졌다네.

그녀를 다시 보지 못하고 내일 떠나다니! 우리 사이에 이미 있었던 그 모든 것에 불가능이 또 하나 더 보태지는구나! 기적이 없는 한 그녀를 다시 만날 희망이 영원히 사라지는구나! 그녀에게 편지를 쓸까? 누구에게 편지를 전달하게 할 것인가? 다시 태어난 성직자의 신분으로 누구에게 연정을 느낄 것이며, 누구에게 자랑할 것인가? 나는 무시무시한 고뇌에 빠졌지. 이어서, 사제 세라피옹이 나에게 악마의 계략에 대해 말했던 것이 떠올랐지. 기묘한 연애모험, 클라리몽드의 초자연적 미모, 그녀의 눈이 내뿜는 인광(燐光), 그녀 손의 타는 듯한 감촉, 그녀가 나에게 불러일으킨 동요, 내 속에서 일어난 갑작스런 변화, 순식간에 사라진 나의 신앙심, 이 모든 것이 악마가 거기 있음을 분명하게 입증했고, 수자(繻子)같이 부드러운 그 손은 아마도 갈퀴를 숨긴 장갑에 불과했지. 이런 생각으로 나는 등골이 오싹해졌고, 무릎에서 굴러 떨어진 미사경본을 주어서, 다시 기도하기 시작했지.

그 다음날, 세라피옹이 나를 데리러 왔지. 문 앞에 노새 두 마리가 우리를 기다리고 있었고, 두 사람의 변변찮은 보따리를 등에다 실었지. 그럭저럭 그가 한 노새에, 나는 다른 노새에 올랐지. 시내 골목을 빠져나가는 동안 내내, 나는 혹시 클라리몽드를 볼 수 있을까하여 창문이라는 창문, 발코니라는 발코니를 모두 올려다보았지. 하지만, 너무 이른 시간이어서 도시는 아직 깨어나지 않았다네. 내 시선은 우리가 지나가는 길에 있는 모든 궁전들의 차양과 커턴 안쪽을 훑어보려고 애썼다네. 세라피옹이 노새의 걸음걸이를 늦추며 나에게 두리번거릴 시간을 주는 걸로 봐서, 아마도 그는 나의 이런 호기심을 건물의 미관에 이끌려 감탄하는 것으로 여긴 것 같았다네. 마침내 우리는 도시의 출구에 도착해서, 언덕을 오르기 시작했지. 언덕 위에 다다랐을 때, 나는 몸을 돌려 한 번 더 클라리몽드가 살고 있는 곳을 쳐다보았지. 도시는 큰 구름에 완전히 덮여있었다네. 푸르고 흰 지붕은 전체적으로 희미한 색깔로 뒤섞여 버렸는데, 그 위로 여기저기 아침 연기가 흰 거품처럼 날고 있었지. 기이한 시각적 효과에 의해서 내리비추는 단 한줄기 광선에, 연기 속에 완전히 덮여버린 주변 건물들 위로 솟아오른 한 건물이 붉은 황금빛으로 분명하게 드러났다네. 십리 넘게 떨어져 있었지만, 그 건물은 바로 곁에 있는 것 같았다네. 작은 탑들, 발코니들, 십자형 창문들, 그리고 제비꼬리 풍향계까지 그 건물의 아주 세세한 부분들이 식별되었다네.

“저 아래 한줄기 햇빛에 반짝거리는 저 궁전은 무슨 건물인가?” 나는 세라피옹에게 물었지. 그는 눈 위에 한 손을 얹어서 바라보고는 대답했지. “그것은 콘치니 왕자가 궁녀 클라리몽드에게 준 옛 궁전이네. 거기서 섬뜩한 일들이 일어나고 있다네.”

그 순간에 나는 그것이 현실인지 환영인지 여전히 알 수 없지만, 테라스 위로 날씬하고 하얀 한 형체가 잠시 얼씬거리다가 사라지는 것을 본 것 같았지. 그 형체는 클라리몽드였다네!

오! 이 시간에 그녀로부터 멀어지면 다시는 도로 내려가지 못하는 이 험악한 길 꼭대기에서, 애타고 불안한 내가 자신이 살고 있는 궁전을, 조롱하는 듯한 빛의 유희가 나를 그 궁전의 주인으로 초대하기라도 하듯이 나에게 접근하는 듯한 그 궁전을 지긋이 바라보고 있다는 것을 안다는 말인가? 내 영혼의 아주 미세한 동요도 느끼지 못하기에는 그녀의 영혼이 내 것과 애정적으로 너무 얽혀있었고, 얼음같이 찬 새벽이슬이 맺힌 테라스 위로 잠옷을 걸친 그녀를 나오도록 부추긴 것이 바로 이 감정인 걸 봐서, 아마도 그녀는 그것을 알았을 것이네.

구름이 궁전을 가렸고, 그것은 높다랗게 물결치는 것 외엔 아무 것도 구별되지 않는 지붕과 꼭대기들로 된 부동의 바다에 지나지 않았다네. 세라피옹이 자기 노새에 박차를 가하자, 내가 탄 노새도 바로 따라갔지. 길이 굽어지면서 나는 영원히 S 도시를 볼 수 없게 되었는데, 나는 다시는 돌아오지 못할 것이기 때문이었지. 초라한 시골들로 이어진 길을 삼 일 동안 달린 끝에, 내가 근무할 교회 종루의 수탉장식이 나무 위로 삐죽이 솟아나 있는 것을 보았다네. 그리고 초가와 그에 딸린 작은 정원이 늘어선 울퉁불퉁한 길들을 따라가서 우리는 웅장함과는 거리가 먼 건물의 정면에 다다랐지. 몇몇 궁륭의 늑재와 조악하게 조각된 두 세 사암기둥으로 장식된 현관, 기와지붕과 기둥과 같은 사암 벽면, 그것이 전부였다네. 왼편에는 가운데 커다란 철십자가 있는, 온통 큰 풀로 가득한 묘지. 오른편 교회의 그늘에 사제관. 그것은 극도로 단출하고 무미건조한 청결 그 자체의 집이었지. 우리는 들어섰지. 암탉 몇 마리가 귀리 몇 톨 없는 땅바닥을 쪼고 있었다네. 성직자들의 검은 옷에 익숙한 닭들은 우리가 나타났는데도 전혀 놀라지 않았고, 겨우 우리가 지나가도록 자리를 내주는데 귀찮아하는 정도였다네. 쉰 목소리로 개 짖는 소리가 들려왔고, 한 늙은 개가 달려오는 것을 보았지.

그 개는 내 전임자의 것이었다네. 퇴색한 눈과 바래버린 털, 개에게 일어날 수 있는 가장 늙은 현상을 고스란히 가지고 있었지. 내가 그 개를 한 손으로 부드럽게 쓰다듬어주자, 이윽고 그 개는 좋아 어쩔 줄 몰라 하는 표정으로 내 옆에서 따라 걷기 시작했다네. 또한 전임 사제의 가정부인 나이가 지긋한 여자가 우리를 만나러 왔고, 우리를 아래층 부엌으로 들어오게 한 뒤, 자신을 계속 있게 할 것인지 내 의도를 물어보았다네. 나는 그러겠노라고 대답했지. 그녀와 개, 그리고 암탉들 역시, 그리고 그녀의 주인이 죽으면서 그녀에게 남겨둔 가구 모두도. 사제 세라피옹이 곧바로 그녀가 원하는 값을 지불했으므로, 그 결정이 그녀를 기뻐 어쩔 줄 모르게 만들었다네.

내가 자리를 잡자, 세라피옹 사제는 대교구 교육원으로 돌아갔다네. 따라서 나는 나 자신 외에는 아무런 조력자도 없이 혼자 있게 되었다네. 클라리몽드 생각이 나를 다시 괴롭히기 시작했고, 그런 생각을 몰아내기 위해 애를 썼으나, 늘 그렇게 되지는 않았다네. 어느 날 저녁, 내가 내 교구의 작은 정원 언덕을 따라 난 오솔길을 걷고 있을 때, 수풀 저 만치에 나의 거동 일거수일투족을 놓치지 않는 여자의 형체와, 바다색의 두 눈망울이 나뭇잎 사이에서 반짝거리는 것을 본 것 같았다네. 그러나 그것은 환영에 지나지 않았고, 오솔길의 반대편을 지나칠 때, 나는 거기서 모래 위에 찍힌 발자국밖에 발견하지 못했는데, 그것이 어찌나 작은지 아이들 발 같았다네. 정원은 아주 높다란 담장으로 둘러싸여 있었고, 나는 구석구석을 샅샅이 뒤져봤지만, 아무도 없었다네. 게다가 나에게 일어난 것 같은 이런 기이한 일 외엔 아무 일 없는 이 상황에 대해 도무지 스스로 납득할 수 없었다네. 그렇게 일 년을 살면서, 기도하고, 금식하고, 환자들을 격려하고 구조하면서, 최소한의 생필품조차 절제할 정도로 가난한 자를 도우면서 나의 임무를 정확하게 수행하였다네. 그럼에도 나는 내면적으로 극도의 삭막함을 느꼈는데, 나에게 은총의 근원이 막혀있었던 셈이었지. 나는 성령을 완수했을 때 주어지는 행복을 누리지 못했다네. 나의 생각은 엉뚱한 곳에 가 있었고, 클라리몽드가 한 말을 일종의 저절로 되풀이되는 노래의 후렴처럼 내 입가에서 종종 되뇌게 되었다네. 오 형제여, 이 점을 분명히 새겨두게! 한 여자에게 단 한번 시선을 준 것. 겉으로 보기에 참으로 가벼운 이 실수로, 나는 수 년 간 최고로 비참한 마음의 동요를 겪었다네. 내 인생은 끝없이 혼란스러웠지.

이런 패배와, 그리고 더욱 깊은 나락으로의 추락이 뒤따르는 이런 내적 승리에 관한 이야기로 자네를 더 붙잡아두지 않고, 바로 결정적인 상황으로 넘어가겠네. 어느 날 밤, 누가 급작스레 문을 두드렸지. 늙은 가정부가 문을 열자, 구릿빛 피부에 화려하게 차려입었으나, 긴 단도를 찬, 이상한 옷차림새의 어떤 사람이 바바라의 등불에 모습을 드러냈다네. 그자의 첫 동작이 공포를 몰고 왔으나, 그는 가정부를 안심시키고는, 나의 업무와 관련된 일로 즉시 나를 만나야겠다고 말했다네. 바바라는 그를 올라가게 했지. 나는 막 잠자리에 들려는 참이었지. 아주 지체 높으신 자신의 여주인이 사경을 헤매는데, 신부를 보고 싶다고 그자가 내게 말했지. 나는 기꺼이 그자를 따라 나서겠노라고 말했고, 종부성사(終傅聖事)에 필요한 것을 챙긴 다음 급히 내려갔지. 문간에는 칠흑같이 검은 말 두 마리가 조바심에 앞발을 굴리고 있었고, 두 줄기 긴 콧김을 그들의 가슴팍으로 뿜어내고 있었지. 그는 말의 등자(鐙子)를 잡아서 한 말에 내가 오르도록 도와준 후, 안장머리에 한 손만을 짚고는 나머지 말에 올라탔지. 그는 무릎을 조이면서 고삐를 놓자, 말은 화살처럼 질주했지. 그가 재갈을 잡고 있던 내 말 역시 똑같은 보조로 질주하기 시작했다네. 우리는 순식간에 멀어져갔고, 대지는 칙칙하고 금 긋듯이 우리를 스쳐갔고, 나무들의 검은 실루엣이 패주하는 군대처럼 달아났다네. 우리는 너무나 캄캄하고 차가운 숲을 통과했으므로, 나는 피부에 미신적인 공포가 몸서리치는 것을 느꼈다네. 말의 편자가 자갈에 부딪혀서 일어나는 불꽃은 우리가 지나가는 길에 긴 불꼬리를 남겼고, 오밤중 이 시간에 누가 우리를 봤다면, 그 사람은 나와 내 안내인을 악몽 속에 나타난, 말을 탄 두 혼령이라 여겼을 것이라네. 이따금 길을 가로질러 도깨비불이 날아다녔고, 갈가마귀들이 처량하게 지저귀는 빽빽한 숲속 저 멀리 이곳저곳에는 야생고양이들의 푸른 눈빛이 빛나고 있었다네. 말갈기는 갈수록 헝클어졌고, 땀은 말들의 등줄기를 타고 흘렀고, 숨 쉬는 소리가 그들의 콧구멍에서 헐떡거렸다네. 그러나 말들이 지친 기색을 내보일 때쯤, 그들에게 활력을 불어넣기 위해 마부는 전혀 사람소리가 아닌, 목구멍에서 나는 고함소리를 내지르자, 달리는 속도는 다시 쏜살같아졌지. 마침내 질주가 멈추었다네. 몇몇 곳이 밝은, 거대한 검은 물체가 갑자기 우리 앞에 나타났다네. 금속판이 박힌 도개교 위를 말발굽의 요란한 소리가 울리면서, 우리는 두개의 거대한 탑 사이에 시커먼 아가리를 벌리고 있는 지붕 아래로 들어갔다네. 성안은 무척 부산했지. 손에 횃불을 든 하인들이 이리저리 마당을 오갔고, 층계마다 불을 든 사람들이 오르락내리락 하였다네. 나는 거대한 건물들, 기둥들, 아치형 통로들, 입구의 낮은 층계와 난간들, 그야말로 왕궁다우면서도 요정 같은 화려한 건축물을 어렴풋이 보았지. 한 흑인 하인, 즉 나에게 클라리몽드의 쪽지를 주어서, 내가 바로 알아본 그 자가 내가 내려오는 것을 도와주러 왔고, 목에는 금줄을 두르고 한 손에 상아 지팡이를 든 채, 검은 비로드 옷을 입은 저택 지배인이 내 앞으로 다가왔다네. 두 눈에서 눈물이 넘쳐흘러서, 흰 수염으로 덥힌 볼을 타고 흐르고 있었지.

"너무 늦었어요! 신부님, 너무 늦었어요!" 라고 그는 머리를 흔들며 말했다네. "하지만, 당신이 영혼을 구하지는 못할망정, 밤새 불쌍한 육신이나 지켜주시지요."

그는 내 팔을 잡고 시체가 안치된 방으로 데려갔었지. 나도 그 사람만큼 많이 울었는데, 왜냐하면 죽은 사람이 그토록 미친 듯이 사랑한 바로 클라리몽드라는 것을 알았기 때문이었다네. 기도대가 침대 옆에 놓여있었지. 청동 신주(神酒) 잔 위로 피어오르는 푸르스름한 불꽃이 방 전체에 희미하고 어스름한 빛을 발산하였고, 이곳저곳 어둠 속에 가구와 돌출부의 몇몇 눈에 뛰는 모서리들을 아른거리게 했다네. 테이블 위에 돋을 새김한 꽃병에는 시들은 흰 장미 한 송이가 꽂혀 있었는데, 여전히 달려있는 단 하나를 제외하고는 모든 잎사귀들이 마치 향기 나는 눈물처럼 꽃병 발치에 떨어져 있었지. 깨어진 검은 가면 하나, 부채 하나, 온갖 종류의 가장복들이 소파 위에 뒹굴었는데, 죽음이 불시에 예고도 없이 이 화려한 저택에 찾아왔음을 말해주었다네. 나는 감히 침대 위에 눈길을 주지 못한 체 무릎을 꿇었지. 내가 그녀를 생각할 수 있도록 죽음을 개입시켜준 데다가, 이제 하늘나라로 간 그녀의 이름을 나의 기도에 추가할 수 있게 되어서 하나님께 감사하면서, 나는 열성적으로 시편을 암송하기 시작했다네. 그러나 그런 희열은 조금씩 누그러져서, 나는 몽상에 떨어졌지. 이 방은 빈소다운 데라곤 전혀 없었지. 내가 밤새 임종을 지키며 맡는데 익숙한 악취인 시체 썩는 공기 대신에, 여인의 어떤 사랑스런 냄새인지는 모르겠으나, 동양 향유의 나른한 연기가 훈훈한 공기 속에 달콤하게 헤엄치고 있었지. 이 창백한 불빛은 시체 가까이서 떨고 있는, 노란 명암으로 밤을 지새우는 불빛이라기보다는 차라리 관능을 위해 배려된 여명 같아 보였다네. 내가 클라리몽드를 영원히 잃게 되는 그 순간에, 그녀를 되찾게 해준 기이한 우연에 대해 나는 생각했고, 후회스런 한숨이 가슴에서 터져 나왔지. 내 뒤에서도 누가 한숨을 쉬는 것 같아 나는 무의식적으로 뒤돌아봤지. 그것은 여운이었어. 이런 동작과 함께 나의 눈은 그때까지 피하고 있던 화려한 시신용 침대로 향했지. 금장식 술이 말려 올라간, 큰 꽃무늬의 붉은 다마스쿠스 산 피륙 커턴 사이로 가슴에 양손을 모으고 길게 누워 있는 시신이 보였지. 그녀는 검붉은 피부색을 더욱 잘 대비시켜주는 순백색의 명주 천으로 덥혀있었다네. 그

천이 어찌나 섬세하던지, 그녀 육체의 매혹적인 자태를 조금도 누그러뜨리지 않고, 죽음조차도 뻣뻣하게 할 수 없었던 백조의 목같이, 이 물결치는 아름다운 몸매를 훑어볼 수 있게 하였다네. 여왕의 무덤에 놓기 위해 어떤 능란한 조각가가 만든 순백색 대리석 조각, 아니면 그보다도, 눈이 오는데서 잠이 든 한 소녀 같았다네.

나는 더 이상 참을 수가 없었지. 아방궁의 이 공기가 나를 취하게 했고, 반쯤 시들은 장미의 신열 나는 향기가 머리까지 올라와서, 나는 방안을 성큼성큼 걸었다네. 한 바퀴 돌 때마다 나는 침대 단에 멈춰서서 투명한 수의(壽衣) 아래 드러나는 우아한 사자(死者)를 주시했지. 이상한 생각이 머리를 스치고 지나갔다네. 실제로 그녀는 전혀 죽지 않았으며, 그것은 나를 자신의 성(城)으로 끌어들여, 나에게 자신의 사랑을 고백하기 위해 그녀가 꾸며낸 속임수에 불과하다는 생각이 들었다네. 어떤 때는 하얀 천 아래에서 그녀의 다리가 움직이고 수의의 곧은 주름이 구겨지는 것을 본 것도 같았지.

그래서 나는 중얼거렸지.

"이 사람이 분명 클라리몽드인가? 그것에 대한 무슨 증거를 가지고 있는가? 이 흑인 하인은 다른 마님의 시중을 들고 있지는 않은가? 그렇게 슬퍼하고 어쩔 줄 몰라 하다니 내가 참 바보 같구나."

그러나 두근거리는 가슴이 대답했다네.

"분명히 그녀가 맞아. 그녀라고."

나는 침대로 다가가서, 한층 더 집중하며 미심쩍은 대상을 쳐다보았지.

내 자네에게 이런 고백까지 해도 될까?

죽음의 그림자로 정화되고 신성하게 되었다 하나, 이 완벽한 형태는 그전보다 더욱 육감적으로 나를 고통스럽게 했고, 고요히 누운 모습은 착각을 불러올 정도로 흡사 잠자는 것과 같았어. 나는 장례미사로 거기에 왔다는 것을 망각했고, 수줍어 얼굴을 가리고 조금도 보여주려고 하지 않는 약혼녀의 방으로 들어서는 한 젊은 신랑이라 상상했지. 고통으로 쥐어뜯기다가, 기뻐서 날뛰다가, 두려움과 즐거움에 몸을 떨다가, 나는 그녀 쪽으로 몸을 숙여 시트 한 자락을 움켜잡았지. 행여 그녀를 깨울까봐 두려움에 숨죽이며 천천히 그것을 걷어냈다네. 가슴이 너무나 세게 팔딱거려서, 관자놀이에서 핏줄이 우는 소리를 내는 것을 느낄 지경이었고, 나의 이마는 마치 대리석 바닥을 뒤집기라도 한 듯이 땀으로 흥건했지. 실상 그녀는 나의 서품식 때 교회에서 내가 본 그대로의 클라리몽드였다네. 그녀는 여전히 매력적이었는데, 그녀에게 죽음이란 교태가 하나 덧보태지는 것처럼 보였다네. 창백한 그녀의 볼, 선명도가 누그러진 장미색의 입술, 창백한 피부에 다갈색 경계부분을 선명하게 드러내는 그녀의 감긴 긴 눈썹으로 그녀는 우울한 정절과, 형용할 수 없는 유혹의 힘으로 생각에 잠긴 듯한 고통스런 인상을 자아내었지. 여전히 조그만 푸른 꽃송이 몇 개가 달려있는 헝클어진 그녀의 긴 머리는 그녀의 베개구실을 하면서 그 풍성한 다발로 어깨의 맨살을 가려주고 있었지. 성체(聖體) 빵보다 더욱 순결하고 더욱 투명한 그녀의 아름다운 손은 독실한 휴식과 침묵의 기도자세로 포개져 있었는데, 그 모습이 그녀의 벗은 팔의 고혹적인 통통함과 상아 같은 반들거림으로 죽어서 조차 너무 매혹적이 되는 것을 억누르고 있었다네. 그런 그녀의 팔에서 아무도 감히 벗겨내지 못한 진주 팔찌가 그대로 있었지. 나는 오랫동안 말없이 쳐다보는데 몰두했고, 쳐다볼수록 생명이 그 육체를 영원히 버렸다는 것을 믿기 어려웠지. 나는 그런 것이 환영인지, 아니면 램프불의 음영인지 알 수 없었으며, 그녀의 피가 윤기 없는 창백한 피부 아래 다시 흐르고 있는 것 같았다네. 하지만 그녀는 여전히 완벽한 부동의 자세로 있었지. 나는 그녀의 팔을 가볍게 건드려보았지. 차가왔지만, 그녀가 교회 문 아래에서 내 팔을 스치며 어루만진 날보다 더 차갑지는 않았다네. 나는 그녀의 얼굴 위로 머리를 기울이다가, 그녀의 볼 위에 따뜻한 내 눈물 방울들이 떨어지게 한 뒤 자세를 바로잡았다네. 아! 이 얼마나 절망적이고 무기력한 감정인가! 이 얼마나 고통스런 밤샘인가! 그녀에게 주도록 나의 생명을 단 한 덩어리로 모을 수 있다면, 나를 엄습하는 이 불꽃을 얼음장 같은 시신에 불어넣어줄 수 있다면. 밤은 깊어갔고, 영원한 이별의 순간이 다가오는 것을 느끼면서, 나는 내 사랑을 온통 다 가졌던 사람의 죽은 입술에 작별의 키스라는 슬프고도 최상의 애정을 바치지 않을 수 없었다네.

오 기적이여! 가벼운 숨결이 내 숨결에 부딪쳤고, 누르는 내 입술에 클라리몽드의 입술이 화답하였다네. 그녀의 눈이 열렸고, 다시 조금 광채를 발했고, 그녀는 한숨을 내쉬었고, 그녀는 팔짱을 풀어서 형용할 수 없는 매혹적인 모습으로 그 팔을 내 목 뒤로 돌려 안았다네.

"아! 로뮈알드, 너로구나. 너는 도대체 무얼 한 거야? 나는 너무 오랫동안 너를 기다리다가 죽게 되었어. 하지만 이제 우리는 약혼자가 되었어. 너를 보러 갈 테니 집으로 돌아가. 안녕, 로뮈알드, 안녕! 사랑해. 이것이 내가 너에게 하고픈 말의 전부야. 너의 짧은 키스 한번으로 도로 나에게 불어넣어준 생명을 너에게 되돌려 주마. 또 봐." 그녀는 마치 하프가 내는 최후의 울림처럼 나른하고 부드러운 목소리로 말했지.

그녀의 머리가 뒤로 젖혀졌다네. 그러나 그녀는 나를 붙들려는 듯이 여전히 자기 팔로 나를 감고 있었지. 강한 회오리바람이 창문을 밀치고 방으로 들어왔다네. 흰 장미의 마지막 잎사귀가 한동안 가지 끝에 매달린 날개처럼 파르르 떨었지. 뒤이어 잎사귀는 떨어졌고, 거기에 클라리몽드의 영혼을 실어서 열린 격자형 창을 통해 날아갔다네. 등불은 꺼졌고, 나는 정신을 잃고 죽은 미인의 가슴에 쓰러졌다네.

내가 정신을 차렸을 때, 나는 사제관의 내 작은 방의 침대에 누워 있었고, 전임 신부의 늙은 개가 이불 밖으로 길게 나온 내 손을 핥고 있었다네. 바바라가 방에서 중풍에 걸린 듯 몸을 떨면서 안절부절 못했다네. 그녀는 서랍을 열었다 닫았다 하거나, 유리잔에 담긴 가루를 휘젓곤 했지. 내가 눈을 뜨는 것을 보자, 늙은이는 안도의 소리를 내질렀고, 개는 킹킹거리며 꼬리를 빠르게 흔들었다네. 그러나 나는 힘이 너무 없어서 한 마디 말도, 몸 하나 까딱할 수 없었지. 나는 거의 알아채기 힘든 숨소리 외에 살아있다는 어떤 신호도 주지 못한 채, 삼일 동안 줄 곳 그렇게 있었다는 것을 알게 되었지. 이 삼일간은 내 인생에 포함되지 않았고, 이 기간 동안 내내 내 정신이 어디에 갔었는지 나는 알 수도 없었지. 나는 그것에 대한 어떤 기억도 가지고 있지 않았지. 한밤중에 나를 찾으러 온 바로 그 구릿빛 남자가 아침에 덮개를 닫은 간이침대에 나를 싣고 와서, 곧바로 돌아갔다고 바바라가 나에게 이야기 했다네. 내가 정신을 다시 추스를 수 있게 되자마자, 그 운명적인 밤에 일어난 모든 상황이 스쳐 지나갔다네. 우선 나는 내가 마술적인 환영의 노리개가 되었다는 생각이 들었지. 그러나 곧바로 실제이며 생생한 상황이 이런 가정을 짓뭉개버렸지. 나는 내가 꿈을 꿨다는 것을 믿을 수 없었다네. 왜냐하면 바바라도 나와 같이 검은 말 두 마리를 몰고 온 남자를 보았고, 그 사람의 몸 매무새와 분위기를 정확하게 지적했기 때문이지. 그렇지만 이 주위에 내가 클라리몽드를 다시 만난 성의 모습과 일치하는 성에 대해 아는 사람은 아무도 없었다네.

어느 날 아침, 나는 세라피옹 사제가 들어오는 것을 보았지. 바바라가 그에게 내가 아프다고 알리자, 그는 허겁지겁 뛰어왔지. 그의 이런 행동이 나에 대한 그의 애정과 관심의 표방임에도 불구하고, 그의 방문이 나에게 어련히 그랬어야할 기쁨을 주지 못했다네. 세라피옹 사제의 시선에는 나를 불편하게 하는, 꿰뚫어 보는 듯하고 꼬치꼬치 캐묻는 듯한 무엇이 배어 있었지. 나는 그 앞에서 불편함과 죄의식을 느꼈다네. 가장 먼저 그는 나의 내면적 동요를 눈치 채었고, 나는 그의 그런 선견지명을 원망했다네.

그는 짐짓 다정한 척한 목소리로 내 건강에 관한 소식을 물으면서, 사자 같은 노란 두 눈동자를 나에게 고정시키고, 전파탐지기 같이 자신의 시선을 내 영혼에 침투시켰지. 그러고 난 뒤 내가 하는 일이 즐거운지, 또 일이 없어 한가로울 때 어떻게 보내는지, 주민들 가운데 아는 사람들이 있는지, 어떤 책을 가장 즐겨 읽는지와 같은 수많은 시시콜콜한 것 등, 내가 교구를 이끌고 있는 방식에 대해 이런저런 질문을 하였지. 나는 그런 것에 대해 가능한 한 가장 짧게 대답했으며, 그는 내 대답이 채 끝나기도 전에 다른 질문으로 넘어갔지. 이런 대화는 분명코 그가 말하려는 것과는 아무런 관계도 없었다네. 그러고 나서, 잠시도 뜸들이지 않고, 불현듯 떠올라서 바로 잊어버릴까봐 두려운 소식인양, 최후의 심판을 알리는 트럼펫 소리처럼 내 귓전에 울려 퍼지는 선명하고 떨리는 목소리로 다음과 같이 말했다네.

"유명한 궁녀 클라리몽드가 최근에 팔일 밤낮동안 벌인 음란한 파티 끝에 죽었다네. 그것은 지옥에서나 있을 법한 화려한 것이었다네. 그들은 거기서 발타자르[130]와 클레오파트라의 가증스러운 향연을 재현했다네. 참말로 우리가 어떤 시대에 살고 있단 말인가! 내가 보기에

---

130 (역주) 고대 바빌로니아의 왕. 그가 왕궁에서 화려한 연회를 열고 있는 동안 어떤 신비한 손이 성벽에 그 왕국의 종말을 알리는 세 개의 글자를 적었다 함.

진짜 악마 같으며 못 알아듣는 언어를 구사하는 구릿빛 노예들이 참석자들의 시중을 들었다는군. 그들 가운데 가장 하찮은 사람의 복장이라도 황제의 대향연에 입을 옷으로 치장을 할 수 있었다는군. 온종일 클라리몽드에 관한 이상한 이야기가 나도는데, 그녀의 애인 전부 처참하고 급작스럽게 최후를 마쳤다는군. 그녀는 악귀, 흡혈귀라는데, 내가 보기에는 그녀는 베엘제붑[131] 그 자체야."

그는 입을 다물었고, 자신이 한 말이 나에게 미칠 여파를 보기위해 전보다 훨씬 찬찬하게 나를 관찰하더군. 나는 클라리몽드라는 이름을 들으면서 어떤 동작을 취하지 않을 수 없었지. 그리고 그녀가 죽었다는 이 소식은, 내가 직접 목격한 그 밤의 정경과 기이하게도 일치해서 그것이 나에게 유발한 고통 외에도, 내가 스스로 자제력을 잃지 않으려는 데도 불구하고 나로 하여금 고통과 공포감 속으로 몰아넣었고, 그것은 나의 안면에 그대로 나타났다네. 세라피옹은 불안하고도 매서운 눈초리로 나를 쳐다보고 난후, 다음과 같이 말하더군.

"여보게, 자네에게 경고하네만, 자네는 깊은 구덩이 위로 한 발을 내딛고 있는데, 거기에 떨어지지 않도록 조심하게나. 사탄은 긴 발톱을 가지고 있는데다 무덤이 언제나 착하지 않다네. 클라리몽드의 관뚜껑은 삼중으로 엮어놓아야 될 것 같구먼. 왜냐하면, 소문에 의하면, 그녀가 죽은 것이 처음이 아니라 하기 때문이지. 하나님이 로뮈알드 그대를 지켜주기를!"

이런 말을 하고 난 뒤, 세라피옹은 천천히 문간으로 다시 갔지. 그리고 나는 그를 다시 보지 못했는데, 그는 그 즉시 S도시로 떠나갔기 때문이었다.

---

131 (역주) 성서에 나오는 악마들의 왕자로 악마에게 붙이는 이름. 벨레부스, 바알 즈붑, 베엘제불 등으로도 불린다.

내 몸은 완전히 회복되었고, 일상적으로 하던 업무를 다시 하기 시작했다네. 클라리몽드에 대한 추억과 늙은 신부의 말이 줄곧 뇌리에서 맴돌았다네. 그렇지만 세라피옹이 한 암울한 예고를 확인해줄 어떤 이상한 사건도 일어나지 않아서, 나는 그의 두려움과 나의 공포가 너무 과장되었다고 믿기 시작했지. 그러나 어느 날 밤, 나는 꿈을 꾸었다네. 내가 막 첫 잠에 빠지려는 찰나, 내 침대의 커튼이 열리고 선명한 소리로 삼각모양의 링이 미끄러지는 소리를 들었지. 나는 갑자기 팔꿈치로 몸을 일으켰고, 내 앞에 서 있는 여자 유령을 보았지. 나는 단번에 클라리몽드를 알아보았다네. 그녀는 손에 등불을 들고 있었는데, 그 등불은 사람들이 무덤에 놓아두는 것과 같은 것이었고, 그 등불에 가느다란 손가락이 장미같이 투명해져서 그 투명함이 불투명한 우유같이 하얀 맨 팔까지 눈에 띄지 않게 변해갔다네. 그녀는 옷이라고는 죽을 당시 침대에서 그녀를 덮었던 아마포 수의만 걸치고 있었고, 너무 드러나서 부끄럽기라도 하듯이 그녀의 가슴부근에 옷 주름이 잡혀 있었는데, 그녀의 작은 손이 다 가리기에는 턱없이 작았다네. 그녀는 너무도 희어서, 창백한 등불 아래 망사색깔이 그녀의 피부색과 혼동될 정도였지. 자신의 몸이 훤히 비치는 이 섬세한 천에 감싸인 그녀는 생명을 타고난 여자라기보다 차라리 고대 목욕하는 여자의 대리석 조각에 흡사했다네. 죽었든 살았든, 조각이든 산 여자이든, 유령이든 산 육체이든, 그녀의 아름다움은 여전히 그대로였지. 다만 그녀의 눈동자가 발하는 푸른 광채가 약간 기운을 잃었고, 옛날에 그렇게도 붉었던 그녀의 입술이 볼의 색깔과 거의 비슷한, 부드럽고 희미한 장밋빛 기운밖에 내비치지 않았다네. 내가 보았던, 그녀의 머리에 꽂혔던 작은 푸른 꽃은 완전히 말라버려서, 잎이 거의 떨어지고 없었지. 하지만 그런 것이 그녀의 매력을 누그러뜨리지 못했으며 너무나 매력적이어서, 그녀가 방에 들어오려고 감행한 모험이 기이하고도 이해하기 힘든 데도 불구하고, 나는 잠시도 공포감 같은 것을 느끼지 못했다네.

그녀는 등불을 테이블 위에 놓고 내 침대에 걸터앉았지. 그리고 나에게로 몸을 숙이며, 나만 알아듣는, 구르는 것 같으면서도 포근한 목소리로 말을 걸었다네.

"사랑하는 로뮈알드, 내 분명히 나를 기다리라 했거늘, 너는 내가 너를 잊었다고 믿었겠지. 하지만 나는 저 멀리, 그 어느 누구도 아직 빠져나오지 못한 곳에서 왔어. 그곳에는 달도, 태양도 없어. 그곳은 빈 공간과 어둠밖에 없어서, 큰길도 없고 오솔길도 없고, 지탱할 대지도 없고 날갯짓할 대기도 없어. 그렇지만 나, 이곳에 왔어. 사랑은 죽음보다 강하거든. 그래 그 사랑이 죽음을 정복하고 말리라. 아! 여행 중에 슬픈 얼굴도, 무서운 일도 참 많이 봤어! 내 영혼이 의지 하나로 이 세상에 다시 와서, 제 몸을 찾아 거기에 깃들기가 얼마나 고통스러웠던가! 나를 덮었던 관 뚜껑을 열어젖히려고 쏟아 부은 노력은 또 그 얼만가! 자 봐! 이 가엾은 손이 속으로 온통 멍이 들었어. 그 상처가 아물게 그곳에 키스해줘, 내 사랑아!"

그녀는 차가운 손바닥을 차례로 내 입에 갖다대었지. 나는 여러 차례 그 손에 입을 맞추었고, 그녀는 너무나 흐뭇한 미소로 내가 하는 것을 지켜보았지.

내 부끄러움을 고백하자면, 나는 세라피옹 사제가 했던 충고와 내가 부여받은 처지를 완전히 잊고 있었다는 것이지. 나는 아무 저항 없이 첫 수작에 넘어가고 말았다네. 나는 유혹하는 여자를 밀쳐낼 시도조차 하지 않았다네. 클라리몽드 피부의 서늘한 기운이 내 속으로 들어왔고, 내 몸이 육감적인 전율로 날 뛰는 것을 느꼈지. 불쌍한 놈! 내가 그토록 봐온 것에도 불구하고, 나는 그녀가 악마라는 것을 여전히 믿기 어려웠지. 적어도 그녀는 그렇게 보이지 않은데다, 사탄이 자신의 발톱과 뿔을 그렇게 잘 감춘 적이 결코 없었지. 그녀는 무릎을 바닥에 대고, 나른하지만 매혹 넘치는 자세로 침대 가에 웅크리고 있었지. 이따금 그녀는 작은 손을 내 머리칼 속에 넣어서, 내 얼굴에 맞는 새 머리스타일을 하려는 듯이 그것을 둥글게 말곤 했지. 나는 가증스런 흐뭇함에 취해 그녀가 하는 대로 내버려두었고, 그녀는 그런 손동작 내내 애교가 한껏 묻어나는 말을 속삭였다네. 놀랄만한 사실은 그토록 굉장한 모험임에도 내가 전혀 놀라지 않았다는 것과, 가장 기이한 사건도 아주 단순하게 받아들이는 환영 속에서 느끼는 그런 편리함으로, 나는 거기서 완벽하리만치 자연스러운 것 외는 어떤 것도 보지 못했다는 것이지.

"내 사랑 로뮈알드, 나는 너를 보기 오래전에 이미 오랫동안 너를 사랑했었고, 곳곳에서 너를 찾았어. 너는 나의 꿈이었는데, 그 숙명적인 순간 교회에서 너를 보게 되었어. 바로 그 순간 나는 말했지, "바로 그 사람이야!

나는 너를 위해 내가 품었고, 품고 있고, 품어야할 사랑을 모두 담은 시선을 너에게 보냈어. 추기경을 지옥에 떨어뜨리고, 왕을 자기 궁정에서 나에게 무릎 꿇게 할 시선을. 너는 태연하게 있었고, 나보다는 너의 하나님을 더 좋아했지.

아! 네가 좋아했고, 여전히 나보다 더 좋아하는 하나님이 미워!

불행하도다! 불행하도다! 네 마음을 나 혼자만 독차지하지 못한다니. 너의 키스로 되살아난 내가, 너 때문에 무덤의 문을 밀치고나와, 다만 너를 행복하게 해주려고 소생한 이 생명을 너에게 바치러온 죽은 여인 클라리몽드가!"

이 모든 말은 그녀의 미친 듯한 애무로 중단되고, 그녀의 애무는 나의 감각과 이성을 마비시켰고, 그녀를 위로하기 위해 나는 기절초풍할 정도의 불경스런 말을 양산해도, 또 그녀를 하나님만큼 좋아한다고 말해도 두렵지 않을 지경이었지.

그녀의 눈동자가 다시 생기를 띠었고, 푸른 보석처럼 빛났다네.

그녀는 아름다운 팔로 나를 얼싸안고 말했지.

“정말! 틀림없이! 하나님만큼! 그러니까 나와 함께 가자, 내가 원하는 곳으로 나를 따라와. 네 보기 흉한 검은 옷을 벗어버려. 너는 기사(騎士)보다 더 늠름하고 더 부러움을 받을 거야. 너는 내 애인이야. 클라리몽드가 고백한 애인이 되는 것은 교황이 되는 것도 마다하는 것, 그것은 정말 멋져! 아! 행복하고 멋진 삶, 우리가 누릴 황금빛 인생! 나의 신사양반, 우리 언제 떠날까?

- 내일! 내일! 나는 희열에 들떠 외쳤지.

- 내일, 좋아! 화장을 고칠 시간이 있겠네. 오늘 화장은 좀 대충이어서 여행하기에 전혀 어울리지 않거든. 또 내가 정말 죽었다고 믿어서 실의에 빠져있는 하인들에게 알려야 하거든. 돈, 옷, 마차, 모든 것이 준비될 거야. 오늘과 같은 이 시간에 너를 태우러 올께. 안녕, 사랑하는 이여.”

그리고 그녀는 내 이마에 자기의 입술을 갖다 대었지. 등불이 꺼지고, 커튼이 다시 닫혀서 나는 더 이상 아무 것도 보지 못했다네. 납덩이같은 잠, 꿈도 없는 잠이 나를 짓눌렀고, 다음 날까지 나를 옴짝달싹 못하게 했다네. 나는 평소보다 늦게 일어났지. 간밤의 이 기이한 환영에 대한 기억이 왼 종일 나를 괴롭혔다네. 나는 그것이 상기된 내 상상력이 피워 올린 헛것이라고 믿고 말았지. 그렇지만 그 느낌이 너무도 생생하여, 그것이 사실이 아니라고 믿기는 어려웠다네. 그리고 내가 나쁜 생각을 먹지 못하게 해주고 내 순결한 잠을 지켜주기를 하나님께 기도한 후 잠자리에 드는 것이 곧 일어날 일에 대한 어떤 불안감이 없어서만은 아니었다네.

나는 곧 깊은 잠에 떨어졌고, 내 꿈은 계속 이어졌지. 침대 커튼이 열렸지. 그리고 나는 클라리몽드를 보았는데, 첫날처럼 허연 수의에 창백하고 양 볼에 죽음의 멍울 색으로서가 아니라, 금단추로 장식되고 수자(繻子) 치마가 보이도록 양 옆이 말려 올라간 멋진 초록색 비로드 여행복을 입고 쾌활하고 민첩하고 맵시 있는 그녀를 보았지. 그녀의 금발머리가 굵게 컬을 이루며 교묘하게 굽어진 하얀 깃털로 장식된 널따란 검은 펠트모자 아래로 흘러내렸다네. 그녀는 손에 작은 채찍을 들고 있었는데, 그 회초리 끝이 금색이었지. 그녀는 그것으로 나를 가볍게 두드리며 말했지.

"아니! 잠꾸러기씨, 기껏 이것으로 떠날 준비를 다 한 거요? 나는 일어나 있을 거라 생각했는데. 자 빨리 일어나요. 머뭇거릴 시간이 없어요."

나는 침대에서 뛰어내렸지.

손가락으로 자신이 가져온 작은 상자를 가리키며 나에게 말했다네.

"어서, 옷 입고 떠납시다. 말들이 지겨워서 문 앞에서 재갈을 물어뜯고 있어요. 이미 십리는 더 갔을 거예요."

나는 급하게 옷을 입는데, 그녀는 손수 옷가지들을 나에게 내밀어주었지. 그리고 내가 서투르게 옷을 입자 웃음을 터뜨리며, 내가 잘 모르는 옷 입는 법을 알려주었지. 그녀는 내 머리칼을 만져주었고, 그 일이 끝나자, 은줄이 둘러쳐진, 베니스제 크리스털로 된 작은 주머니용 거울을 나에게 내밀었지. 그리고는 말했다네.

"어떠십니까? 나를 몸종같이 심부름꾼으로 쓰시겠습니까?"

나는 이제 더 이상 이전과 같지 않아서, 내 스스로도 나를 알아보지 못했다네. 나는 완성된 조각상이 바위 덩어리와 닮지 않는 것 보다 더 닮지 않았다네. 나의 옛 모습은 거울에 비치는 것을 대충 주물러 놓은데 불과했다는 느낌이 들었지. 나는 아름다웠고, 이런 변모에 내 허영심이 예민하게 반응하고 있었지. 이 우아한 옷들, 이 화려하게 수놓아진 저고리가 나를 전혀 다른 인물로 만들었으므로, 나는 어떤 특정한 형태로 재단한 몇 치의 천조각의 위력에 감탄하고 말았지. 나의 복장에서 우러나는 정신이 나의 피부를 뚫고 들어와, 약 십분 뒤에 나는 그럭저럭 거만해질 수 있었지.

나는 몸에 익숙해지기 위해 방안을 몇 바퀴 돌았지. 클라리몽드는 엄마같이 흡족한 태도로 나를 쳐다보았고, 자신이 꾸며놓은 것에 아주 만족하는 것 같았지.

"자 이제 애들 같은 놀이는 충분하네. 로뮈알드 내 사랑 떠나자! 우리는 멀리 갈 거니까 도착하지 못할 지도 몰라."

그녀는 내 손을 잡아끌었지. 그녀가 건드리자마자 그녀 앞에 있는 문들이 죄다 열렸으며, 우리는 개를 깨우지 않고 그 개 앞을 지나갔다네.

우리는 문에서 마르게리토네를 만났지. 그자는 이미 나를 태워준 마부였다네. 그는 처음 만났을 때처럼 검은 말 세 마리의 고삐를 잡고 있었는데, 한 마리는 나를 위해, 또 한 마리는 자신을 위해, 마지막 말은 클라리몽드를 위한 것이었지. 이 말들은 산들바람이 잉태시킨 암말들로부터 태어난 작은 스페인 종자임이 분명했다네. 왜냐하면 그 말들은 바람만큼 빨리 달렸고, 달이 우리가 갈 길을 밝혀주기 위해 우리의 출발과 동시에 떠올라, 수레에서 떨어져 나온 바퀴처럼 하늘을 굴러갔기 때문이었지. 우리는 그 달이 우리 오른 편에서 나무와 나무를 뛰어넘고, 우리를 뒤쫓아 오느라 숨을 헐떡거리는 것을 보았다네. 우리는 곧 들판에 다다랐고, 나무 덤불 곁에 네 마리의 튼튼한 말들이 끄는 마차가 우리를 기다리고 있었지. 우리가 그 마차에 올라타자, 마부들이 말들을 미친 듯이 내달리게 했다네. 나는 한 팔로 클라리몽드의 허리를 감았으며, 그녀의 한 손은 나의 손안에 포개져있었지. 그녀는 머리를 내 어깨에 기대었고, 나는 반쯤 드러난 그녀의 가슴이 내 팔에 스치는 것을 느꼈지. 나는 이토록 강렬한 행복을 겪어본 적이 없었다네. 나는 그 순간에 모든 것을 잊어버렸으며, 나는 어릴 적 엄마 젖가슴 속에서 했던 것을 기억하는 것보다 사제였다는 것을 더 기억하지 못했는데, 그만큼 못된 정령이 나에게 뻗친 유혹이 컸다네. 이 날 밤부터 어떤 면에서는 나의 성격이 분열되었으므로, 내 속에는 두 사람이 공존하고 있었는데, 그들은 서로 알지 못했지. 때로는 나는 매일 밤 꿈속에서 신사 나리가 되는 사제라 믿기도 하고, 때로는 사제가 되는 신사 나리라고 믿기도 했다네. 나는 깨어있는 상태와 몽상을 더 이상 구분할 수 없었고, 나는 현실이 시작하는 지점과 환영이 끝나는 지점을 알지 못했다네. 거들먹거리고 바람기 많은 젊은 나리는 사제를 비아냥거렸고, 사제는 젊은 나리의 방탕을 혐오했다네. 결코 서로 만나지 않으면서도 꼬이며 뒤엉켜있는 두 복마전 같은 삶이 내 두 가닥 인생을 아주 잘 드러내고 있었지. 이 이상야릇한 처지에도 불구하고, 나는 한순간이라도 광기에 사로잡혔다고 믿지 않았지. 나는 내 두 생활방식에 대한 지각을 언제나 분명하게 지니고 있었다네. 다만 내가 설명할 수 없는 터무니없는 사실이 하나 있었지. 그것은 너무나 다른 두 사람 속에 동일한 자아라는 감정이 존재했다는 것이지. 그것이 내가 ***라는 작은 마을의 사제라고 믿든, 혹은 클라리몽드의 애인으로 로뮈알드 나리라 믿든, 내가 이해하지 못하는 비정상이었지.

언제나 나는 베니스에 있거나 적어도 그렇다고 믿었지. 나는 아직 이 요상한 애정행각에서 환영이 차지하는 부분과 현실이 차지하는 부분을 잘 구별할 수 없었다네. 우리는 까날레이오 위 큰 대리석 저택에서 살았는데, 벽화와 조각이 가득하고, 클라리몽드의 침실에는 전성기 때의 티치아노[132] 그림 두 점이 있어, 왕궁에 어울리는 저택이었지. 우리는 각자 곤돌라가 있었고, 우리 명문가의 문장(紋章)을 한 곤돌라 사공과 우리 방에 딸린 음악가와 시인도 있었지. 클라리몽드는 일상을 대단한 것으로 고대했고, 그녀는 천성적으로 클레오파트라를 닮은 데가 있었지. 나로서는 왕자 같은 삶의 연속이었지. 나는 베네치아 공화국의 열두 사제나 혹은 네 전도자 중의 한 가문 출신인양 의기양양했다네. 나는 총독이 지나가도록 길을 양보할 생각도 없었을 것이고, 하늘에서 추방된 사탄 이후로 아무도 나보다 더 자존심 강하고 건방지지는 않았을 것이네. 나는 리도토 카지노에 가서 엄청나게 큰 도박을 벌였지. 나는 세상에서 가장 화려한 사교계를, 파산한 가문의 후손들을, 연극계의 여자들을, 사기꾼들을, 빌붙는 자들을, 그리고 결투 애호가들을 보았지. 하지만 이런 삶을 탕진하는 가운데도 나는 클라리몽드를 신뢰하고 있었지. 나는 넋이 나간 듯이 그녀를 사랑했지. 그녀는 내가 질릴까봐 미리 조치했고 변심할 마음이 생기지 않게 했다네. 클라리몽드를 가진다는 것은 수많은 애인을 가지는 것이었고, 여성을 전부 가지는 것이지. 그만큼 그녀는 고정되어 있지 않았고, 변화무쌍하였고 자신과 다른 사람으로 바뀌갔다네. 정말 카멜레온 같은 여자! 그녀는 그대가 기쁘게 해줄 여성미의 성격과 모습, 그리고 종류를 완벽하게 취하면서, 그대에게 그대가 다른 여자들과 피울지도 모를 바

132 (역주) 티치아노(1488, 혹은 1490-1576)는 이탈리아의 르네상스 시대의 대표적인 베네치아 화가이다.

람을 자신과 피우게 했지. 그녀는 내 사랑에 백배로 보답했고, 젊은 세습귀족과 최고 권력의 늙은 베네치아 정치인들조차 그녀에게 아무리 값진 제안을 해봐야 소용없었지. 포스카리 가문[133]의 어떤 사람이 그녀와의 결혼을 제안하러 오기까지 했었지만, 그녀는 그 모든 것을 거부했지. 그녀에게는 금은 충분히 있었다네. 그녀는 사랑, 자신에 의해서 눈뜬 젊고 순수한 사랑 외에는 더 이상 원치 않았고, 그 사랑은 처음이자 마지막이어야 했다네. 나는 매일 밤 다시 찾아오는 가증스러운 악몽에 시달리지 않았다면, 고행을 하며 낮에 있었던 일을 회개하는 한 시골사제라 믿게 되는 추악한 악몽에 시달리지 않았다면, 나는 완벽하게 행복했을 것이네. 그녀와 생활하는 습관에 안심이 되어, 나는 내가 클라리몽드와 함께 알게 된 이상한 생활방식에 대해 더 이상 거의 고민하지 않았다네. 그렇지만 세라피옹 신부가 거기에 대해 한 말이 가끔 되살아나서, 나를 끊임없이 불안하게 만들었지.

얼마 전부터 클라리몽드의 건강이 그전처럼 좋지 못했다네. 그녀의 혈색이 날이 갈수록 나빠졌지. 왕진 온 의사들은 그녀의 병에 대해 아무 것도 몰랐으므로, 전혀 도움이 되지 못했지. 그들은 몇몇 의미 없는 처방을 내놓고는 더 이상 다시 오지 않았다네. 그렇지만 그녀는 눈으로 보기에도 창백해졌고 점점 몸이 식어갔지. 생판 모르는 성(城)에서 지샌 그 유명한 밤만큼 그녀는 거의 창백했고 죽어 가고 있었지. 나는 그렇게 서서히 죽어가는 그녀를 보는 것이 안타까웠지. 그녀는 나의 고통에 감동되어, 죽을 거라고 느낀 사람들이 보여주는 그런 숙명적인 미소를 다정하고도 슬프게 지었다네.

어느 날 아침, 나는 그녀의 침대 옆에 앉아서, 잠시도 그녀를 떠나지

133 베네치아의 가장 오래된 가문 중의 하나.

않기 위해 작은 테이블에서 점심을 먹고 있었지. 나는 과일을 자르다가 실수로 손가락에 제법 깊은 상처를 내고 말았다네. 곧바로 붉은 줄기의 피가 솟아올라서, 그중 몇 방울이 클라리몽드에게 튀어갔다네. 그녀의 눈이 빛났고, 그녀의 얼굴에는 내가 한 번도 본적이 없는, 맹렬하고 잔인한 기쁜 표정이 역력했다네. 그녀는 동물과 같이 민첩하게, 원숭이나 고양이같이 민첩하게 침대 아래로 뛰어내려왔다네. 그리고 나의 상처에 달려들어 이루 말할 수 없이 관능적인 모습으로 그것을 빨기 시작했지. 그녀는 천천히 소중하게 한 모금씩 피를 삼켰는데, 마치 그것은 세레스[134]나 시라쿠사[135]의 포도주 맛을 음미하는 미식가 같았지. 그녀는 눈을 반쯤 감았고, 그녀의 초록 눈동자는 둥글다기보다 타원형으로 되어갔지. 이따금 그녀는 빨기를 멈추고, 나의 손에 입을 맞추었지. 그런 후 그녀는 몇 방울의 피를 더 나오게끔 내 상처가 벌어진 곳에 그녀의 입술을 다시 누르기 시작했다네. 피가 더 이상 나오지 않게 되었을 때, 그녀는 오월달의 오로라보다 더욱 장미색인 촉촉하고 반짝이는 눈과 환한 얼굴, 마침내 여느 때보다 예쁘고 따뜻하고 나긋한 손 등, 완벽한 건강상태를 회복했다네.

그녀는 반쯤 미쳐서 나의 목에 매달리며 말했지.

"나는 죽지 않을 거야! 나는 죽지 않을 거야! 나는 아직 오랫동안 너를 사랑할 수 있을 거야. 내 생명은 너의 생명 속에 있고, 나의 모든 것은 너에게서 와. 세상의 모든 영약(靈藥)보다 더 귀중하고 효과적인 너의 풍요롭고 고귀한 피 몇 방울이 나를 살게 해주었어."

이 장면은 오랫동안 나에게 근심을 심어주었고, 클라리몽드에 대한 이상한 의심을 불러일으켰다네. 그리고 바로 그날 저녁, 내가 잠이 와

134 (역주) 스페인 남부에 있는 도시.

135 (역주) 시칠리아 동쪽에 있는 항구도시.

서 사제관으로 갔을 때, 나는 전보다 훨씬 심각하게 근심에 잠긴 세라피옹 신부를 보았지. 그는 나를 유심히 쳐다보면서 말했지.

"그대의 영혼을 잃어버린 것도 모자라, 그대는 이제 육신까지 잃으려하는 구려. 불행한 젊은이여, 얼마나 무서운 함정에 그대는 빠져있는가!"

그가 나에게 던진 몇 마디 안 되는 말투가 나로서는 엄청나게 충격적이었지. 그러나 그 충격의 생생함에도 불구하고 이런 인상은 곧 사라졌고, 수많은 다른 관심거리들이 그런 인상을 뇌리에서 지워버렸지. 하지만 어느 날 저녁, 그녀는 내 앞의 거울이 교묘한 위치에 있다는 것을 미쳐 눈치 채지 못했기에, 나는 그 거울을 통해 그녀가 향이 강한 포도주에 가루약을 섞는 것을 보았다네. 저녁식사 후에 그녀는 늘 나에게 줄 포도주를 준비했었거든. 나는 잔을 들고, 그것을 내 입술에 가져가는 시늉을 했다네. 그리고 나중에 여유 있게 마실 듯이 그것을 가구 위에 놓아두었지. 그리고 나의 미녀가 등을 돌린 틈을 이용해, 나는 그것을 테이블 아래 부어버렸지. 그런 후 내 방으로 돌아와서, 나는 잠들지 않고서 일어날 모든 일을 보기로 단단히 마음먹고 자리에 누웠지. 오래 기다리지 않았다네. 클라리몽드가 잠옷 바람으로 들어와서 드리워진 옷을 벗어던지고 내 옆에 나란히 누웠다네. 내가 잠든 것을 충분히 확인한 후, 그녀는 내 팔을 드러내놓고 자신의 머리에서 금으로 된 핀 침을 빼냈지. 뒤이어 그녀는 낮은 목소리로 중얼거리기 시작했다네.

"한 방울, 오직 붉은 방울 쪼금 외엔 아무 것도, 내 바늘 끝에 루비 한 톨만!... 네가 아직 나를 사랑하니까, 내가 죽어서는 않되... 아! 가련한 사랑, 너의 그 멋진 선홍색 피를 내가 마셔야지. 내 유일한 착한 사람이여, 잘 자. 나의 신(神)이여, 나의 아가야, 잘 자. 너를 아프게 하지 않을게. 나는 너의 생명으로부터 내 생명이 꺼지지 않을 정도로 필요한 것을 가져갈게. 내가 너를 그토록 사랑하지 않는다면, 나는 다른 애인들을 구해서 그들의 핏줄을 말려버릴 수도 있어. 그러나 내가 너를 안 이후로, 나는 모든 사람들이 무서워... 아! 아름다운 팔! 어찌 이리도 둥근가! 어찌 이리도 하얗지! 나는 이 예쁜 푸른 핏줄을 결코 찌를 수가 없구나."

그리고 그렇게 말하면서, 그녀는 울었다네. 나는 그녀가 잡고 있는 내 팔에 그녀의 눈물이 떨어지는 것을 느꼈다네. 마침내 그녀는 결심했고, 자신의 바늘로 나를 조금 찔렀지. 그리고 흐르는 피를 빨기 시작했지. 그녀는 겨우 몇 방울밖에 마시지 않았는데도, 나의 기력을 뺏을까봐 두려워 상처에 연고를 발라서 문지른 후 작은 붕대로 내 팔을 정성껏 감았고, 상처는 즉시 아물었다네.

나는 더 이상 의심할 여지가 없었지. 세라피옹 신부 말이 옳았어. 하지만 이런 확신이 드는데도 불구하고, 나는 클라리몽드를 사랑하지 않을 수 없었다네. 그리고 나는 그녀가 인위적으로 삶을 유지하는데 필요한 피 전부를 그녀에게 기꺼이 줄 수도 있을 터였어. 게다가 나는 크게 무서워하지 않았다네. 그 여자는 나에게 뱀파이어임을 확인해줬고, 내가 들었고 보았던 것이 나를 전적으로 안심시켰지. 그러니까 나는 그렇게 쉽게 말라버리지 않을 넉넉한 핏줄을 가지고 있어서, 내 생명을 한 방울씩 흥정하지 않았다네. 나는 스스로 팔을 벌리고, 그녀에게 말할 터였지.

"마셔! 그래서 내 피와 더불어 내 사랑이 너의 몸속으로 스며들어가는구려!"

나는 그녀가 내 잔에 탔던 수면제와 바늘로 찌른 광경에 대해 조금도 내색하지 않으려 애썼지. 그리고 우리는 최상의 일체감속에서 살았다네. 그렇지만, 신부로서의 나의 세심함이 전보다 훨씬 나를 괴롭혔고, 나는 나의 육신을 좌초시키고 괴롭히기 위해서 어떤 새로운 고행을 불러들였는지 몰랐지. 이 모든 환영들이 내 의지와 상관없고, 내가 전혀 거기에 관여하지 않았는데도, 나는 이토록 불결한 손으로, 또 실제로든 꿈으로든 이러한 난잡함으로 더럽혀진 정신으로 그리스도를 만질 수는 없었다네. 이런 피곤하게 하는 정신착란에 빠지지 않기 위해 나는 잠자지 않으려 애썼고, 손으로 눈을 벌려놓고 있었고, 벽을 따라 서서 혼신의 힘으로 잠과 싸웠지. 그러나 얼마 지나지 않아 졸음기가 눈 주위로 스멀거렸고, 버텨봤자 아무 소용없다는 것을 알고는 내가 좌절감과 낙담으로 포기해버리자, 물결이 나를 다시 파렴치한 기슭으로 끌고 갔지. 세라피옹은 나에게 가장 강력하게 권고했고, 지속적으로 나의 유약함과 별로 굳건하지 못한 열성을 비난했다네. 내가 보통 때보다 더욱 심란해있던 어느 날, 그는 나에게 말했지.

“자네의 강박관념을 떨쳐버리기 위해서는 단 한 가지 방법밖에 없네. 비록 그것이 극단적이기는 하나 사용해야겠네. 병이 중하면 약도 세게 써야하는 법. 클라리몽드가 어디에 묻혀있는지 내가 아네. 우리는 그녀를 도로 파내서, 자네 사랑의 대상이 어떤 처참한 상태에 있는지 자네가 눈으로 확인해야겠네. 자네는 벌레가 파먹고 거의 가루가 되어가는 불결한 시체에 더 이상 자네의 영혼을 빼앗기지 않으려 할 걸세. 그렇게 하는 것이 확실하게 자네를 되찾는 길일세.”

나로서는 이 이중의 삶에 너무나 피곤했으므로, 제안을 받아들였지. 이번에야말로 환영에 속고 있는 자가 신부인지 귀족나리인지 알기를 원했으므로, 나는 내 속에 있는 두 사람 중 어느 하나를 위해서 다른 하나를 죽이든가, 아니면 둘 다 죽이기를 결심했지. 왜냐하면 이런 생활은 지속될 수 없기 때문이었어. 세라피옹 신부가 곡괭이와 지렛대, 등불을 준비하여, 자정에 우리는 무덤과 그곳 배치를 그가 확실하게 알고 있는 *** 공동묘지로 갔었지. 몇몇 무덤의 비문에 희미한 등불을 비춘 후, 우리는 마침내 큰 풀에 반쯤 묻혀있고, 이끼와 기생식물로 뒤덮인 돌 하나에 다다랐어. 거기서 우리는 다음과 같이 시작하는 비문을 읽어낼 수 있었지.

살아생전에
세상에서 가장 아름다운
클라리몽드 여기 잠들다.
....

세라피옹이 말했다.

"분명히 이곳이야."

그리고 등불을 바닥에 놓은 뒤 돌 틈으로 지렛대를 찔러 넣고, 그것을 들쳐 올리기 시작했지. 돌이 벗겨지자, 그는 곡괭이로 작업을 시작했어. 나는 어둠 자체보다 더욱 암흑이 되어 침묵 속에 그가 하는 것을 바라보았지. 그는 무덤에 엎드려 땀을 흘리며 헐떡거렸는데, 그의 가쁜 숨결이 죽어가는 사람이 내뱉는 단말마 같았지. 그것은 괴상한 광경이었는데, 누가 밖에서 우리를 봤다면, 우리를 하나님의 사제라기보다는 무덤파괴자와 수의를 훔치는 자들로 여겼을 것이라네. 세라피옹의 열의에는 그를 사도(使徒)나 천사와 닮았게 하는 것보다는 악마와 닮았게 하는 잔인하고 야만적인 무엇이 있었지. 근엄하고 등불의 반사로 깊숙이 팬 큰 자태의 그의 얼굴은 사람을 안심시키는 것과는 거리가 멀었다네. 나는 사지(四肢)에서 식은땀이 굴러 떨어지는 것을 느꼈고, 머릿결이 고통스럽게 쭈뼛거렸지. 나는 내심 엄격한 세라피옹의 행위를 가증스러운 신성모독으로 보고 있었다네. 그래서 우리 머리 위를 무겁게 뒤덮는 시커먼 구름 한 구석에서 삼각형 불꽃이 나와서 그를 가루로 만들어버리면 좋겠다고 생각했지. 실편백 나무에 앉아 있는 부엉이들이 등불 빛을 보고 불안하여 구슬픈 신음소리를 내면서 먼지 일으키는 날개로 등불 유리를 무겁게 때리고 지나갔지. 여우들이 멀리서 날카롭게 울부짖었고, 수많은 음산한 소리들이 적막 속에 울려 퍼졌다네. 마침내 세라피옹의 곡괭이가 관에 부딪혔고, 관은 둔중한 소리를 내면서 끌어올려졌는데, 그 소리는 텅 빈 것을 건드렸을 때 나는 무시무시한 소리였다네. 그가 관 뚜껑을 뒤집자, 나는 양손을 모은 채 대리석처럼 창백한 클라리몽드를 볼 수 있었지. 그녀는 하얀 수의를 머리부터 발치까지 단 한 겹밖에 걸치지 않았어. 작은 붉은 핏방울이 퇴색된 그녀의 입가에 한 송이 장미처럼 반짝거렸어. 그것을 보고 세라피옹이 노발대발했지.

"아! 너 잘 만났다, 악마야, 추잡한 궁녀야, 피와 황금을 빨아먹는 여자야."

그리고 그는 시체와 관 위에 성수(聖水)를 뿌리고 성수채로 성호를 그었지. 가련한 클라리몽드가 성수에 닿자마자 그 아름답던 몸이 먼지로 변해버렸다네. 그것은 반쯤 타다만 재와 뼈로 처참하게 범벅이 된 것에 지나지 않았지. 이 서글픈 시체를 나에게 보이면서 신부가 가차 없이 말했지.

"자 그대의 애인이야, 로뮈알드 나리. 아직도 그대는 그대의 미인과 리도[136]와 푸시나[137]에 산책 나가고 싶을 텐가?"

나는 고개를 떨어뜨렸다네. 내 속이 와르르 무너져 내렸어. 나는 사

136 (역주) 베니스의 석호 끝에 유명한 해수욕장이 있는 섬.

137 (역주) 베니스를 마주보고 있는 육지해안으로 고급 빌라들이 있는 곳.

제관으로 돌아왔고, 클라리몽드의 애인인 로뮈알드 나리는 그렇게 해서 오랫동안 이상한 동반자로 붙어있었던 불쌍한 신부와 떨어졌었지. 다만 다음 날 밤 나는 클라리몽드를 보았어. 교회 문 앞에서 처음 보았을 때처럼, 그녀는 나에게 말했다네.

“이 가엾은 사람아! 이 가엾은 사람아! 무슨 짓을 저질렀니? 무엇 때문에 그 바보 같은 신부 말을 들었니? 행복하지 않았단 말이야? 그리고 내가 너에게 무슨 짓을 저질렀기에 내 불쌍한 무덤을 훼손하고, 무(無)로 돌아간 내 몰골을 드러낸단 말이냐? 우리의 영혼과 우리의 몸 사이에 오고간 대화는 이제 끊어져버렸어. 안녕, 내가 그리울 거야.”

그녀는 연기처럼 공중에 흩어졌지. 그리고 나는 두 번 다시 그녀를 보지 못했다네.

슬프구나! 그녀가 바른 말을 했어. 나는 한번 이상 그녀가 그리웠고, 아직도 여전히 그립다네. 내 영혼의 평화는 비싼 대가를 지불하고서 이루어졌다네. 그녀에 대한 사랑을 대신하는데 하나님에 대한 사랑이 방해가 되지 않았다네. 젊은 사제여, 자 여기까지가 내 젊은 날의 이야기일세. 결코 여자를 쳐다보지 말고 땅만 쳐다보고 걷게. 왜냐하면 자네가 아무리 정숙하고 침착하더라도, 일분이면 자네에게서 영원을 빼앗기에 충분하다네.

기사(騎士)와 분신

도대체 누가 금발머리 에드비게를 그토록 슬프게 한단 말인가? 절망보다 더 비통하게, 무덤가에서 울고 있는 하얀 대리석 조각보다 더 창백하게 손을 턱에 괴고, 팔꿈치는 무릎에 받치고 따로 떨어져 앉아 무엇을 한단 말인가?

눈꺼풀 한 구석에서 나온 굵은 눈물이 잔털이 보송한 그녀의 볼을 타고 흘렀다. 단 한줄기이지만 결코 마르지 않는. 바위 천장에서 배어 나와 마침내 화강암을 마모시키는 물방울처럼, 이 한줄기 눈물이 그녀의 눈에서 가슴으로 쉴 새 없이 떨어져서, 그 가슴을 꿰뚫어 환하게 관통해버렸다.

에드비게, 금발 에드비게, 더 이상 따뜻한 구세주 예수 크리스트를 믿지 않는가요? 너무나 성스러운 동정녀 마리아의 자비를 의심하는가요? 그대는 어째서 요정 엘프와 윌리스의 손처럼 야위고 가냘픈, 당신의 그 창백한 작은 손을 끊임없이 옆구리에 얹고 지내나요? 그대는 엄마가 될 거요. 그것은 그대의 가장 값진 바람이었지요. 그대의 고귀한 남편인 로드브로그 백작이 약속했지요, 만약 그대가 그에게 아들 하나를 낳아준다면, 은괴로 된 제단과, 금 세공된 성함(聖含)을 성 외트베르 교회에 기증할 것을.

슬프고도 슬픈 일이네! 가련한 에드비게는 심장이 일곱 번 칼에 찔리는 고통을 겪는다네[138]. 무시무시한 비밀이 그녀의 영혼을 짓누르고

138 예수가 십자가에 못 박힐 때, 성모 마리아가 겪는 고통을 염두에 둔 비유.

있는 까닭이지. 몇 달 전에 한 낯선 사람이 성으로 찾아왔다. 그날 밤은 몹시 사나운 날씨였다. 탑들은 뼈대까지 흔들렸고, 풍향계는 처량하게 울어댔고, 장작불은 벽난로 위로 기어 올라갔고, 바람은 들어오고 싶어 안달이 난 떠돌이처럼 창문을 두드렸다.

이 낯선 사람은 천사같이 잘 생겼지만 천국에서 추방된 천사 같았다. 그는 다정하게 미소를 머금고 쳐다보았지만, 그의 시선과 미소는 그대를 겁에 질려 얼어붙게 했으며, 마치 까마득한 깊은 구덩이에 매달린 채 느끼는 것과 같은 공포에 사로잡히게 했다. 그는 움직일 때마다 사악한 우아함과 먹잇감을 노리는 호랑이의 가식적인 번민이 따라다녔다. 그는 새를 옴짝달싹하지 못하게 하는 뱀과 같은 방식으로 사람을 사로잡았다.

이 낯선 사람은 음유시인이었다. 불그스레한 혈색으로 봐서 그는 유별난 세계를 경험한 것 같았다. 그는 보헤미아 지방의 첩첩 산골에서 오는 길이라 하며, 그날 하룻밤만 머물 수 있도록 배려를 해달라고 했다.

그는 그날 밤을 보냈고, 또 다음 날들도, 또 그 다음 밤들도 머물렀다. 왜냐하면 폭풍우가 잠잠해질 줄 몰랐고, 거센 바람이 성곽을 날려버릴 듯이, 또 성채 위 방어용 요철부분을 물거품 자욱한 급류 속으로 쓰러뜨릴 듯이 오래된 성은 뿌리 채 흔들렸기 때문이었다.

그는 지루함을 진정시키기 위해 기이한 시(詩)에 노래를 붙여 부르기 시작했는데, 그 시들이 심사를 뒤틀리게 했으며 격렬한 생각을 불러일으켰다. 그가 노래하는 동안 내내, 흑옥(黑玉)처럼 번득이는 윤기 나는 검은 까마귀 한 마리가 그의 어깨 위에 앉아 있었다. 그 새는 흑단(黑檀) 같은 부리로 박자를 맞추었고, 날갯짓을 하는 모습이 박수치는 것 같았다.

- 에드비게는 달빛 아래 백합처럼 창백해졌고, 또 에드비게는 오로라색 장미처럼 얼굴을 붉혔다. 그녀는 뒤로 물러나, 마치 맡으면 죽게 되는 치명적인 그 꽃향기를 맡기라도 한 듯이 몽롱한 채 반쯤 죽은 듯이 나른하게 큰 안락의자에 주저앉아 버렸다.

마침내 그 음유시인은 떠날 수가 있었다. 하늘 한쪽이 벗겨지면서 막 푸른빛이 새어 나왔다. 그날 이후로 에드비게는, 금발 에드비게는 창문 모서리에서 울기만 할 뿐이었다.

에드비게는 아기 엄마다. 그녀에게는 온통 희고도 발그스레한 귀여운 아기가 있다.

- 늙은 로드브로그 백작은 주물공에게 은덩이로 된 제단을 주문했고, 금세공사에게 성함을 만들기 위한 비용으로 순록가죽 주머니에 넣어둔 금 천 냥을 지불했다. 그 성함은 널찍하고도 무거울 것이어서, 포도주를 많이 채울 수 있을 것이다. 그것을 다 비울 신부는 술꾼이라 해도 좋을 것이다.

아기는 온통 희고도 발그스레하지만, 그의 눈빛은 그 낯선 사람의 어두운 시선을 닮았다. 아기 엄마는 그것을 분명히 눈치 챘다. 아! 가련한 에드비게! 무엇 때문에 당신은 하프와 까마귀와 함께 있는 그자를 그리도 뚫어지게 쳐다보았던가...?

전속 신부가 아기에게 줄 세례를 하고 있다.

- 그에게 이름을 지어준다, 올루프라는 아주 멋진 이름을!

- 점성가는 그의 별자리운세를 치기 위해 가장 높은 탑 위로 올라갔다.

날은 춥고 맑았다. 눈으로 덮인 산의 윤곽이 하얗고 날카로운 이빨을 가진 스라소니의 턱처럼 하늘 가장자리 한 자락을 베어 먹었다. 크고 창백한 별들은 검푸른 밤하늘에 은으로 된 태양처럼 빛났다. 점성가가 고도를 재고, 년, 일, 시를 기록한다. 그는 온통 불가사의한 기호들로 수놓아진 긴 양피지 위에 붉은 잉크로 한 동안 계산을 한다. 그런 후 그는 자신의 연구실로 돌아왔다가 다시 탑 천문대로 올라가보지만, 자신의 예측이 잘못되지 않았고, 아기의 출생 시 별자리가 귀금속을 재는 정밀한 천칭처럼 정확하다.

어린 올루프 백작의 별자리는 이중성(二重星)이다. 한 쪽은 초록색이고 다른 한 쪽은 붉은색인데, 희망처럼 푸르고도 지옥과 같이 붉다. 하나는 좋은 운세이고, 다른 하나는 불길하다. 어떤 아이가 이중성을 가진다는 것이 결코 일어난 적이 없었던가?

점성가는 심각하면서도 어색한 표정으로 산모의 방으로 돌아와서, 강인해 보이는 손으로 빽빽이 난 긴 수염을 만지면서 말한다.

"에드비게 백작부인과 그대 로드브로그 백작, 두 사람의 영향이 당신의 귀한 자식인 올루프의 탄생을 점지했습니다. 하나는 길하고 다른 하나는 불길합니다. 바로 그런 연유로 그는 초록별과 붉은별을 가지게 되었습니다. 그는 이중의 상승궁[139]의 영향을 받습니다. 그래서 그는 아주 행복하거나, 혹은 아주 불행할 것입니다. 그 중 어떤 것인지는 나도 알 수 없습니다만, 어쩌면 한꺼번에 그 둘일 수도."

로드브로그 백작이 점성가에게 대답한다.

"초록별이 그를 감쌀 것이오."

하지만 에드비게는 붉은별이 그러지 않을까하고 엄마 된 심정으로 두려워했다. 그녀는 손에 턱을 괴고 팔꿈치는 무릎에 받치고, 창문 모서리에서 다시 울기 시작했다. 아기에게 젖을 먹인 후, 그녀가 하는 거라곤, 하늘에서 천사들과 게루빔들의 하얀 날개깃을 죄다 뽑은 듯이

139 점성술에서 어떤 사람이 태어났을 때, 지평선 위로 떠오르는 성좌를 가리킴.

빽빽하게 나리는 눈을 창문 너머로 쳐다보는 것이었다.

이따금 까마귀 한 마리가 까악까악 울면서 은빛 가루들을 흩날리면서 창가로 지나갔다. 그 모습이 에드비게로 하여금 그 이상한 까마귀를 떠올리게 했다. 호랑이의 유순한 눈빛에, 살모사의 매혹적인 미소를 하고 그 낯선 사람의 어깨 위에 잠자코 머물러있던 그 까마귀를.

그래서 눈물이 그녀의 눈에서보다 더 빨리 그녀의 마음에서, 들켜버린 그녀의 마음에서 흘러 내렸다.

어린 올루프는 참 기이한 아이이다. 그의 조그만 희고도 발그스레한 피부 아래 다른 성격의 두 아이가 숨어있는 것 같았다. 어떤 날은 천사처럼 착하고 어떤 날은 악마처럼 심술궂어서, 자기 엄마의 젖을 물어버리고 손톱으로 유모의 얼굴을 할퀴고 만다.

늙은 로드브로그 백작은 희끗한 콧수염 아래 미소를 머금고 올루프의 공격적인 기질로 봐서 훌륭한 군인이 될 거라고 말한다. 그 말은 올루프가 참기 힘든 어린 괴짜라는 사실이다. 때로는 울다가 때로는 웃다가, 달처럼 변화무상하고 여자처럼 변덕스럽기도 하다. 이리저리 오가다 아무런 이유 없이 갑자기 꼼짝도 않고, 하던 것을 내팽개치고 죽은 듯이 고요하다가 미친 듯이 법석을 떨기도 한다. 혼자 있을 때라도 마치 보이지 않는 누군가와 대화를 하는 것 같지 않은가! 왜 그런 소동을 피우는지 누군가가 물을 때면 붉은별이 자신을 괴롭힌다고 대답한다.

올루프는 곧 열다섯 살이 된다. 그의 성격은 갈수록 불가사의하다. 그의 용모는 잘생겼는데도 불구하고, 거북스러운 표정을 띠고 있다. 북유럽 인종에게 나타나는 모든 특징과 더불어 그의 머리는 엄마처럼 금발이다. 그러나 잔주름이나 상처자국 하나 없고, 분명 로드브로그 가문이라는 오래된 혈통의 이마인, 눈처럼 하얀 그의 이마에 검은 눈썹이 길게 난 눈 하나가 두 오렌지 색 눈꺼풀 사이에서 번득인다. 그것은 이탈리아 사람의 정열과도 같은 강렬한 야수가 번득이는 청옥 눈동자, 그리고 보헤미아 음유시인의 시선처럼 그윽하고도 잔인하며 짐짓 부드러운 체하는 시선이다.

세월이 어찌나 빨리 흘러가던지!

에드비게는 이제 로드브로그 가(家) 지하실의 어두운 아치형 관에 누워있다. 관 속에서 미소 지으며 자신의 이름이 사라지는 것을 견디지 못하는 늙은 백작과 나란히. 그녀는 이미 너무나 창백하였으므로 죽음이 그녀를 많이 변하게 하지는 못했다. 그녀의 무덤 위에는 저승의 친숙한 동행인 대리석 그레이하운드 암컷 위에 두 다리를 올리고 두 손을 합장한 채 누워있는 아름다운 조각 하나가 있었다. 에드비게가 최후의 순간에 고백한 것을 아무도 알지 못하지만, 그녀의 고해를 들은 신부는 죽어가는 그녀보다 더욱 안색이 하얗게 변했다.

비통한 에드비게의 갈색 금발의 아들인 올루프는 이제 스무 살이 되었다. 그는 모든 무술연마에 아주 뛰어나고, 그보다 활을 잘 쏘는 사람은 아무도 없다. 그는 막 과녁에 명중하여 흔들리고 있는 화살 위에 또 화살을 맞힐 정도이고, 재갈도 박차도 없이 가장 난폭한 말도 길들일 수 있다.

그는 여자나 젊은 처녀를 절대로 무심코 쳐다보지 않았다. 그렇지만 그를 좋아한 여자는 어느 누구도 행복하지 않았다. 그의 성격이 지닌 숙명적인 기복이 어떤 여자와 자신 사이에 행복이 실현되는 것을 가로막는다. 그의 반쪽만이 열정을 느낄 때, 다른 반쪽은 증오를 겪게 된다. 때로는 초록별이 그를 지배하고, 때로는 붉은별이 그를 지배한다. 어떤 날은 그가 여성들에게 말했다.

“북극의 얼음처럼 반짝이며 순수하고, 달빛 같은 눈동자에 극지방

오로라의 신선함이 묻어나는 볼을 가진 오 북유럽의 순결한 여자들이여!"

그리고 또 어떤 날은 이렇게 소리쳤다.

"태양으로 붉게 물들고 오렌지처럼 금발의 오 이탈리아의 소녀들이여! 구릿빛 가슴에 불꽃같은 심장이여!"

가장 슬픈 것은 그의 이런 두 감정의 토로가 진솔하다는 것이다.

어찌 할거나! 가련한 여자들이여, 비통한 망령들이여, 그대들은 그 자를 비난조차 못한다. 왜냐하면, 그가 그대들보다 더욱 불행하다는 것을 그대들이 알기 때문이지. 그의 가슴은 야곱과 천사의 싸움처럼[140] 서로의 다리를 못 쓰게 하려고 애쓰는 정체모를 두 싸움꾼의 발로 끊임없이 짓이겨지는 전쟁터이다.

공동묘지에 가보면, 야생귀리와 쐐기풀 가운데 털이 보송하고 들쭉날쭉한 넓은 잎을 가진 현삼과(玄蔘科)의 베르바스쿰 아래에서나, 병든 푸른 잎과 줄기 끝에 핀 수선화 아래에서, 아침이슬만이 눈물인양 흘러내린 채 나뒹구는 비석들을 발견할 수 있을 것이다. 미나, 도라, 테클라! 그대들의 섬세한 가슴을, 그대들의 매혹적인 육체를 짓누르는 대지가 그렇게도 무거운가?

어느 날, 올루프는 충성스런 시종(侍從) 디트리히를 불러서, 말안장을 준비하라고 이른다.

"주인님, 눈 내리는 것 좀 보십시오, 바람 때문에 전나무 꼭대기가 땅에 닿을 듯이 휘청거리는 것을 좀 보십시오. 멀리서 굶주린 늑대들이 울부짖고, 고뇌에 찬 순록이 고통 받는 영혼처럼 울어대는 소리가 들리지 않습니까?"

140 『구약성서』 창세기 32장 24절 이하에 나오는 내용.

“내 충직한 시종 디트리히야, 눈쯤이야 소매에 붙은 오리털처럼 날려버리면 되고, 기울어진 전나무 사이로는 내 깃털모자만 조금 숙이고 지나가면 된다네. 늑대들 쯤이야 이 튼튼한 갑옷에 그들의 발톱만 무디어 지겠지. 나는 이 칼끝으로 얼음을 갈라서, 신음하며 울고 있는 불쌍한 순록들에게 그들을 기다리는 신선하고 꽃이 핀 이끼들을 찾아주겠네.”

늙은 백작이 죽은 이후로 그의 칭호가 되어버린 올루프 드 로드브로그 백작은 자신의 훌륭한 말을 타고 큰 개 두 마리, 무르그와 펜리스를 데리고 떠났다. 왜냐하면 오렌지색 눈까풀을 가진 이 젊은 주인님에겐 약속이 있었기 때문이었고, 아마도 벌써 하얀 설원에 기사(騎士)님의 깃털장식을 찾아내려고 원뿔형태의 뾰족한 작은 탑 위에 조각처럼 새겨진 발코니에서 이 추위와 북풍에도 아랑곳하지 않고 젊은 처녀가 몸을 숙이고 그를 기다리고 있기 때문이다.

올루프는 코끼리처럼 생긴 자신의 큰 말의 옆구리가 패이도록 박차를 가하며 들판으로 나아간다. 그는 추위 때문에 한 덩어리의 얼음판으로 변한 호수를 가로지른다. 거기에 물고기들이 대리석 반죽에 응고된 것처럼 지느러미를 늘어뜨리고 갇혀있다. 쐐기로 무장한 말발굽은 그 단단한 표면에 조금도 미끄러지지 않고 지나간다. 말에서 나는 땀과 그 짐승이 내뿜는 입김으로 만들어진 안개가 자기 몸을 감싸며 따라온다. 그 광경은 마치 그 말이 구름 속을 질주하는 것 같아 보인다. 무르그와 펜리스는 마치 전설속의 짐승인양 주인 양옆에서 헐떡거리는 코로 긴 입김을 내뿜는다.

저기 전나무 숲이 나타난다. 전나무들은 유령과 비슷하게 하얀 보자기를 두른 묵중한 가지를 벌리고 있다. 눈의 무게에 가장 어리고 잘 휘는 나무들이 늘어져있다. 그것은 마치 일련의 은(銀)으로 된 작은 아치 같다. 무시무시한 공포가 이 숲에 깃들어 있는데, 바위들이 괴물 같은 형체를 하고 있고, 나무마다 뿌리와 닿은 밑동에 몸이 굳어버린 용의 둥지를 감추고 있는 것 같다. 하지만 올루프는 공포라곤 모른다.

길은 점점 좁아지고, 전나무들의 늘어진 가지가 복잡하게 얽혀있다. 간혹 나타나는 숲속의 공터에 다다르면, 어둡고 암울한 하늘가에 하얀 너울로 또렷이 드러나는 겹겹이 눈 덮인 언덕을 아스라이 볼 수 있다.

다행히 몹스는 거대한 신(神) 오딘[141]도 거뜬히 태울 수 있는 건장한 경주마이다. 어떤 장애물도 그 말에게는 소용없다. 그 말은 바위를 뛰어넘고, 웅덩이를 건너뛰고, 이따금 말발굽에 부딪치는 눈 속의 자갈들을 뒤로 차내며 순간적으로 불꽃을 튀게 한다.

"그래 몹스, 장하다! 이제 작은 들판과 자작나무 숲만 건너면 되. 예쁜 손이 반들거리는 네 목덜미를 어루만져 줄 거야. 따뜻한 마구간에서 탈곡한 보리와 귀리를 한 통 가득 너에게 줄 거야."

자작나무 숲은 얼마나 멋진 광경인가! 모든 가지가 눈꽃 솜털로 보송하여 아무리 작은 가지라도 어두컴컴한 공중에 하얗게 드러난다. 금은(金銀) 철사 줄로 만든 거대한 광주리이거나, 은빛 녹석(綠石) 산호(珊瑚)이거나, 온통 종유석으로 된 동굴 같아 보였다. 유리도금을 한 가지나 기이한 꽃들도 이보다 더 복잡하고 다양한 디자인을 보여주지는 못한다.

벽난로 내부에 있는 참나무 안락의자에 올루프를 앉게 하면서 성(城)의 젊은 안주인이 말한다.

"올루프 님, 어쩜 이리 늦기도 하셔요! 산중의 곰이 당신 앞을 가로막거나 엘프 요정들이 당신에게 춤추자고 하지 않았을까 두려웠어요.

141 (역주) 게르만 신화에 등장하는 주요 신.

하지만 당신은 왜 연인과의 약속에 동료를 데리고 왔나요? 혼자서 숲을 지나오기가 무서웠단 말이세요?"

올루프가 매우 놀라며 성의 젊은 안주인에게 말한다.

"어떤 동료에 대해 말하시는 건가요, 내 영혼의 꽃이여?"

"여전히 당신과 함께 있는 붉은별 기사 말이지요. 당신을 엄습하고 있는 음산한 정신인 보헤미아 음유시인의 시선으로부터 태어난 사람 말입니다. 붉은별 기사를 쫓아버리세요, 그렇지 않으면 나는 당신이 속삭이는 사랑의 말에 결코 귀 기울지 않겠어요. 동시에 두 남자의 여자가 될 수는 없거든요."

올루프는 아무리 애써 봐도 어떤 말을 해도 소용이 없었고, 브렌다의 조그만 장밋빛 손가락에 입 맞추는 것조차 할 수 없었다. 그는 아주 불만족스럽게 떠나갔고, 붉은별 기사를 만날 수만 있다면 그를 싸워 쓰러뜨리기로 결심했다.

브렌다가 자신을 쌀쌀맞게 맞아주었음에도 불구하고, 올루프는 다음날 뾰족탑이 있는 성으로 다시 길을 나섰다. 연인들은 쉽게 물러서는 법이 아니니까.

그는 길을 가면서 혼자 중얼거렸다.

"아마도 브렌다가 미쳤는가 보다. 자신의 붉은별 기사와 뭘 어쩌겠다는 거야?"

폭풍은 거세기가 이루 말할 수 없었다. 눈이 소용돌이를 쳤고, 하늘과 땅을 겨우 분간할 수 있었다. 펜리스와 무르그가 까마귀들을 물려고 공중으로 뛰어오르면서 짖어대는데도 불구하고, 까마귀들이 올루프의 모자 깃털위로 음산하게 나선형으로 선회했다. 그 새들의 선두에는 보헤미아 음유시인의 어깨 위에서 박자를 맞추던 부리처럼 윤기나는 까마귀가 있었다.

펜리스와 무르그가 갑자기 멈추어 섰다. 그들은 불안한 거동으로 공중에 코를 킁킁거리며 냄새를 맡았다. 그들은 어떤 위협적인 무엇이 있다는 것을 눈치 챈다. 그것은 늑대도 아니고 여우도 아니다. 늑대와 여우 한 마리쯤은 이 용맹한 개들에게 한입거리밖에 되지 않을 테니까.

발자국 소리가 들리고, 이윽고 길모퉁이에 큰 말에 탄 기사 한사람이 거대한 몸집의 개 두 마리를 데리고 나타난다.

여러분들은 그가 올루프라고 여겼을 것이다. 그자는 올루프와 똑같은 문장(紋章)으로 장식한 중세의 겉옷을 걸치고 똑같이 무장하고 있었다. 다만, 그는 투구에 초록색이 아닌 붉은 깃을 달고 있었다. 길은 너무 좁아서 두 기사 중 한 사람이 비켜주어야 했다.

투구의 면갑(面甲)을 내린 기사가 말한다.

"올루프 나리, 내가 지나가도록 좀 물러서주시오. 나는 지루한 여행을 하고 있소. 사람들이 나를 기다리고 있소. 빨리 도착해야하오."

올루프가 자신의 칼 손잡이에 손을 얹고서 대답한다.

"내 부친의 콧수염을 걸고라도, 물러설 사람은 바로 당신이오. 나는 사랑하는 사람과 만나기로 약속했는데, 연인들은 조급하지 않소."

낯선 사람이 자신의 칼을 빼어들었고, 싸움은 시작되었다. 칼이 강철로 된 그물갑옷에 부딪치면서 번쩍이는 불꽃이 사방으로 튀어 올랐다. 비록 고강도의 철이라 하더라도, 얼마 지나지 않아 칼은 톱니처럼 이가 빠져버렸다. 두 말이 내뿜는 입김과 그들이 내쉬는 가쁜 숨결의 연기에 휩싸여, 그들은 마치 붉게 달아오른 불앞에서 미친 듯이 망치질하는 두 시커먼 대장장이 같았다. 자신들의 주인처럼 미쳐서 날뛰는 말들도 튼튼한 이빨로 그들의 핏발선 목을 물어뜯고, 가슴의 살점을 뜯어냈다. 그들은 미친 듯이 앞발로 뛰어오르고, 뒷발로 몸을 일으켜 세우고, 그들의 발굽을 주먹처럼 사용하면서 서로를 무섭게 가격했다. 그러는 동안 그들의 기사들은 상대의 머리를 무지막지 내리치고 있었다. 그에 비하면, 개들은 기껏 물어뜯고 짖어대는 정도였다. 뜨뜻한 핏방울이 비늘모양으로 배열된 갑옷 틈으로 배어나와 눈 위에 떨어져서, 작은 장미송이 같은 구멍을 만들었다. 잠시 후, 핏방울이 체에 거른 듯이 줄줄이 떨어졌다. 두 기사는 부상을 당했다.

기이한 것은 올루프가 낯선 기사를 가격할 때, 그 타격을 자신이 느낀다는 것이다. 그는 자신이 입힌 상처와 자신이 당한 상처에 고통스러워했다. 그는 심장을 향해 들어온 칼끝을 느끼듯이 가슴에 심한 한기를 느꼈지만, 심장을 감싼 그의 갑옷은 온전했다. 그가 입은 상처는 오른 팔에 맞은 칼자국이 유일했다. 승자가 패자만큼 고통스러워하고, 가격을 하는 것과 그것을 당하는 것이 다르지 않는 희한한 결투.

올루프는 있는 힘을 다해 거꾸로 내리쳐 상대방의 튼튼한 투구를 날려 보냈다.

- 아 무섭도다! 에드비게와 로드브로그의 아들은 무엇을 목격했는가? 그는 자신 앞에 있는 자신을 보았다. 거울도 이만큼 정확하지 않았을 것이다. 그는 자신의 유령인 붉은별의 기사와 싸웠다. 그 유령이 외마디 비명을 지르고는 사라졌다.

까마귀들이 선회하면서 하늘로 날아올랐고, 용맹스런 올루프는 가던 길을 계속 갔다. 그날 저녁 자신의 성으로 돌아오면서, 그는 이번에는 기꺼이 자신의 말을 들으려는 성의 젊은 안주인을 뒤에 태우고 왔다. 그에게 더 이상 붉은별 기사가 없었으므로, 그녀는 순진해서 너무나 힘들었던 고백인, 올루프의 가슴에 안겨 자신의 장밋빛 입술을 내어주기로 마음먹었다. 그 밤은 청명하고도 푸르렀고, 올루프는 자신의 이중의 별을 찾기 위해 하늘을 쳐다보고, 약혼자에게 그 별을 보게 했다. 거기에는 초록별만 남아 있었고, 붉은별은 사라지고 없었다.

들어오면서 브렌다는 사랑 때문이라 여기는 그 기적에 너무나 행복하여, 젊은 올루프에게 그의 벽옥색 눈이 쪽빛으로 바뀌었다는 것을 알려주었는데, 그것은 하늘과 화해했다는 표시였다.

- 늙은 로드브로그는 자신의 무덤 속에서 허연 콧수염으로 흐뭇하게 미소 지었다. 왜냐하면, 사실대로 말하건대, 비록 그것을 증언해줄 것이 아무 것도 없었다하더라도, 올루프의 눈이 이따금 그런 것을 일깨워 주었기 때문이었다.

- 고귀한 로드브로그 나리의 아이가 마침내 오렌지 눈동자와 검은 까마귀, 그리고 붉은별로부터 나오는 사악한 영향을 정복하였기 때문에, 에드비게의 혼령이 너무도 기쁘다. 인간이 몽마(夢魔)[142]를 쓰러뜨려버렸다.

이 이야기는 한 순간의 망각이, 순진한 눈길을 한번 주는 것이 어떤 영향을 미칠 수 있는 가를 보여주고 있다.

젊은 여자들이여, 취하게 하고 악마 같은 시구(詩句)를 읊조리는 보헤미아의 음유시인에게 결코 눈길을 주지 말지어다. 그대 젊은 처녀들이여, 초록별에게만 자태를 뽐낼지어다. 그리고 둘로 분열되는 불행을 겪는 그대, 용감하게 싸울지어다. 아무튼 당신을 내리쳐야할테고, 당신의 칼로 내면적 상대이자 몹쓸 기사인 당신 스스로를 상처 내야 할 테지만.

만약 이 노르웨이의 전설을 우리에게 전해준 이가 누구냐고 그대가 묻는다면, 그것은 한 마리 백조가 그랬다네. 반쯤은 헤엄쳐서, 반쯤은 날아서 피오르드를 넘어온 노랑부리 백조가.

---

142 (역주) 잠자는 동안 여자를 범한다는 악마.

아리아 마르첼라
- 폼페이의 추억

세 사람의 젊은이, 그러니까 이탈리아 여행을 함께 한 세 명의 친구들이 지난해 나폴리에 있는 스투디[143] 박물관에 갔었다. 거기에는 폼페이와 헤르쿨라네움의 유적지에서 발굴한 다양한 고대 유물들이 전시되어 있었다.

그들은 여러 방으로 흩어져서, 각자의 취향에 따라 죽은 도시의 벽에서 떼어낸 모자이크, 청동조각들, 벽화들을 구경했다. 그런데 그들 중의 한 사람이 신기한 것을 하나 발견하고는, 기뻐서 소리치면서 친구들을 불렀다. 그의 행위는 좀체 떠들지 않는 영국 사람들과 앉아서 열심히 안내서를 뒤적이던 시민들의 비난을 받았다.

그러나 세 사람 중 가장 젊은 사람은 진열창에 멈추어 서서, 골똘히 생각에 잠겨서 동료들의 탄성을 듣지 못한 것 같았다. 그가 그토록 주의를 기울이며 요리조리 뜯어 본 것은 바로 움푹 패어진 자국이 있는, 엉겨 붙은 검은 재 덩어리였다. 그것은 녹으면서 깨어진 조각상의 주물 쪼가리 같았다. 예술가의 능숙한 눈이라면 거기서 멋진 젖가슴과 그리스 조각상과도 같은 스타일이 순수한 옆구리 단면을 쉽게 알아보았을 것이다. 이 용암이 한 여자의 몸을 둘러싸고 굳어버려서, 그 몸매의 매력적인 자태를 간직하고 있다는 것을 사람들은 알아보고, 또 어떤 여행 안내원이라도 여러분에게 그렇게 설명한다. 네 개의 도

143 현재 나폴리 국립 고고학 박물관.

시를 파괴한 용암분출의 변덕 덕분에 거의 이천년 동안 먼지 속에 묻혀버린 이 고귀한 형태가 우리에게까지 도달했다. 사라진 수많은 제국들이 흔적조차 남기지 못했는데도, 동그란 목덜미는 수세기를 가로질러 왔도다! 우연히도 화산 찌꺼기 위에 찍힌 이 아름다움의 인장(印章)자국은 지워지지 않았다.

옥타비엥이 넋 나간 듯이 집요하게 쳐다보는 것을 보고, 그의 두 친구가 그에게 돌아왔다. 막스가 그의 어깨를 치자, 그는 자신의 비밀이라도 들킨 듯이 소스라쳐 놀랐다. 물론 옥타비엥은 막스도 파비오도 오는 소리를 듣지 못했다.

막스가 말했다.

"이보게 옥타비엥, 매 진열장마다 그렇게 하염없이 서있지 말게. 그렇게 하면 우리는 기차시간을 놓치게 될 거야. 그러면 우리는 오늘 폼페이를 보러가지 못할 거야."

파비오가 다가오며 끼어들었다.

"저 친구는 도대체 뭘 쳐다보는 거야? 아! 아리우스 디오메데스의 집에서 발견된 찍힌 자국."

그리고 그는 이상한 눈빛으로 힐끗 옥타비엥을 쳐다보았다.

옥타비엥은 얼굴을 약간 붉히며 막스의 팔을 잡았다. 그리고 박물관 구경은 별다른 사건 없이 끝났다. 스투디 박물관을 나와서 세 친구들은 시내마차를 잡아타고 기차역으로 가자고했다. 붉은색 큰 바퀴와 구리 못으로 수놓은 보조의자에, 스페인의 노새같이 말장구를 한 삐삐하고 붉은 색 도는 말이 넓은 화산암 깔린 도로를 질주하는 그 시내마차는 여기서 묘사하기에는 너무나 잘 알려져 있다. 게다가 우리는 나폴리에 대한 기행문을 쓰려는 것이 아니라, 믿기지 않지만 사실인, 기이한 모험담에 관한 한 단순한 이야기를 하려는 것이다.

폼페이로 가는 기차는 거의 바닷가를 따라 가고 있는데, 두툼한 긴 파도거품이 채로 걸러놓은 석탄을 닮은 거무스레한 모래 위에 와서 부서진다. 사실, 이 바닷가는 흘러내린 용암과 화산재로 이루어져있고, 그 짙은 색조로 인해 하늘의 푸른색과 바다의 푸른색 사이에 대비를 연출하고 있다. 이런 진한 색감 가운데, 대지만이 그림자를 드리우고 있는 것 같다.

우리가 통과하거나 옆을 지나치는 마을들, 오베르의 오페라로 유명하게 된 포르티치, 회랑이 있는 집과 테라스 지붕들을 지나치면서 보게 되는 레지나, 토레 델 그레꼬, 토레 델 라눈지아따 등은 강렬한 햇빛과 남부지방의 우유색 회벽에도 불구하고, 맨체스터나 버밍햄처럼 시커멓고도 철분을 함유한 어떤 것을 가지고 있다. 거기 먼지는 시커멓고, 보일 듯한 진액이 온통 달라붙어 있다. 우리는 거대한 베수비오 용광로가 두 발치 떨어져 헐떡거리며 연기를 내뿜는 것을 느낀다.

폼페이 역이라는 단어가 자연스럽게 그들의 뇌리에 떠오르게 하는, 고대와 현대가 뒤섞여 있는 모습에 웃음을 터뜨리며, 세 친구들은 폼페이 역에 내렸다. 그리스-로마풍의 도시와 철도 플랫폼!

그들은 흰 솜 덩어리들이 날아다니는 면화 밭을 가로질렀고, 그 밭은 철길과 파낸 도시의 유적을 갈라놓고 있었다. 그리고 그들은 고대 성곽밖에 지어진 숙소에서 관광안내원을 구했는데, 더 정확히 말하자면 한 안내원이 그들에게 달라붙었다. 그런 것은 이탈리아에서 피하기 어려운 성가신 일.

나폴리에서는 너무나 평범하고 평화로운 한나절 가운데 하나였다. 나폴리에서 마주하는 대상들은 햇살과 투명한 대기로 인해 북쪽나라에서는 신기할 정도의 색조를 띠어서, 현실세계라기 보다는 차라리 꿈의 세계에 존재하는 것 같다. 한번이라도 이 황금빛과 쪽빛 햇빛을 본 사람이라면 그 아련한 빛의 안개 속에서 지울 수 없는 향수에 사로잡힐 것이다.

재로 된 자신의 수의(壽衣)의 한 모퉁이를 털어낸 뒤 되살아 난 도시는 눈부신 한 날, 자신의 모습을 낱낱이 다시 드러냈다. 그 배경에 베수비오 화산이 햇빛에 의해 금갈색으로 변한 푸른색, 장미색, 보라색 용암 줄무늬가 물결치는 자신의 원뿔을 드러내고 있었다. 햇빛 속이라 거의 감지할 수 없는 연한 안개가 산꼭대기가 날아가 움푹 팬 분화구를 감싸고 있었다. 첫눈에 보기에 그것은 아주 청명한 날씨임에도 솟아오른 산봉우리에 걸려있는 구름으로 착각할 정도였다. 좀 더 가까이 가서 쳐다보면, 향로 주둥이처럼 산위로 빠져나오자마자 부드럽게 피어오르는 하얀 수증기의 가는 줄기가 보였다. 그날 화산은 온후한 기분으로 가만히 파이프를 피워 물고 있었는데, 자신의 발밑에 묻혀버린 폼페이의 경우만 아니라면, 몽마르트언덕보다 더 몹쓸 성격을 가졌다고 믿기 어려울 정도였다. 산의 다른 쪽에는 여성의 엉덩이같이 완만하고 육감적으로 굽이치는 아름다운 언덕이 지평선을 이루고 있었다. 그리고 더 멀리, 옛날에 도시의 성곽 밑으로 두 줄의, 세 줄의 갤리선들을 드나들게 했을 바다가 자신의 평온한 쪽빛 막대를 펼치고 있었다.

폼페이의 모습은 더욱 놀랄 만하다. 19세기나 되는 이 갑작스런 시간의 후퇴는 가장 평범하고 가장 이해심이 적은 자연조차도 놀라게 하여, 두 발짝만 떼면 여러분은 고대 생활에서 현대생활로, 또 기독교 시대에서 다신교 시대로 이동하게 된다. 세 명의 친구들 역시 사라진 존재의 형태들이 고스란히 보존되어 있는 이 골목들을 보았을 때, 책과 여행 스케치 등을 보고 어느 정도 준비가 되었다고 하더라도, 그들은 감동적이고도 이상한 인상에 사로잡히고 말았을 것이다. 특히 옥타비엥이 충격을 받은 것 같았고, 이 지겨운 안내인이 수업처럼 지껄여대는, 줄줄이 외워서 아는 단조로운 설명을 듣지도 않고, 몽유병환자의 발걸음으로 자신도 모르게 그 안내인을 뒤따랐다.

그는 다음과 같은 것들을 놀란 눈으로 쳐다보았다. 길에 깔린 거대한 표석에 움푹 팬 마차 바퀴자국이 너무나 선명하여 어제 그런 것 같은 이 자국. 성벽들의 내벽에 갈겨쓴 붉은 글씨자국의 게시문들. 이천년 뒤, 미래의 누군지도 모르는 사람들에게 다시 발견된 파리의 벽보와 플래카드가 붙어있는 벽면이 그러할 듯이, 궁금증을 자아내는 공연광고, 전세 구함, 기도문, 광고, 모든 종류의 알림 등. 온통 집안 내부의 신비로움을 얼핏 들여다보게 하는, 지붕이 무너진 이 집들, 역사가들이 소홀히 다루고 문명이 그 비밀을 앗아가 버린 이 세세한 집안사정. 막 물이 마른 이 우물들, 재앙으로 인해 수리하는 중에 덮쳐버린 (돌기둥과 다 다듬고 다 조각된 들도리들이 그 순수한 골격을 드러내며 제자리에 놓이기를 기다리는) 이 공공광장. 신화시대 상태의 과거의 신들에게 바쳐진 이 신전들 - 당시에 그 신전에는 한 명의 무신론자도 없었다. 물건만 사라진 이 상점들. 술꾼들이 남긴 술잔의 둥근 자국이 여전히 대리석 위에 남아있는 이 선술집들. 병사들이 전사(戰士)들의 풍자화를 긁어서 새겨놓은, 황토색과 붉은 염료로 채색된 기둥을 가진 군대막사. 그리고 햄릿의 우울한 상념에 따르면, 알렉산더 대왕과 시저의 뼛가루처럼 진흙 상태로 변해버린 단원들이 그곳에 드나들었고, 아마도 맥주통의 마개를 막느라 혹은 갈라진 벽을 막는데 바쁘지 않았다면, 다시 공연을 무대에 올릴 것 같은, 연극과 노래공연을 나란히 하는 이 이중 극장들.

옥타비엥과 막스가 계단 끝까지 기어 올라가는 동안, 파비오는 고대 비극 공연장의 합창대에 올라가서, 거기서 머리에 떠오르는 몇 구절의 시상(詩想)을 역동적인 몸짓으로 낭송하기 시작했다. 도마뱀들은 깜짝 놀라서 꼬리를 빠르게 흔들면서 흩어져서 폐허가 된 좌석의 틈새 속으로 몸을 납작하게 붙였다. 비록 이제는 소리를 반향 시키려고 설치된 청동이나 흙으로 된 항아리가 남아 있지 않았지만, 그의 목소리는 자못 우렁차게 울리면서 퍼져나갔다.

이어서 안내인이 여전히 파묻혀있는 폼페이 지역의 경작지를 가로질러 그들을 원형경기장으로 안내했다. 그들은 나무 아래로 걸어갔고, 그 나무들의 뿌리는 파묻힌 건물의 지붕에까지 뻗쳐서, 기왓장들을 들춰내고 천장을 뚫고 내려가 기둥들을 무너뜨리고는 밭으로 뻗어있었다. 그 밭에는 세월이 가장 아름다운 사물 위에 펼쳐놓은 망각의 물질적인 이미지인, 흔한 채소들이 예술의 경이(驚異) 위에 꽃과 열매를 맺고 있었다.

고대 공연장은 그들에게 낯설지 않다. 그들은 더 넓고 더 잘 보존된 베로나의 그것을 보았으며, 그것과 많이 닮았으나, 건물의 견고함과 재료가 주는 아름다움에 있어서는 한 수 아래인 스페인의 투우장만큼 친밀한 이 고대 원형극장의 배치를 그들은 알고 있었다.

그들은 결국 오던 길을 되돌아가게 되었고, 안내인의 말을 건성으로 들으며 지름길을 통해서 '운명의 여신 거리'에 도달했다. 안내인은 한 집 한 집 지나치면서 발굴 당시의 어떤 특징적인 외양에 따라 붙여진 집 이름을 불렀다. - 청동 황소의 집, 목신의 집, 범선의 집, 운명의 여신의 사원, 멜레아그로스의 집, 집정관길 모퉁이에 있는 운명의 여신의 선술집, 음악학당, 공동 취사 화덕, 약국, 외과의원, 국경검문소, 무녀들의 집, 알비누스 여관, 고급 온천카페들, 그리고 무덤로(路)로 이어지는 문까지 계속 그렇게 이어졌다.

이 벽돌문은 동상들로 덮여있었고 그곳의 장식물들은 사라져버렸고, 그 문의 내부 아치형 통로에는 뾰족한 창살들이 미끄러져 내리도록 만든 두 개의 깊은 홈이 있었는데, 그것은 이런 특별한 종류의 방어책을 가지고 있었을 중세의 망루와 흡사했다.

막스가 자기 친구들에게 말한다.

"그리스 라틴 도시인 폼페이에 이만큼 몽상적인 고딕식 잠금장치가 있다는 것을 누가 짐작이나 했었겠는가? 15세기의 시종처럼, 뾰족한 창살이 올라가기를 기다리며 이 문 앞에서 각적을 불어대는 시대에 뒤떨어진 로마의 기사를 상상해보겠는가?"

파비오가 대답한다.

"태양 아래 새로운 것은 아무 것도 없고, 이 격언 또한 새로울 것이 없네. 왜냐하면 그것은 솔로몬이 말한 문구(文句)이니까."

옥타비엥이 우울하게 비꼬는 투로 웃으며 말을 잇는다.

"아마도, 달 아래에는 새로운 무엇이 있거늘!"

대화를 주고받는 동안 바깥쪽 벽에 붉은 흙으로 쓴 자국이 남아있는 게시문 앞에 멈춰 서서 막스가 말한다.

"이봐 옥타비엥, 검투사들의 결투를 보고 싶어? 여기 벽보가 있네.

- 로마력 4월 5일, 결투와 사냥

- 깃대들이 달릴 것이다

- 20 쌍의 검투사들이 오후 3시 결투를 벌임 -

그리고 네 얼굴이 탈까봐 걱정이 된다면, 걱정하지 말게. 휘장을 둘러치면 되지. 그게 내키지 않는다면, 이른 시간에 공연장에 가는 것이 좋겠지. 그 검투사들은 새벽 형 인간들이라서 아침 일찍 서로의 목을 자르려고 싸울 것이거든. 그 이상 더 친절할 수는 없겠지.

세 친구들은 그런 실없는 말을 주고받으며 묘지 옆으로 난 길을 따라갔다. 우리 현대인의 정서에는 그 길은 도시의 묘지대로(大路)이련만, 무덤에는 소름끼치는 시체 대신에 죽음이라는 추상적 관념인 한 줌의 재밖에 없는 고대인들에게는 그 길이 우리와 같은 슬픈 의미를 주지 않을 것이다. 이 최후의 처소는 예술로 예쁘게 포장되어 있었고, 괴테가 말했듯이, 이교도는 석관과 유골 항아리들을 삶의 이미지들로 장식해놓았다.

아마도 그래서 막스와 파비오가 기독교도의 무덤에서는 가지지 못했을, 살아있다는 것에 대한 경쾌한 호기심과 벅찬 가슴으로, 이 묘지 유적을 방문하게 된 것이다. 그 유적은 햇빛아래 아주 유쾌한 금빛으로 물들었고, 길가에 자리 잡고 있어서 여전히 삶의 영역에 속해 있는 것 같았으므로, 우리의 묘지들이 조성하는 차가운 거부감이나 환상적인 공포심의 그 어떤 것도 풍기지 않았다. 그들은 공인(公認) 여사제인 마미아 무덤 앞에 멈춰 섰다. 그 무덤가에는 삼나무인지 포플러인지 나무가 하나 자라고 있었다. 그들은 후계자들 같이 웃으며 장례음식을 먹는 반원형의 식당에 앉았다. 그들은 재미삼아 옥타비엥이 하는 것을 따라서 네볼레자와 라베온, 그리고 아리아 가족의 비문들을 읽었고, 옥타비엥은 무덤덤한 그의 동료들에 비해 이천년의 이 고인(故人)들의 운명으로부터 훨씬 감동을 받은 것처럼 보였다.

그렇게 해서 그들은 폼페이의 가장 존경할만한 주민들 가운데 한 사람인 아리우스 디오메데스의 빌라에 도착했다. 그곳은 벽돌계단을 통해 올라가도록 되어있고, 측면의 작은 기둥 두개 사이에 난 문을 넘어서자 스페인과 모어사람들의 집 중앙을 구성하는 포석이 깔린 안마당과 흡사한 마당에 당도하는데, 고대인들은 그것을 안뜰의 빗물받이용 작은 연못, 혹은 지붕 없는 안마당이라 불렀다. 화장 회반죽으로 덧칠해진 14개의 벽돌기둥이 네 면에 수도원의 열주회랑과 비슷하게 회랑, 혹은 지붕이 있는 주랑을 이루고 있어서, 사람들은 비 맞을 염려 없이 돌아볼 수 있었다. 이 마당의 포석은 보기에 부드럽고 포근한 느낌이 들도록 벽돌과 흰 대리석의 모자이크로 되어 있다. 가운데는 아직 그대로 있는 사각의 대리석 연못이 회랑지붕으로부터 떨어지는 빗물을 받도록 되어 있었다. 이렇게 고대의 생활 속으로 들어가서, 아우구스티누스와 티베리우스와 같은 시대의 샌들과 짧은 부츠에 의해 닳은 대리석을 구두약으로 광낸 구두로 밟는 것이 묘한 효과를 가져왔다.

관광안내인은 그들을 의자가 놓인 담소실, 혹은 시원한 미풍을 맞이하도록 바다 쪽으로 터인 여름 살롱으로 데리고 갔다. 손님을 맞이하고, 나른함과 소나기기운 머금은 아프리카의 강한 미풍이 불어오는 타는 듯한 시간동안 낮잠을 자는 곳이 바로 거기였다. 그는 그들을 바실리카 회당 안으로 들어가게 했는데, 그곳은 실내에 빛을 들어오게 하고 방문객과 고객들이 그들을 안내하는 노예가 호명할 때까지 기다리는 안이 밝은 긴 갤러리이다. 이어서 그는 푸른 정원과 푸른 바다로 시야가 확 트인 흰 대리석으로 된 테라스로 그들을 데리고 갔다. 그리고 그 뒤 그는 그들에게 님페움[144] 혹은 목욕탕을 보게 했는데, 그곳에는 노랗게 칠해진 벽과 화장 회반죽 칠해진 기둥들, 모자이크된 포석, 귀신들처럼 증발해버린 수많은 매력적인 육체가 들어갔을 대리석 욕조가 있었다. 그리고 상아문으로 들어온 수많은 꿈들[145]이 떠다니고 벽속에 파놓은 알코브들을 가진 침실을 보여줬는데, 그 알코브

144 로마시대의 높고 넓은 방으로 중간에는 분수가 있고 기둥과 조각, 그림, 화초들로 장식된 쾌적한 공간.

145 그리스 라틴 신화를 암시하는 것으로 호메로스의 『오디세이』와 베르길리우스의 『아이네이스』에 나오는 표현이기도 하다. 그 신화에 의하면, 망자의 영혼이 산 사람들에게 지옥에서 나온 꿈들을 올려 보내는데, 진실한 몽상은 우각문(牛角門)을 통해 올라오고, 거짓 꿈은 상아문(象牙門)을 통해 올라온다고 한다.

들은 모기장이나 혹은 청동 고리가 아직도 땅에 묻혀있는 커튼으로 가려져있었다. 계속해서 사주식(四柱式) 건물 혹은 쉬는 곳, 집안의 수호신을 모시는 작은 예배당, 문서보관 사무실, 서재, 그림 전시실, 부분적으로 무너진 작은 방으로 구성되어있고, 칸막이벽에 화장을 잘못 닦아낸 여자의 볼처럼 그림과 아라베스크 자국이 남아있는 규방 혹은 여자들의 거처를 둘러보게 했다.

이렇게 둘러보는 것이 끝나자, 그들은 아래층으로 내려갔다. 왜냐하면 땅이 무덤로(路) 쪽보다 정원 쪽이 훨씬 낮았기 때문에, 그들은 고색창연한 붉은 색으로 칠해진 방을 여덟 개나 가로질러서 (알람브라궁의 대사관실의 현관에서 보듯이 그 중의 하나는 건축구조적 벽감(壁龕)으로 파여 있었다), 마침내 그들은 일종의 지하실 혹은 포도주저장고에 다다랐고, 호라티우스[146]의 시가(詩歌)에서처럼 크레타, 팔레르노, 마시코의 포도주 향기를 풍겼을, 벽에 새워진 여덟 개의 양 손잡이 달린 고대 점토 항아리가 있는 걸 봐서 그곳의 용도가 분명하게 드러났다.

한낮의 강렬한 햇살이 쐐기풀이 입구를 막고 있는 좁은 환기창으로 들어와서 그 햇빛에 관통되는 잎을 에메랄드와 황옥으로 바꾸어 놓았는데, 이 경쾌한 자연의 세세한 부분이 때마침 그 장소가 주는 쓸쓸함을 누르고 미소 짓고 있었다.

말투에서 하고자하는 말의 의미가 겨우 묻어나는 무심한 목소리로 관광안내인이 말했다.

"17구의 해골 가운데 나폴리의 박물관에 그 각인된 모습이 전시되어 있는 부인의 해골을 발견한 곳이 바로 이곳입니다. 그녀는 금반지를 끼고 있었고, 그녀의 섬세한 긴 속옷 조각이 그녀의 형체를 유지하

146 기원전 68년에서 서기 8년까지 살았던 라틴 시인.

고 있는 다져진 화산재에 여전히 붙어있었습니다."

안내자의 평범한 그 말이 옥타비엥에게 엄청난 감동을 유발했다. 그는 그 소중한 유해가 발견된 정확한 장소를 보여주도록 했고, 친구들이 있어서 자제하지 않았다면, 그는 좀 엉뚱한 흥취에 사로잡혔을 것이다. 그의 가슴은 부풀어 올랐고, 그의 눈자위에는 희미한 물기가 번져갔다. 스무 세기의 망각으로 잊혀져버린 이 참사가 마치 아주 최근의 불행인 양 그의 폐부를 찔렀다. 애인의 죽음이나 친구의 죽음도 그보다 더 그를 비통하게 하지 않았을 터였고, 막스와 파비오가 등을 돌리고 있을 때, 그는 이 여인에게 회고적 사랑에 사로잡혔다고 느꼈고, 이 여인이 뜨거운 화산재에 파묻혀 죽은 그 장소에 이천년이나 늦은 그의 눈물이 떨어졌다.

파비오가 소리쳤다.

"저런 유적은 이제 지겨워! 시골 학술원 회원이 되려고 줄리어스 시저 시대의 항아리나 기왓장에 관한 논문을 쓰고 싶지 않아. 이런 고전적인 추억 때문에 허기가 질 것 같아. 저녁 먹으러 가자, 저 경치 좋은 여관에. 그렇지만 누가 아는가, 화석이 된 스테이크와 대(大) 플리니우스[147]가 죽기 전에 낳은 신선한 계란밖에 우리에게 줄 것이 없는 지 걱정이 되지만.

"바보도 가끔은 중요한 의견을 던지지"라고 부왈로[148]처럼 말하지 않겠어" 라고 막스가 웃으며 말했다. "그런 것은 정직하지 못하거든. 그 의견이 좋으니까. 하기야 고대식으로 누워 루쿨루스[149]나 트리말키

147 서기 23-79년에 살았던 라틴 작가.

148 프랑스의 시인이자 작가이며 비평가(1636-1711).

149 기원전 106-기원전 56에 살았던 로마의 장군.

오니스[150]처럼 노예들이 시중드는 여기 어떤 식당에서 회식을 하는 것이 훨씬 좋아 보여. 루크리노 호수[151]에서 나는 굴이 많이 보이지 않고, 아드리아해의 넙치와 성대도 없고, 아풀리아[152]의 산돼지도 시장에 별로 없고, 빵과 꿀로 만든 케이크도 푸른 파래류 뒤덮인 홍합을 뒤집어쓴 돌처럼 딱딱하게 나폴리 박물관에 진열되어 있고, 까치오까발로 치즈를 뿌려놓은 마카로니가 혐오스럽기는 하지만, 그래도 아무 것도 없는 것보다는 나은 것이 사실이야."

금반지를 낀 그 부인을 구하고, 그래서 그녀의 사랑을 기대하기 위해, 베수비오 화산이 폭발하던 날 폼페이에 있지 않았던 것을 아주 애석해하던 옥타비엥은 이 식도락에 관한 대화를 하나도 듣지 못했다. 막스가 말한 마지막 두 마디만 그에게 충격을 주었지만, 말씨름을 하고픈 생각이 없었으므로, 그는 아무렇게나 고개를 끄덕거렸고, 친구들은 성곽을 따라서 여관 길로 접어들었다. 여관의 입구로 사용되고 있는 일종의 현관 아래 테이블이 놓였고, 그 회칠한 벽에는 주인이 삼류 그림이라 평가하는 다음과 같은 화가들의 그림들로 장식되어 있었다. 그가 찬양을 이끌어야 한다고 믿었던 살바토르 로사, 에스파뇰레, 기사 마시모[153], 그리고 나폴리 유파의 다른 유명인사들.

파비오가 말했다.

"존경하는 주인장, 쓸데없이 찬사를 늘어놓지 마시오. 우리는 영국

---

150 서기 ??-66에 살았던 페트로니우스의 사티리콘에 등장하는 인물.

151 나폴리 지방에 있는 호수.

152 (역주) 이탈리아반도 최남단 아드리아만에 접한 지방. 이탈리아에서는 풀리아로 부르고, 주요 도시로는 바리가 있다.

153 로사는 나폴리 출신의 화가, 시인, 음악가(1615-1673). 에스파뇰레는 본명이 호세 데 리베라이며 이탈리아에서 활동한 스페인의 화가(1591-1652). 마시모의 본명은 마시모 스탄지오네 혹은 스탄지오니로 나폴리에서 활동한 화가(1585-1658).

인들이 아니니까, 그리고 우리는 낡은 그림보다 처녀들에 더 관심이 많소. 차라리 계단에서 본 촉촉한 눈매의 갈색머리 미인에게 포도주 리스트나 보내주시오."

그 팔포리오[154]는 이 손님들이 속기 쉬운 무식한 부르주아 유형이 아니라는 것을 알아차리고, 자기 화랑(畵廊) 자랑을 그만두고, 포도저장고 자랑으로 넘어갔다. 우선 그는 최고 품질의 포도주를 모두 보유하고 있었다. 샤토 마르고, 인도에서 되가져온 그랑-라피트, 실레리 드 모에, 호크메이에르, 진홍포도주, 포르토와 흑맥주, 에일 맥주와 진저비어, 라크리마-크리스티 적포도주와 백포도주. 카프리와 팔레르노.

"뭐라고! 이 짐승이 팔레르노 포도주를 가지고 있으면서도 그것을 목록의 맨 마지막에야 부르다니. 자네가 우리에게 지겹도록 긴 포도주 리스트를 듣도록 강요하다니."라고 막스가 우스꽝스럽게 화난 몸짓으로 여관주인 목덜미 쪽으로 뛰어오르면서 말했다. "그런데 자네는 도대체 토속적인 정서가 없는 거야? 도대체 이 고대의 옆 동네에서 사는 것이 자랑스럽지 않는 모양이지? 적어도 자네의 그 팔레르노 포도주는 좋은 거야? 그것은 플란쿠스[155] 집정관 시대 때 단지에 담아졌겠지? 플란쿠스 집정관 치하에."

"나는 플란쿠스 집정관은 모르고, 우리집 포도주는 단지에 담아놓지 않았지만, 담은 지 오래되었으므로, 병당 10칼린[156]을 받습니다." 라고 여관 주인이 대답했다.

날이 저물고 밤이 찾아 왔는데, 한 눈에 보기에도 런던의 한낮보다

154 알프레드 뮈세의 연극 『군밤』에 등장하는 호텔의 주인 이름.

155 무나티우스 플란쿠스(기원전 87-기원전 15)는 시저의 지배 아래 있던 골 지방(현재의 프랑스)의 집정관이었다.

156 옛 나폴리왕국의 화폐.

더 고요하고 투명하고 청명한 밤이었다. 대지는 쪽빛으로 물들었고, 하늘은 형용하기 어려우리만치 포근한 은빛으로 반사되었다. 대기는 너무도 고요하여, 테이블에 켜놓은 촛불조차 미동도 하지 않았다.

플루트를 부는 소년이 테이블 쪽으로 다가와 멈춰 섰다. 그리고 얕은 돋을새김한 자세로 우리 세 사람을 똑바로 쳐다보면서, 부드럽게 가락진 소리로 단조로 된 중세 대중가요를 연주했는데, 그것은 심금을 울리도록 매혹적이었다.

아마도 이 소년은 집정관 두울리우스[157]보다 먼저 태어난 플루트연주가의 직계 후손일 것이다.

“우리의 저녁식사는 아주 고대식으로 꾸려졌는데, 카딕스 출신의 무녀와 송악덩굴로 만든 화관이 없을 뿐이구나.” 라고 하면서, 파비오가 팔레르노 포도주를 한잔 가득 부었다.

“신문 ‘대바’에 실린 연재소설처럼 라틴인용문을 외우고 싶은 욕구가 불끈 불끈 솟구쳐. 서정단시의 시구들이 기억나는구먼.”라고 막스가 거들었다.

“자네를 위해서 참게나. 식탁에서 라틴어같이 소화에 방해가 되는 것은 아무것도 없거든.”이라고 곧바로 눈치 챈 옥타비엥과 파비오가 큰소리로 말렸다.

입에 시거를 물고 테이블에 팔을 괜 채, 특히 포도주가 독할 경우, 제법 많은 빈 병을 쳐다보면서 나누는 젊은 사람들 간의 대화는 자연스레 여자에 관한 화제로 넘어갔다. 제각기 자신의 생각을 말했는데, 그것을 요약하자면 대충 이렇다.

파비오는 아름다운 것과 젊음만을 중시했다. 그는 관능적이고 능

157 카르타고와 해전에서 승리한 로마 집정관 (기원전 261).

동적이라서 환상에 기대하지 않았으며, 사랑에 어떤 편견도 가지고 있지 않았다. 아름답기만 하다면, 그는 공작부인만큼이나 촌년도 좋았다. 옷보다 육체가 훨씬 그를 감동시켰다. 그는 몇 미터의 비단과 레이스를 걸친 것 때문에 사랑에 빠지는 어떤 친구들을 엄청 비웃었고, 차라리 신제품 진열대에 반하는 것이 훨씬 논리적일 것이라고 말했다. 결국 아주 이성적이고도 숨김없는 이 의견이 그를 기이한 사람처럼 보이게 했다.

파비오보다 덜 예술가 기질인 막스는 접근하기 어려운 것과 복잡하게 얽히는 것만을 좋아했다. 그는 굴복시킬 옹고집과 유혹할 정절을 찾아다녔고, 사랑을 오랫동안 노린 일격, 서스펜스 효과, 기습적인 것, 그리고 폴리비우스[158]에 버금가는 전략 등을 동원한 장기시합처럼 이끌었다. 사교장에서 자신에게 가장 호감을 보이지 않는 것 같은 여자를 그는 공격목표로 골랐다. 능란한 이야기로 그녀를 사랑에 대한 거부감으로부터 되돌려놓을 때, 그는 달콤한 기쁨을 만끽했다. 그를 밀어내는 영혼에게 강한 인상을 심어주는 것, 그의 지배력에 반발하는 의지를 꺾어놓는 것, 그것들이 그에게는 승리 중에서도 가장 달콤했다. 대부분은 먹으려 조차 하지 않을 하찮은 사냥감을 위해, 비와 햇빛과 눈을 무릅쓰고 들과 숲과 평야를 마다하지 않고 달려가는 일부 사냥꾼들처럼, 막스는 사냥감이 정해지면 더 이상 망설이지 않고 즉각 찾아 나섰다.

옥타비엥으로서는 현실 자체에는 거의 매혹되지 않는다고 고백했다. 그것은 그가 드무스티에[159]의 짧은 서정시처럼 백합과 장미로 빚어

158 그리스의 역사학자(기원전 약 200-기원전 118).

159 샤를-알베르 드무스티에(1760-1801)는 『신화에 관해서 에밀리에게 보내는 편지』의 저자이다.

놓은 중학생의 꿈을 꿔서가 아니라, 모든 아름다움 주변에는 진부하고 싫증나게 하는 사소한 것들이 너무 많이 있어서 그랬다. 너무 많은 허튼소리를 지껄이고 겉치레를 하는 아버지들. 가발에 생화를 꽂은 너무 많이 교태부리는 어머니들. 사랑의 고백에 골몰하는 홍조를 띤 사촌들. 작은 애완용 개들에게 빠진 우스꽝스런 숙모들. 그에게서 생겨나는 정열을 붙들어 매기에는 한 여인의 방에 걸린, 오라스 베르네 혹은 들라로쉬[160] 기법의 아콰틴트 판화[161] 한 장이면 충분했다. 연애가라기보다는 더욱 시인기질에 가까운 그는 만남의 장소로 밝은 달빛 아래 마조레 호수의 이졸라-벨라[162]의 테라스를 원했다. 그는 자신의 사랑을 평범한 삶의 한가운데서부터 끌어내었으면 싶었고, 그 사랑의 무대를 별들 사이에 옮겨놓았으면 싶었다. 그런 만큼 그는 예술 혹은 역사에 기록된 모든 위대한 여성들에게 차례차례 불가능한 열정으로 빠져들었던 것이다. 파우스트[163]처럼 그는 헬렌을 사랑했었고, 그는 인간의 욕망과 꿈이 빚어낸 이 숭고한 아바타들 중의 하나가 세월의 물결을 헤치고 그에게까지 도달했으면 싶었는데, 그런 이상형은 보통사람 눈에는 보이지 않지만 시공 속에는 언제나 존속하고 있으니까. 그는 세미라미스, 아스파시아, 클레오파트라, 디안 드 푸아티에, 잔 다르공[164]을 데리고 더할 나위없는 하렘을 꾸렸었다. 이따금 그는 또 조각

---

160 오라스 베르네(1789-1863)와 폴 들라로쉬(1797-1856)는 프랑스의 화가이고, 후자는 전자의 사위임.

161 부식요판(腐蝕凹版) 기법의 판화.

162 (역주) 이탈리아 북부에서 스위스에 걸쳐 있는 호수. 그 호수에 있는 작은 섬들 가운데 가장 아름다운 곳. 용궁을 닮은 궁전과 야외극장으로 유명함.

163 동일한 제목의 괴테의 극작품에 나오는 주인공. 파우스트가 만나는 헬렌은 고대 트로이 전쟁의 원인이 되었던 그 헬렌임.

164 세미라미스는 고대 아시리아와 바빌로니아의 전설적 여왕으로 바빌론 성과 공중정원의 건설로 유명함. 아스파시아는 고대 그리스의 장군 페리클레스의 애인으로

(彫刻)들을 좋아했고, 한 날은 박물관에서 밀로의 비너스상 앞을 지나가다가 소리쳤다.

"오 너의 대리석 가슴으로 나를 으스러지게 안도록 누가 너의 팔을 도로 붙여줄 것인가!"

로마에서 고대 무덤에서 발굴된 두껍게 땋은 머리를 보고 그는 이상한 희열에 빠진 적이 있었다. 그는 비싼 돈으로 경비원을 유혹하여 얻은 두세 가닥의 머리카락을 대단한 영험을 가진 몽유병자에게 주어서, 이 죽은 여자의 혼령과 형태를 불러내려고 했었다. 그러나 그 유도정기(誘導精氣)가 하도 오랜 세월 전에 증발해버려서, 그녀는 영원한 밤으로부터 빠져나올 수가 없었다.

스투디 박물관의 진열창 앞에서 파비오가 예견했듯이, 아리우스 디오메데스 빌라 지하실에서 발굴된 주물자국이 옥타비엥에게 회고적(回顧的) 이상형에 대한 이상야릇한 충동을 유발했다. 그는 시간과 생명을 이탈하여 티투스 황제[165] 시대에 자신의 영혼을 겹치려고 했다.

막스와 파비오가 자기들 침실로 들어가자, 그들은 쉽게 취기가 오르는 팔레르노 전통포도주에 머리가 무거워 바로 잠에 곯아떨어졌다. 자신의 뇌리를 휘감고 도는 시적 도취를 싸구려 취기로 흐려지는 것이 싫어서, 자신의 잔에 별로 손을 대지 않았던 옥타비엥은 신경이 예민해져서 잠이 오지 않았다. 그래서 그는 느릿느릿 여관을 나서서 밤공기로 머리를 식히고 상념을 누그러뜨렸다.

자신이 의식하지도 못한 채, 그의 발걸음이 그를 죽은 도시로 들어

빼어난 미모로 유명. 디안 드 푸아티에(1499-1566)는 프랑스 왕 앙리 2세의 애첩. 잔 다라공(1500-1577)은 시칠리아의 공주로 빼어난 미모로 인해 시인과 화가들에게 많은 영감을 주었다.

165 베수비오화산 폭발 당시의 로마황제(39-81).

가는 입구로 그를 데려갔고, 그는 입구를 가로막고 있는 나무기둥을 치우고, 잔해더미 사이로 아무렇게나 들어갔다.

달은 창백한 집들을 허연빛으로 밝히며, 길을 은빛과 푸른 그림자 두 갈래로 나누었다. 이런 밤이 건물들이 허물어진 상태를 교묘한 색조로 감춰주었다. 비뚤어진 기둥, 금이 간 정면, 화산폭발로 무너진 지붕들이 대낮의 환한 빛 아래와 같이 분간되지 않았다. 없어진 부분은 반농담(半濃淡)으로 보완되었고, 느닷없이 비치는 한 줄기 빛이 마치 그림의 스케치에서 감정의 터치처럼 무너진 것 전체를 가리켰다. 밤의 말없는 정령들이 환상적 삶을 일부 재현하기 위해 화석화된 도시를 수리하는 것 같았다. 어떤 때는 옥타비엥이 그늘 속에서 희미한 사람형체가 슬며시 빠져나오는 것을 본 것 같기도 했다. 그러나 그 형체는 밝은 지대에 도착하자마자 곧 증발해버렸다. 둔탁한 수군거림, 알 수 없는 웅성거림이 침묵 속에 흘러 다녔다. 우리의 산책자는 우선 그것들을 눈의 어떤 착시에다, 귀의 이명(耳鳴)에다 돌렸다. 그것은 또한 시각효과와 부드러운 바닷바람의 속삭임, 혹은 쐐기풀 사이로 달아나는 도마뱀이나 꽃뱀일 수도 있었는데, 왜냐하면 모든 것이 자연 속에, 죽음 속에 조차도 살고, 모든 소리는 침묵 속에 조차 살고 있기 때문이다. 하지만 그는 밤의 찬 공기가 그의 피부를 떨게 했어 일어났을지 모를 가벼운 전율인 일종의 무의식적 고통을 느꼈다. 그는 두세 번 뒤를 돌아다보았다. 그는 아까 황량한 도시에서처럼 혼자라는 느낌이 들지 않았다. 그의 동료들도 그와 같은 생각을 가졌으며, 그들이 이 폐허 가운데 그를 찾고 있었을까? 얼핏 본 이 형체, 이 들릴 듯 말 듯한 발자국 소리는 사거리 모퉁이로 사라진 막스와 파비오가 걷고 이야기하면서 내는 소리였던가? 이 자연스런 설명이 사실이 아님을 옥타비엥은 혼란스러운 가운데 알았고, 그 위에 덧붙여 따로 해본 추론도 그를 설득시키지 못했다. 고독과 어두운 그늘에는 그가 성가시게 하는 보이지 않은 존재들로 차있었다. 그는 종잡을 수 없는 상태에 빠졌고, 그가 뭔가 시작하기를 기다리는 것 같았다. 그런 것이 그의 뇌리를 스쳐지나가는 괴상한 생각이었고, 밤중에 어떤 거대한 폐허 가운데 있어본 사람이라면 이해할 시간과 장소, 그리고 불안한 수많은 사소한 것들을 진짜같이 받아들이는 괴상한 생각이었다.

그가 낮에 알아두었던, 달이 가득 비치는 집 앞을 지나가다가, 그가 제 위치에 다시 세우고 싶어 했었던 주랑(柱廊)이 완벽한 상태로 서 있는 것을 보았다. 중간 높이까지 홈들이 패인 도리아식 기둥 네 개였고, 붉은 천처럼 산화연 색깔로 감긴 밑동이 울긋불긋한 장식으로 채색된 처마를 받치고 있었는데, 장식가가 그것을 어제 완성한 것 같아 보였다. 문의 내측벽에는 납화법(蠟畵法)으로 그려진 라코니아 지방[166]의 몰로스 개가 '개조심 Cave canem'이라는 의례용 서체를 동반한 채, 달을 향해, 그리고 방문객에게 짐짓 난폭하게 짖고 있었다. 모자이크 문양의 문턱에는 오스크[167] 문자와 라틴어로 쓴 '안녕 Ave'이라는 단어가 사냥한 발음으로 손님들에게 인사했다. 붉은 색과 오크색의 외벽에는 금간 곳 하나 없었다. 집은 일층 높이로 서있었고, 청동 아크로테리언[168]으로 요철된 기와지붕은 몇몇 별들이 빛을 잃어가는 연푸른 하늘에 완벽한 모습을 드러내고 있었다.

한 익명의 건축가가 오후나절부터 저녁에 걸쳐 이룩한 이 이상한 복원(復元) 앞에서 안타까운 폐허상태 바로 그날 이 집을 목격했다고 확신하는 옥타비엥은 적잖이 괴로워했다. 그 신비로운 수리공은 이웃

166 그리스 펠로폰네소스 남부 고대 스파르타에 해당하는 지방. 사나운 개로 유명한 지역.

167 고대 이탈리아 중남부 나폴리 지방에 거주하던 부족.

168 건물 꼭대기나 정면 위쪽 양단에 조각 따위를 얹기 위한 좌대.

의 주거지들이 바로 최근의 새 모습으로 단장할 정도로 정말 빨리도 일했다. 기둥들은 전부 머리를 갖추고 있었고, 돌 하나, 벽돌 하나, 마감회칠 하나, 페인트 자국 하나도 건물 정면의 반들거리는 벽에 모자람이 없었고, 건물전면의 열주들 틈으로 안마당의 대리석 연못 주위로 붉고 흰 월개수, 도금양, 석류나무들이 보였다. 역사학자들은 모두 착각했다. 화산폭발은 일어나지 않았거나, 그렇지 않다면 영원이라는 문자판 위의 시계바늘이 20세기 전으로 물러나있었다.

극도로 놀란 옥타비엥은 자신이 서서 자면서 꿈속에서 걷고 있는 것은 아닌지 스스로 물어보기에 이르렀다. 그는 자신 앞에서 광기(狂氣)가 환각놀음을 하는 것은 아닌지 알아보려고 심각하게 자문해보았다. 그러나 자신이 잠자지도 미치지도 않았다는 것을 인정할 수밖에 없었다. 공중에 희한한 변화가 일어났다. 보라색이 퇴색되면서 희미한 장밋빛 색조가 푸른 달빛에 섞였다. 하늘 가장자리가 밝아지고 있었다. 날이 새는 것 같았다. 옥타비엥은 자신의 시계를 꺼냈다. 자정을 가리키고 있었다. 그는 시계가 가지 않는 지 염려스러워, 반복 작동하는 용수철을 눌렀다. 종소리가 열두 번을 울었다. 분명히 자정이었다. 하지만 빛은 점점 환해졌고, 달은 점점 밝아지는 창공 속에 녹아들었다. 해가 떠올랐다.

그래서 옥타비엥은 모든 시간관념이 뒤죽박죽이 된 채, 자신의 수의자락을 반쯤 걷어낸 시가지의 싸늘한 시체인 죽은 폼페이가 아니라, 베수비오 화산의 끓어오르는 진흙급류가 흘러내리지 않았던 살아있는, 젊고 다치지 않은 폼페이를 산보하고 있다고 확신할 수 있었다.

상상할 수 없는 기적이 19세기 프랑스사람인 그를 머릿속에서가 아니라 실제로 티투스 시대로 데려갔거나, 과거 저 밑바닥으로부터 파괴된 도시를 사라진 주민들과 함께 그에게로 되돌아오게 했다. 왜냐하면 고대복장을 한 한 사람이 옆집에서 막 나오고 있었기 때문이었다.

이 사람은 짧은 머리에 면도를 하고, 무릎까지 내려오는 갈색 속옷에 회색 망토를 걸치고 있었는데, 그 망토 끝단은 걷는데 방해가 되지 않게 접어 올려져있었다. 그는 거의 달리듯이 빠른 걸음으로 나와서, 옥타비엥을 보지 않고 옆으로 지나쳤다. 에스파르트[169] 바구니가 그의 팔에 들려있었고, 그는 눈디나리움 광장[170]으로 향하고 있었다. 그는 시장에 가는 아무개 다부스라는 노예가 틀림없었다.

바퀴 굴러가는 소리가 들렸고, 채소를 실은 흰 황소가 끄는 고대 마차가 길을 가고 있었다. 짐칸 옆에 햇볕에 그을린 종아리를 드러낸 채 샌들을 신고, 일종의 헐렁한 천으로 된 윗도리에 허리띠를 두른 목동이 걸어갔다. 목에 걸린 턱끈에 매달린 뿔 같은 밀짚모자가 등 뒤로 젖혀져 있어서, 오늘날 알 수 없는 형태의 그의 머리를 볼 수 있었는데, 단단한 혹으로 덮인 아래 이마, 까만 고수머리, 오뚝한 코, 몰고 가는 황소 눈처럼 태연한 눈, 시골 역사(力士) 같은 목덜미를 하고 있었다. 그는 회초리로 자기 짐승들을 세차게 내리쳤는데, 그 동상 같은 자세는 화가 앵그르를 황홀하게 할 지경이었다.

목동이 옥타비엥을 알아보고는 놀라는 것 같았지만, 그는 가던 길을 계속 갔다. 그는 한 번 뒤돌아보았는데, 그로서는 아마 이 이상한 인물 모습에 설명할 거리를 찾지 못하고서, 촌뜨기의 평온한 듯 당황스런 표정 속에 훨씬 꾀바른 사람들에게 아리송한 말을 흘렸다.

캄파닐라 지방의 농부들도 나타나서, 포도주 가죽부대를 실은 나귀들을 그들 앞으로 밀면서 청동방울을 뎅그렁거리게 했다. 그들의 용모는 메달과 동전이 다르듯이, 오늘날 농부들과 달랐다.

---

169 북아프리카, 스페인 등에서 자라는 질긴 풀로 바구니, 광주리 등을 짜는데 이용된다.

170 로마시대 시장이 열리는 장소.

그 도시는 투시화 그림의 한 장면처럼 점차적으로 사람들로 들어찼다. 우선 황량하다가, 조명이 바뀌면서 그때까지 보이지 않던 인물들이 활기차게 움직였다.

옥타비엥이 느낀 감정의 성질이 달라졌다. 조금 전 밤의 변화무쌍한 그늘 속에서, 이성으로서는 설명할 수 없는 불안하고 환상적인 상황 가운데 그는 가장 용감한 사람도 태연하게 있지 못할 어떤 거북함에 사로잡혀 있었다. 그의 막연한 공포는 심각한 전율로 변했다. 그는 그들을 뚜렷하게 지각했으므로 자신이 감각한 증거물에 대해 의심할 수 없었지만, 그가 본 것은 그야말로 믿기 힘들었다. 여전히 잘 납득이 되지 않아서, 그는 실제로 아주 세밀한 부분을 확인함으로써 자신이 환각의 노리개가 아니라는 것을 입증하려했다.

자신의 눈앞에 줄지어 지나간 것은 환영이 아니었다. 왜냐하면 그들을 비추는 강렬한 햇살은 돌이킬 수 없는 현실이었으며, 아침나절의 길게 늘어진 그들의 그림자가 길과 벽에 투영되기 때문이었다.

자신에게 일어난 것을 전혀 이해하지 못했지만, 옥타비엥은 내심 자신의 가장 소중한 꿈이 실현된 것을 보고 어쩔 줄 몰라, 더 이상 자신이 하는 모험을 거부하지 않았으며, 이해하려고 고집부리지도 않고 이 경이로움에 몸을 맡겼다. 그는 혼자 말하기를, 어떤 신비로운 힘 덕택에 한 사라진 세기 속 몇 시간을 체험하게 되었기 때문에, 이해할 수 없는 문제를 해결하느라 시간을 허비하지 않으리라고, 또 그에게는 너무나 오래되었으면서도 새로운 이 광경을 이리저리 보면서 용감하게 길을 계속 갈 거라고. 그러나 그는 폼페이 생활의 어떤 시절로 이동해왔는가? 벽에 새겨진 시청의 공고에서 그는 유명 인사들의 이름을 통해 티투스 황제치하의 초기에 있음을 알았다. 말하자면, 서기 79년에.

불현듯 어떤 생각이 옥타비엥의 뇌리를 스쳐갔다. 그녀를 죽게 한 베수비오 화산의 폭발이 같은 해 8월 24일에 일어났을 것이므로, 나폴리 박물관에서 그가 감탄해마지않았던 주물(鑄物)의 여자가 살고 있을 터였다. 그러므로 그는 그녀를 다시 찾아서 보고 말할 수 있을 터...... 신성한 윤곽 위에 주조된 이 화산재를 보고 그가 느낀 미친 듯한 욕망이 아마도 충족될 것이었다. 시간을 뒷걸음질 치게 해서 영겁의 모래시계에 같은 시간을 두 번 지나가게 한 힘을 가진 사랑에 아무것도 불가능하지 않을 것이었으니.

옥타비엥이 이런 생각에 잠겨있는 동안, 아름다운 젊은 처녀들이 머리에 균형 있게 인 항아리들을 손끝으로 받치면서 우물가로 모여들었다. 붉은 띠를 댄 흰 토가[171]를 입은 귀족들은 그들의 피보호자 평민들을 대동하고 광장을 향해 갔다. 예외 없이 조각하고 색칠한 간판으로 표시된 상점 주위로 물건사려는 사람들이 몰려들었는데, 상점의 작은 모양새나 형태로 보아 알제[172]의 무어양식의 상점들을 연상시켰다. 거의 모든 이 구멍가게들 위에는 채색된 구운흙으로 만든 당당한 남자성기와 "*여기 행복이 머문다*[173]. "라는 문구가 불길한 눈초리에 대한 미신적인 우려를 증언해주고 있었다. 옥타비엥 조차 한 부적(符籍) 상점을 눈여겨보았는데, 그 진열대에는 소뿔과 두 갈래진 산호가지, 금으로 된 작은 프리아포스[174]들이 있었다. 그것들은 불길한 눈초리[175]

---

171 (역주) 로마시민들이 입었던 법복처럼 생긴 헐렁한 의복.

172 (역주) 북아프리카 알제리의 수도.

173 (역주) 라틴어 원문 : "*hic habitat felicitas.*"

174 (역주) 그리스 신화에 나오는 풍요와 성욕으로 상징되는 신으로 거대한 남근을 가진 인물로 묘사된다.

175 (역주) 나폴리 지방의 토속신앙으로 어떤 불길한 눈빛을 가진 사람이 자신의 시선과 마주치는 타인에게 불운을 끼친다는 믿음으로 '제따뚜라 jettatura'라고 한다. 그

로부터 보호받기 위한 것으로 오늘날 나폴리에서도 구할 수 있는 것들로, 미신이란 종교보다 더 오래가는 것 같았다.

폼페이의 길마다 갖춰져 있어서, 그 발명품의 편리함을 영국 사람들로부터 도로 뺏어온 보행로를 따라가면서 옥타비엥은 자기 나이와 비슷한 한 젊은 남자와 마주하게 되었는데, 그 사람은 사프란 색깔의 긴 속옷을 입고, 캐시미어같이 부드러운 섬세한 하얀 모직 코트를 두르고 있었다. 흉측한 현대식 모자를 쓰고 더러운 검은 프록코트에 꽉 조인 채, 다리는 바지 속에 갇히고, 발은 번들거리는 긴 가죽구두에 꽉 끼인 옥타비엥을 보고 그 젊은 폼페이 사람은 놀라는 같았는데, 그것은 깃털장식과 곰 발톱 목걸이, 바로크식 문신을 한 북아메리카 인디언이나 브라질의 인디언이 파리의 강(Gand) 대로(大路)에서 우리를 놀라게 하는 것과 같았다. 하지만 그는 교육을 잘 받은 젊은이라서, 옥타비엥의 면전에서 웃음을 터뜨리지 않았으며, 이 그리스-로마 도시에서 길 잃고 헤매는 이 가련한 야만인을 측은하게 여겨서 부드럽고도 힘찬 목소리로 그에게 인사를 건넸다.

"*이방인, 안녕*[176]."

아주 강력하고 엄숙한 성스런 황제 티투스 치하의 한 폼페이 주민이 라틴어로 표현하는 것만큼 더 자연스런 것은 없었지만, 옥타비엥은 이 죽은 언어를 산자의 입으로부터 듣고는 몸을 떨었다. 그러니까 그는 그 과목에 아주 강하여, 가장 우수한 고교생들이 참여하는 경시대회에서 상을 휩쓸어 스스로 대견스러워 하던 참이었다. 대학에서 배운 라틴어를 이 유일한 기회에 그가 써먹게 되었는데, 그는 수업시간의 추억을 상기하면서 그 폼페이 사람의 인사에 자신이 사용하던

런 눈길의 불길한 기운을 막기 위해 여러 부적들이 이용된다.

176 (역주) 라틴어 원문 : "*Advena salve.*"

교본의 문체대로 대답했다. 그 대답이 그럴 듯하게 똑똑해 보였지만, 파리사람의 억양이라 그 사람의 웃음을 자아내었다.

그 폼페이 사람이 말했다.

"그리스말을 하는 것이 너에게 더 쉬울 것 같구나. 나도 그 언어를 알아. 아테네에서 공부했거든."

옥타비엥이 대답했다.

"나는 라틴어보다 그리스어를 더 잘 몰라. 나는 골[177]사람들이 사는 나라의 파리, 즉 루테스[178] 출신이거든."

"그 나라를 알지. 내 선조가 위대한 줄리어스 시저 치하 아래 골에서 전쟁을 했거든. 그런데 네가 걸친 그 이상한 옷은 뭐지? 내가 로마에서 본 골 사람들은 그렇게 입고 다니지 않았어."

옥타비엥은 줄리어스 시저가 골을 정복한 이후 20세기가 흘러갔으며, 유행이 변했을 수 있다고 젊은 폼페이사람에게 이해시키려고 했다. 그러나 그는 그 부근에서 자신의 라틴어 실력이 모자랐는데, 사실로 말하자면 그런 것은 별 문제가 아니었다.

그 젊은 사람이 말했다.

"내 이름은 루푸스 홀코니우스이고 언제든지 내 집에 와도 좋아. 주막의 자유분방함을 더 좋아하지 않는다면, 아우구스투스 펠릭스 시장 문 가까이 있는 알비누스 여관과 두 번째 탑 가까이 있는, 푸블리우스 아들인 사리누스가 경영하는 호텔이 편해. 그런데 원한다면, 네가 모르는 이 도시의 안내자가 돼 줄 수 있지. 현재 재임하고 있는 티투스 황제가 이천년 전에 죽었다고 주장하면서, 또 천박한 신앙자들이 송진을 바른 채 네로의 정원을 밝힐 때, 그들 중 나사렛 예수 홀로

177 (역주) 로마제국 때 프랑스를 부르는 말, 그리고 그 사람들을 '골루와'라 하였음.

178 (역주) 파리의 옛 이름.

위대한 신들이 쓰러진 황량한 하늘에 주인으로 군림한다고 주장하면서 나의 의심을 사지 않으려고 열심히 연기하려든다 해도 나는 네가 좋아, 젊은 야만인."

길모퉁이에 쓰인 붉은 공고판에 눈길을 주면서 그가 덧붙였다.

"폴루데우케스가 주연(主演)으로! 마침 잘 왔어. 최근에 다시 무대에 올린 플라우투스[179]의 『카시나』 공연이 있거든. 그것은 네가 좋아할 흥미롭고도 웃기는 희극인데, 너는 그 중에 팬터마임만 이해할 거야. 나를 따라와. 곧 시작해. 초대 손님과 외국인 좌석에 네 자리를 마련해 줄께."

그리고 루푸스 홀코니우스는 낮 동안 세 친구들이 방문했던 작은 희극극장 쪽으로 갔다.

프랑스 사람과 폼페이 시민은 '풍요의 분수로'와 '극장로'로 접어들었고, 중학교와 이시스 신전, 조각 작업장을 따라 걸었고, 측면 통로를 통해 오데옹[180] 혹은 희극극장에 들어갔다. 홀코니우스의 추천 덕분에, 옥타비엥은 우리의 무대전면 특별석에 해당하는 자리인 돌출좌석 가까이 자리를 잡았다. 환영하는 듯하며 호기심 어린 시선이 일제히 자신에게로 모아졌고, 나지막하게 속삭이는 소리가 원형극장 안에 퍼졌다.

아직 공연이 시작되지 않았다. 옥타비엥은 그 순간을 이용해 실내를 훑어보았다. 양 측면의 끝이 베수비오 용암으로 조각된 사자의 멋들어진 발에 의해 마무리 된 반원의 계단식 좌석은 우리의 일층 뒷자리에 해당되었다. 하지만 그것은 훨씬 협소하고 그리스 대리석이 모

179 (역주) 라틴 희극 작가(기원전 254-기원전 184). 『카시나』는 그의 작품이다.

180 (역주) 고대 그리스 로마시대의 음악당이나 극장을 가리킴. 오늘날 파리에 있는 제2국립극장도 같은 이름을 사용함.

자이크로 깔린 빈 공간에서부터 넓게 뻗어나갔다. 더욱 넓은 계단식 좌석 하나가 간격을 두고 뚜렷한 영역을 형성했는데, 통로에 해당하고 원형극장의 바닥에서부터 정상으로 올라가는 네 개의 계단이 아래보다 위쪽이 더 넓은 다섯 개의 구석으로 그것을 나누고 있었다. 관객들은 작은 상아판으로 된 공연표를 가지고 있었는데, 거기에는 연극제목과 작가의 이름과 함께 입장순서, 열, 구석, 계단 등이 표시되어 있어서, 쉽게 그들의 좌석을 찾을 수 있었다. 법관들, 귀족들, 기혼자들, 젊은이들, 청동투구를 번득이는 군인들이 따로 나눠 줄을 차지했다. 이 아름다운 긴 옷과 잘 재단된 흰 망토들이 첫줄의 계단을 차지하고 있는데, 그 위에 앉은 여자들의 다양한 장식물들과, 상단 벤치에 물러나 앉은 일반사람들이 두른 소매 없는 회색 망토와 대조를 이루는 모습이 멋진 광경을 연출했다. 일반사람들의 벤치 가까이 지붕을 지탱하고 있는 기둥이 있고, 그 틈새로 판아테나이아제(祭) 행렬의 배경을 이루는 쪽빛 들판처럼 짙푸른 하늘이 보였다. 사프란 향내 나는 가느다란 물방울 비가 보일락 말락 한 방울로 무대천장의 현수막에서 떨어졌고, 그것으로 시원해진 공기를 향기롭게 물들였다. 옥타비엥은 고문장소로 여길 수 있을 정도로 몹시 불결한 우리 극장의 공기 썩는, 내뿜는 악취를 생각했고, 그래서 문명이 별로 발전하지 못했다는 것을 목격했다.

가로 기둥에 매달린 커튼이 오케스트라[181] 깊숙이 드리워져 있었고, 악단들이 연주단에 자리를 잡았고, 연극을 소개하는 인물(프롤로그)이 괴상망측하게 차려입고, 머리에는 투구같이 생긴 변형된 마스크를 쓰고 나타났다.

181 고대 그리스 극장의 무대와 객석 사이의 합창단과 무용단을 위한 공간.

프롤로그가 관객에게 인사하고 박수를 이끌어 낸 뒤, 우스꽝스런 연설을 시작했다.

"오래된 연극은 세월과 더불어 숙성되는 포도주와 같으며, 늙은 사람들이 좋아하는『카시나』가 젊은 사람들에게도 재미가 덜 하지 않을 것이오. 모두가 그것을 재미있어 할 테지요. 한 쪽은 그것을 알기 때문에, 다른 한 쪽은 그것을 모르기 때문에 그렇겠죠. 게다가 이 연극은 정성껏 다시 손봤으니, 모든 근심을 비우고 빚진 것에 대해서도, 채권자에 대해서도 생각하지들 말고 즐기세요. 왜냐하면 극장에서는 체포하지 않으니까요. 오늘은 좋은 날, 날씨가 좋아서 평화를 알리는 바닷새[182]들이 광장 위를 날고 있도다."

이어서 그는 배우들이 곧 공연할 희극을 분석했는데, 옛사람들이 극장에서 누렸던 즐거움 중에는 별것 아닌 걸로도 깜짝 사건이 일어난다는 사실을 세세하게 설명을 했다. 자신의 예쁜 노예 카시나를 사랑하는 늙은이 스탈리노가 어떻게 그녀를 자신의 소작인인 올림피오와 결혼시켜서, 결혼식 날 밤 자신과 신부의 부정(不貞)을 눈감아주는 그 신랑과 서로 자리를 바꾸려하는 지에 대해 이야기 했고, 또 스탈리노의 아내 리코스트라타가 악덕한 남편의 색욕을 거부하기 위해, 카시나를 마부 샬리누스와 어떻게 결합시켜주려는지, 그것은 자신의 아들의 사랑을 유리하게 할 생각으로 그런다는 것에 대해 이야기 했고, 마지막으로 속은 스탈리노가 변장한 한 젊은 노예를 카시나로 착각하는 과정에 대해, 거기서 카시나는 자유와 귀족신분을 되찾은 후 그녀가 좋아하고 사랑받는 젊은 주인과 결혼하는 과정에 대해 이야기 했다.

---

182 (역주) 그리스 신화에 나오는 바닷새 알키오네를 말함. 제우스신은 이 새가 바다 위에 떠있는 둥지에 알을 까도록 둥지 전후 2주간 풍랑을 잠재운다고 한다. 그래서 바다가 잠잠한 날을 알키오네의 날이라 한다.

프랑스 젊은이는 배우들이 무대에서 입 부분이 청동으로 된 가면을 쓰고 열심히 연기하는 것을 재미있게 쳐다보았다. 노예들이 열성을 보이는 척 하려고 이리저리 뛰어다녔다. 늙은이는 머리를 끄덕거리고 떨리는 손을 내밀었다. 부인마님은 큰 목소리, 무뚝뚝하고 거만스런 표정으로 갖은 무게를 다 잡았고, 객석이 아주 유쾌하도록 남편과 싸움을 벌였다. 이 배우들은 모두 배경벽에 난, 배우실과 통하는 문세 곳으로 들락거렸다. 스탈리노의 집은 무대 구석에 있었고, 그의 오랜 친구 알세시무스의 집은 마주보고 있었다. 비록 아주 잘 그려졌지만, 무대장식은 고대연극의 희미한 무대 뒤처럼, 장소 그 자체라기보다 어떤 장소를 나타내는 데 불과했다.

가짜 카시나를 모셔오는 결혼식이 무대에 오르자, 호메로스가 신들에게 부여했던 것처럼 원형극장의 객석은 터져 나온 웃음소리로 떠나갈 것 같았고, 우뢰와 같은 박수소리가 극장전체에 메아리로 울려퍼졌다. 그러나 옥타비엥은 이제 듣지 않았고, 쳐다보지도 않았다.

그는 여자들의 객석에 앉아 있는 기막히게 잘 생긴 한 여성을 막 발견했던 것이다. 그 순간부터 그의 시선을 끌었던 매혹적인 얼굴들이 보름달 앞에 별들같이 희미해져갔다. 모든 것이 몽상이기라도 하듯 증발하고 사라졌다. 사람들로 북적대던 층계가 안개로 흐려갔고, 배우들의 외침소리는 아득한 곳으로 멀어지는 것 같았다.

그는 전기충격 같은 것을 가슴에 느꼈고, 그 여자의 시선이 자신에게로 향했을 때 그의 가슴에서 불꽃이 일어나는 것 같았다.

그녀의 머리는 갈색이었고 안색은 창백했다. 어두운 밤처럼 검고 물결치는 고수머리는 그리스식의 관자놀이를 향해 가볍게 들떠있었고, 그녀의 얼굴에 드러나는 슬픈 듯한 관능성과 권태로운 열정이 이루 형용할 수 없을 정도로 묻어나는 어두우면서도 부드러운 눈이 촉촉하게 빛났다. 가장자리가 활처럼 휘어진 그녀의 입은 불타는 듯한 자줏빛의 생생한 격정으로 인하여 태연한 안면의 하얀색과 대조를 이루었다. 그녀의 목덜미는 이제 조각에서나 볼 수밖에 없는 순수한 곡선미를 드러내었다. 그녀의 팔은 어깨까지 드러났고, 오만한 가슴의 돌출부로부터 주홍 장밋빛 긴 옷을 들어 올리며 주름 두 줄이 흘려 내렸는데, 고대 그리스 조각가 피디아스[183]나 클레오메네스[184]의 대리석에서 발굴한 것이라고 믿을 정도였다.

완벽한 윤곽에다 너무나 다소곳하게 봉긋한 유방을 보고 옥타비엥은 자석에 끌린 듯이 동요되었다. 이 도톰한 볼륨이 그에게는 자태가 나폴리 박물관에 움푹 팬 자국과 너무나 완벽하게 일치하는 것 같았고, 그 찍힌 자국이 그를 너무나 열렬한 몽상 속에 잠기게 하지 않았던가. 그리고 이 여자가 분명 아리우스 디오메데스 빌라에서 베수비오의 화산재에 뒤덮여버린 바로 그 여자라고 자신의 마음 깊은데서 어떤 목소리가 외쳤다. 무슨 기적이 일어났기에 이 여자가 살아서 플라우투스의『카시나』공연을 관람하는 것을 그가 보고 있단 말인가. 그는 그것을 설명하려 들지 않았다. 더구나 그 자신은 또 어떻게 거기 있게 되었는가? 사람들이 꿈속에서 오래전에 죽었지만 산 사람처럼 행동하는 자들이 개입하는 것을 인정하듯이, 그는 그녀가 나타난 것을 받아들였다. 게다가 자신의 감동 상태로 보아 그는 어떤 이성적 판단도 가능하지 않았다. 그에게 시간의 바퀴는 본래의 궤적을 이탈해 버렸으며, 자신이 쟁취하고 말겠다는 욕망이 흘러간 시대들 가운데 자기 자리를 선택해버린 걸! 그는 가장 실현할 수 없는 것 중 하나인 자신의 몽상, 즉 한 회고적(回顧的) 몽상과 마주하고 있었다. 그의

183 파르테논 신전의 아테나 여신을 조각한 아테네의 조각가(기원전 490-기원전 430).

184 메디치 가문의 비너스를 조각했다고 알려지는 아테네의 조각가(기원전 200년경).

인생은 단 한숨에 채워져 버렸다.

너무나 침착하고 너무나 열정적인, 너무나 냉정하고 너무나 뜨거운, 너무나 죽은 것 같고 너무나 생생한 이 얼굴을 쳐다보면서 자신의 첫 사랑이자 마지막 사랑이고 자신이 최상으로 도취할 술잔이 자신 앞에 있다는 것을 알아차렸다. 그는 자신이 사랑했다고 믿었던 모든 여자들에 관한 추억이 가벼운 그림자처럼 증발하는 것을 느꼈고, 자신의 영혼이 과거의 모든 감동으로부터 다시 깨끗해지는 것을 느꼈다. 과거가 사라진 것이다.

하지만 그 폼페이 미인은 손바닥으로 턱을 괸 채, 연극에 몰두하는 척 하면서 칠흑 같은 눈의 부드러운 시선을 옥타비엥을 향해 날렸고, 그 시선이 녹은 납덩이가 튀듯이 무겁고 뜨겁게 그에게 와 닿았다. 그리고는 자기 옆에 앉아있는 한 소녀의 귀를 향해 몸을 숙였다.

공연이 막을 내렸다. 주요 출입문으로 군중들이 빠져나갔다. 옥타비엥은 자신의 안내인 홀코니우스의 배려를 무시하고, 발길이 닿는 첫 출입구로 향해 빠져나갔다. 막 문을 통과하자마자 어떤 손 하나가 자신의 팔을 붙들더니, 어떤 여자 목소리가 나지막하지만 분명히 알아들을 수 있게 그에게 말했다.

"나는 아리우스 디오메데스의 딸 아리아 마르첼라의 심부름꾼인 티케 노보레야인데요. 우리 주인아가씨가 당신을 좋아하니, 나를 따라 오세요."

아리아 마르첼라는 네 명의 튼튼한 시리아 노예들이 메는 가마에 막 올라탔는데, 그 노예들은 허리께까지 벗고 있었고 그들의 구릿빛 상체가 햇빛에 번득였다. 가마의 커튼이 살짝 열렸고, 하녀의 말을 믿게 하려는 듯이 반지로 아롱거리는 창백한 손을 내밀어 옥타비엥에게 친근한 표시를 보냈다. 붉은 커튼의 주름이 다시 닫혔고, 가마는 노예들의 규칙적인 발걸음으로 멀어져갔다.

티케는 옥타비엥을 돌아가는 길로 가게 했다. 그 길은 인도와 연결되는 일정한 간격의 돌 - 그 사이로 마차바퀴가 굴러가는 - 위에 가볍게 발을 디디게 되어서 도로와 단절되어 있었고, 한 도시에 대한 친근함이 묻어나는 정교하게 짜인 미로를 가로질러 나있었다. 옥타비엥은 자신이 아직 발굴되지 않아서, 결국 전혀 알지 못하는 폼페이의 구역을 통과하고 있다는 것을 알아차렸다. 이 이상한 상황도 다른 많은 경우처럼 그를 놀라게 하지 않았다. 그는 아무 것에도 놀라지 않으리라 다짐했다. 골동품상을 기뻐 미치게 만들 이 온통 원시적인 몽환 속에, 그는 아리아 마르첼라의 검고 그윽한 눈망울과 파괴조차도 간직하길 바란, 세기를 굴복한 그 멋진 젖가슴만 보았을 뿐이다.

그들은 비밀리에 난 문에 도착하였고, 문은 열리자마자 곧 닫혔고, 옥타비엥은 기둥으로 둘러싸인 마당에 있게 되었다. 그 기둥은 절반까지 샛노란 색으로 칠해진, 그리스 산(産) 이오니아식 대리석이었고, 치켜 올라간 기둥머리에는 붉고 푸른 장식이 달려있었다. 쥐방울 덩굴 꽃줄이 자연스런 아라베스크장식처럼 건축의 돌출부에 널따란 푸른 잎을 하트모양으로 늘어뜨리고 있었고, 식물들에 둘러싸인 연못 가까이 홍학 한 마리가 한 발로 서서 식물 꽃들 가운데 깃털 꽃으로 피어 있었다.

변화무쌍한 건축물이나 환상적 풍경을 그린 벽화판이 긴 벽을 장식하고 있었다. 옥타비엥은 재빠른 눈길로 이 모든 것을 보았는데, 왜냐하면 티케가 그를 목욕시키는 노예들의 손에 맡겨, 고대 온천욕의 모든 처방을 조바심을 자아낼 정도로 맛보게 하였기 때문이다. 다양한 온도의 증기열을 통과하고, 마사지사의 마사지 도구를 견뎌내고, 화장품과 향기 나는 기름이 자기 몸에 흘러내리는 것을 느낀 뒤, 그는 하얀 가운을 걸치고 들어갈 때와 다른 문에서 티케를 만나, 그녀의 손에 이끌려 극도로 멋지게 장식된 다른 실내로 인도되었다.

천정에는 마르스[185]와 비너스, 아모레[186]가 그려져 있었는데, 데생의 순수함과 색조의 화려함, 터치의 자유분방함에서 평범한 솜씨의 단순한 장식가가 아닌 대가의 솜씨가 느껴졌다. 나뭇잎 사이에서 놀고 있는 사슴과 산토끼, 새들로 구성된 소벽(小壁)이 환한 대리석 내장 위에 버티고 있었다. 아마도 소시무스 드 페르가뭄이 한 듯한 경이로운 작업인 바닥포석의 모자이크는 현혹하는 기법으로 부조로 완성된 향연을 나타내고 있었다.

실내 깊숙이 아리아 마르첼라가 관능적이고도 차분한 자세로 2인용 침대에 팔을 괴고 있었고, 그 모습이 파르테논 신전의 박공(牔栱)에 피디아스가 조각한 누워있는 여인을 연상시켰다. 진주로 수놓은 그녀의 신발이 침대 아래에 있었고, 대리석보다 더 순수하고 더 흰 그녀의 아름다운 맨발이 그녀 쪽으로 내려온 아주 가는 모시로 된 가벼운 침대보 끝에 뻗어 있었다.

저울모양으로 되어 각각의 저울쟁반에 진주를 담고 있는 두 귀고리가 그녀의 창백한 볼을 따라 빛 속에서 흔들거렸다. 기다란 서양배 방울을 받치고 있는 금방울 목걸이가 검은 완자무늬로 수놓아진 밀짚색깔의 소매 없는 가운이 대충 접혀서 반쯤 드러나게 된 그녀의 가슴에서 이리저리 흔들렸다. 검고 금색의 머리끈이 그녀의 흑단머리를 감싸고 군데군데 번들거렸는데, 그녀가 연극에서 돌아와 옷을 갈아입었기 때문이었다. 그리고 클레오파트라 팔에 감겨있는 살무사처럼,

---

185 (역주) 로마시대의 군신(軍神).

186 (역주) 마르스와 비너스가 사랑을 속삭이는 동안 두 연인 옆에서 놀고 있는 아이로 사랑을 상징함.

눈에는 보석을 박은 황금 뱀이 그녀의 팔 주위를 여러 번 감고는 자신의 꼬리를 물려고 했다. 자개와 은과 상아로 상감된 그리핀[187]의 발을 한 작은 테이블이 더블침대 가까이 서 있었고, 거기에는 금, 은 쟁반 혹은 고상한 그림으로 법랑 채색된 도기쟁반에 담아 낸 여러 가지 음식들이 놓여있었다. 거기에는 자신의 깃털 위에 누어있는 꿩 한 마리와 한꺼번에 같은 철에 나지 않는 다양한 과일들이 보였다.

모든 것이 손님을 기다리고 있음을 나타내는 것으로 보였다. 싱싱한 꽃들이 바닥을 덮었고, 손잡이 달린 포도주항아리는 눈이 가득 담긴 단지 속에 묻어두었다.

아리아 마르첼라는 옥타비엥에게 자기 옆에 와서 더블침대 위에서 다리를 뻗고 함께 쉬자고 몸짓을 했다. 놀라움과 사랑으로 반쯤 넋나간 젊은이는 짧은 가운을 입고 고수머리의 작은 아시아 노예들이 그에게 내미는 쟁반 위의 음식으로 대는 되로 몇 입 채웠다. 아리아는 먹지 않았지만, 응고된 피처럼 검붉은 포도주로 가득한 오팔색의 보석 잔을 자주 입으로 가져갔다. 그녀가 마실수록 눈에 띄지 않는 장미색 기운이 아주 오래전부터 뛰지 않았던 그녀의 심장으로부터 창백한 그녀의 볼을 따라 올라왔다. 하지만 옥타비엥이 잔을 들면서 스친 그녀의 맨팔은 뱀의 살결이나 무덤의 대리석 비석같이 차가왔다.

아리아 마르첼라가 옥타비엥 쪽으로 촉촉한 시선을 그윽하게 보내면서 말했다.

"오! 네가 스투디 박물관에 멈춰 서서, 나의 형체를 보존하고 있는 굳은 진흙덩어리를 유심히 살폈을 때, 그리고 너의 생각이 열렬하게 나에게 날아왔을 때, 내가 둔한 사람들 눈에는 띄지 않고 떠도는 이

187 사자형상에 독수리 머리와 날개를 가진 전설속의 짐승.

세계에서 내 영혼은 그것을 느꼈어. 믿음이 신(神)을 만들고, 사랑은 여자를 만들지. 사람들은 더 이상 사랑받지 않을 때 비로소 진정 죽는 거지. 너의 욕망이 나에게 생명을 되돌려주었고, 너의 가슴에서 나오는 힘찬 초혼력(招魂力)이 우리를 가르고 있는 거리를 제거해버렸어."

그 젊은 여자가 표현한, 사랑을 불러내는 생각이 옥타비엥의 철학적 믿음, 즉 우리도 별 이의(異意) 없이 공감하는 믿음으로 자리 잡았다.

실상 아무 것도 죽지 않으며, 모든 것이 늘 존재한다. 어떤 힘도 한 번 있었던 것을 소멸시킬 수는 없다. 모든 행동, 모든 말, 모든 형태, 사물의 우주대양에 떨어진 모든 생각은 거기서 영원의 변경(邊境)까지 확장되면서 나아가는 원들을 만들어낸다. 물질의 형상화는 보통사람들의 시선에만 사라질 뿐이다. 그런 시선에서 떨어져 있는 유령들은 무한에서 살고 있다. 파리스[188]는 우주공간의 미지(未知)의 지역에서 계속해서 헬레네를 납치하고 있다. 클레오파트라의 갤리선은 이상적인 시드누스 강[189]의 쪽빛 물에 비단 돛을 펄럭인다. 몇몇 열정적이고 힘 있는 정신의 소유자들이 겉으로 보기에 흘러가버린 세기(世紀)들을 그들에게 도로 가져오게 할 수 있었고, 모두를 위해 죽은 인물들을 되살게 할 수 있었다. 파우스트는 틴다레오스[190]의 딸을 애인으로 두었고, 지옥의 신비스러운 심연 저 아래에서 자신의 고딕양식의 성으로 그녀를 데리고 왔다. 옥타비엥은 막 티투스[191] 치하에서 하루를 살았고, 지금 모든 사람에게는 파괴되어버린 한 도시에서 자신 곁 고대

---

188 트로이 왕 프리아모스가 낳은 아들. 스파르타의 왕 메넬라오스의 아내 헬레나를 납치하여 트로이 전쟁의 빌미를 제공한다.

189 소아시아에 있는 강. 마르쿠스 아우렐리우스가 클레오파트라를 위한 축제를 이 강에서 열었다.

190 그리스 신화에서 스파르타의 왕. 그의 딸은 트로이 전쟁의 원인이 되는 헬레나이다.

191 로마의 황제. 제위기간(79-81) 중에 베수비오 화산이 폭발하는 사건(79년)을 겪는다.

침대 위에 누워있는 아리우스 디오메데스의 딸인 아리아 마르첼라를 사랑하게 되었다.

옥타비엥은 대답했다.

"다른 여자들에 대한 나의 혐오로 봐서, 유혹하는 별들처럼 역사(歷史) 저 밑바닥에서 이 눈부신 인간유형들을 향해 나를 끌어들인 주체할 수 없는 몽상으로 봐서, 나는 내가 시공간의 저편 외에는 결코 사랑한 적이 없다는 것을 간파했다. 내가 기다린 사람이 바로 너였고, 인간의 호기심 때문에 보존되고 자신의 비밀스런 자기장을 발산하는 이 덧없는 유적(遺蹟) 덕택에 나는 너의 영혼과 관계를 맺을 수 있었다. 나는 네가 꿈인지 현실인지, 환영인지 여자인지 모르겠으며, 내가 익시온[192]처럼 착각한 내 품에 구름을 끌어안는지 모르겠으며, 내가 극도로 악명 높은 마술의 노리개인지 모르겠는데, 그러나 내가 잘 아는 것은 네가 나의 첫사랑이자 마지막 사랑일 거라는 것이다."

"아프로디테의 아들, 에로스가 네가 한 약속을 듣는구나. 오! 네 젊은 가슴으로 나를 껴안아다오. 네 뜨거운 숨결로 나를 감싸줘. 너무 오랫동안 사랑 없이 있어서 내 몸이 싸늘하단다."

애인의 어깨에 머리를 기대면서 아리아 마르첼라가 말했고, 그는 그런 그녀를 격정적인 포옹으로 들어올렸다. 그리고 옥타비엥은 바로 그날 아침 그가 박물관 진열장 창문 너머로 그 가슴주물을 경탄해마지 않았던 이 아름다운 가슴이 부풀어 올랐다가 가라앉고 하는 것을 자신의 가슴으로 느꼈다. 이 아름다운 살결의 신선함이 그가 걸친 가운을 뚫고 들어와 그를 끓어오르게 했다. 거무스레한 금빛 머리띠는 격정적으로 젖혀진 아리아의 머리에서 떨어져나갔고, 그녀의 머리칼

192 그리스 신화에 의하면 그가 제우스의 아내인 헤라를 유혹하자, 제우스가 구름으로 헤라의 형상을 만들어 그에게 보냈다고 한다.

은 푸른 배게 위에 검은 강물처럼 범람했다.

노예들이 테이블을 가져갔다. 키스와 한숨이 뒤섞인 소리밖에 들리지 않았다. 이 사랑의 장면에 무심한 애완 메추라기들이 작은 소리를 지르며 모자이크 포석바닥에서 연회 때 떨어진 부스러기들을 쪼고 있었다.

갑자기 방에 친 커튼의 청동고리들이 가로막대 위에서 밀쳐졌고, 근엄한 자태로 풍덩한 갈색 코트를 걸친 한 늙은이가 입구에 나타났다. 그의 수염은 나사렛사람들처럼 두 가닥으로 분리되어 있었고, 그의 얼굴에는 고행의 피곤이 짙게 묻어나는 것 같았다. 검은 나무로 된 작은 십자가가 그의 목에 걸려 있어서, 그의 신앙에 대한 조그만 의구심도 남겨놓지 않았다. 그는 그 당시에 아주 최근의, 그리스도의 제자들의 종파에 속했다.

그가 나타나자 어찌할 줄 모르는 아리아 마르첼라가 자신의 코트 자락에 얼굴을 숨겼는데, 그것은 피할 수 없는 상대와 마주하여 최소한 그 상대를 마주보는 공포는 면하기 위해 자신의 날개 속에 머리를 파묻는 새와 같았다. 그동안 옥타비엥은 팔꿈치를 괸 채, 이처럼 갑작스럽게 자신의 행복에 난입한 그 훼방꾼을 뚫어지게 쳐다보았다.

그 강건한 사람이 비난하는 어조로 말했다.

"아리아, 아리아, 네 방탕한 생활이 네 생애로 충분하지 않던? 그리고 네 추잡한 사랑이 네 것도 아닌 시대를 침해해야 하겠느냐? 산 사람들을 그들의 영역에 가만둘 수 없겠느냐, 도대체 네 뼛가루는 쏟아 내리는 화산 불에 회개 없이 죽은 그날 이후로 아직 식지 않았단 말인가? 따라서 이천년의 죽음이 너를 누그러뜨리지 못했고, 탐욕스런 너의 팔이 사랑의 묘약에 취한 분별없는 가련한 사람들을 심장 없는 네 가슴으로 끌어들이는구나.

“아리우스, 자비를, 나의 아버지, 결코 내 종교가 된 적이 없었던 그 음울한 종교의 이름으로 나를 들볶지 마세요. 나로서는 인생과 젊음과 아름다움과 쾌락을 좋아한 우리 옛 신들을 믿어요. 그 창백한 허무 속으로 나를 도로 빠뜨리지 말아요. 사랑이 나에게 돌려준 이 존재를 내가 즐기게 놔두세요.”

“입 닥쳐라, 불결한 것아, 악마들인 너의 신에 대해서 나에게 지껄이지 마라. 네 불결한 유혹에 매혹된 이 사람을 그냥 가게 놔둬라. 하나님이 요량한 제 생명의 반경(半徑) 밖으로 그를 더 이상 끌어내지 마라. 너의 아시아와 로마와 그리스의 애인들과 더불어 이교도들의 연옥으로 돌아가라. 젊은 그리스도 교인이여, 자네가 그녀의 본래모습을 볼 수 있다면 요귀와 흡혈귀보다 더 혐오스럽게 보일 이 원귀를 내팽개치게나.”

옥타비엥은 안색이 하얗게 공포에 얼어붙어 말하고 싶었지만, 그의 목소리가 베르길리우스의 표현을 따르자면 목구멍에 붙어버렸다.

거구의 늙은이가 강압조로 소리쳤다.

“아리아, 복종할거지?”

“절대 그렇게 못해요.”

반짝이는 눈, 벌어진 코, 떨리는 입술로, 대리석같이 차고 단단하고 뻣뻣한 조각 같이 아름다운 팔로 옥타비엥의 몸을 감싸 안으면서 아리아가 대답했다. 싸움으로 달아오른 그녀의 격분한 아름다움이 이 최상의 순간에 초자연적 광채로 빛났고, 그것은 그녀의 젊은 연인에게 지울 수 없는 추억을 남겨주기 위한 것 같았다.

늙은이가 말을 받았다.

“그렇다면, 극단적인 방법을 써서, 너의 죽음을 홀려버린 이 아이에게 드러내어 보여줘야 겠구나.” 그리고 그는 명령조 가득 담긴 목소리로 악귀 쫓기 주문을 외기 시작했는데, 그러자 보석 잔(盞)의 검은 포도주로 상기된 아리아의 불그스레한 볼이 떨어져 나갔다.

그 순간, 바닷가의 어떤 한 마을, 혹은 산의 계곡에 흩어진 오두막에서 나는 희미한 종소리가 새벽기도의 첫 알림을 전해주었다.

이 종소리에 젊은 여인의 부서진 가슴으로부터 단말마의 한숨이 새어나왔다. 옥타비엥은 자신을 감고 있던 팔에서 힘이 빠지는 것을 느꼈다. 그녀를 덮고 있던 침대보가 스스로 내려앉았는데, 마치 그 천을 받치고 있던 몸의 표면이 내려앉기라도 한 것 같았고, 그래서 그 불행한 야간 산책자는 연회가 열리던 침대 위 자신의 주위로 황금 팔찌와 보석이 빛나는 가운데 타다만 뼛조각 몇 개와 뒤섞인 한줌의 재와, 아리우스 디오메데스 집을 쓸면서 발견했었을 그대로의 추악한 유해밖에는 보지 못했다.

그는 비명을 지르면서 의식을 잃었다.

늙은이는 사라져버렸다. 해가 떠올랐고, 조금 전까지 온갖 광채로 장식되었던 실내는 무참히 파괴된 폐허일 뿐 아무 것도 아니었다.

전날의 폭주로 곯아떨어졌던 막스와 파비오가 깜짝 놀라 일어나서는, 처음으로 신경 쓴 것이 그들 옆방에 있는 친구를 부르는 것이었고, 우스꽝스럽게 조롱하는 듯한 그 부르는 소리는 여행 중에는 가끔 있을 수 있는 것이었다. 당연한 이유로 옥타비엥의 대답이 없었다. 막스와 파비오는 대답을 기다리지 않고 친구 방으로 들어갔으나, 침대가 헝클어져있지 않은 것을 보았다.

파비오가 말했다.

“그는 잠자리까지 오지 못하고 아무 의자에서나 잠들었을 거야. 이 친구 옥타비엥은 머리가 건실하지 못하거든. 그래서 신선한 아침에 술기운을 날려 보내려고 일찍 밖에 나갔을 거야.”

막스가 생각에 잠겨 덧붙였다.

"하지만 그는 거의 마시지 않았는데. 이것 참 이상한 것 같은데. 그를 찾으러 가자."

관광안내인의 도움을 받으며 두 친구는 폼페이의 길이란 길, 사거리, 광장, 골목들을 훑고 다녔고, 옥타비엥이 그림을 복사하거나 비문을 채취하느라 몰두할만한, 호기심 끄는 모든 집으로 들어가 보았는데, 결국은 반쯤 무너진 작은 방의 떨어져나간 모자이크 위에서 정신을 잃은 그를 찾아내었다. 그들은 무척 고생 끝에 그의 의식을 돌아오게 하였고, 그가 의식을 회복했을 때, 그는 다음과 같은 말 외에는 별다른 설명을 하지 않았다. 그가 달밤에 폼페이를 보고 싶은 변덕이 생겼고, 기절 같은 상태에 빠지고 말았는데, 아마도 별 후유증은 없을 거라는 것.

그 작은 무리들은 갈 때와 마찬가지로 기차를 타고 나폴리로 돌아왔고, 그날 저녁 산 카를로 극장의 그들의 복스좌석에서 자주 쌍안경을 이용하여 발레에서 당시 인기 많은 댄서인 아말리아 페라리스의 흔적을 좇아 한 무리의 짧은 바지를 입은 요정들을 쳐다보았는데, 그 요정들은 미쳐 날뛰는 개구리와 유사하게 얇은 천 치마에 괴물같이 험악한 초록 팬츠를 입고 있었다. 옥타비엥은 창백하고, 동요된 눈빛에 짓눌린 태도로, 무대에서 일어나고 있는 것을 감도 잡지 못하는 것처럼 보였다. 그만큼 그는 지난밤의 오묘한 모험을 체험한 뒤라서 실제 생활의 정서를 되찾기가 쉽지 않았다.

옥타비엥은 폼페이를 방문한 날 이후로 암담한 우수(憂愁)에 사로잡히게 되었고, 친구들의 좋은 기분과 농담이 그의 우수를 진정시켜주기 보다는 더 나쁘게 할 정도였다. 아리아 마르첼라의 이미지가 줄곧 그를 따라다녔고, 그의 환상적인 행운의 슬픈 결말이 그런 그녀의 매력을 파괴하지는 못했다.

더 이상 그것을 감당할 수 없어서, 그는 몰래 폼페이로 돌아가서, 가슴은 터무니없는 희망으로 팔딱거리며 처음처럼 달빛아래 폐허를 돌아다녔지만, 환각은 다시 일어나지 않았다. 그는 돌 위로 달아나는 도마뱀밖에는 보지 못했다. 그는 두려움에 질린 밤새 울음소리밖에는 듣지 못했다. 그는 자신의 친구 루푸스 홀코니우스를 더 이상 만나지 못했다. 티케는 가녀린 손으로 그의 팔을 잡으러 오지 않았다. 아리아 마르첼라는 고집스럽게도 먼지 속에 머물러 있었다.

옥타비엥은 궁여지책으로 최근에 자신에게 푹 빠진 젊고 매력적인 영국여자와 결혼을 했다. 그는 자신의 부인에게 완벽했다. 그렇지만 엘렌은 아무 것에도 속지 않는 마음의 본능으로 자기 남편이 다른 사람을 사랑하고 있다는 것을 감지한다. 그러나 누구를? 그것은 온갖 염탐을 다해보았지만 그녀로서는 알 수 없었던 것이다. 옥타비엥은 무용수에게 수작을 걸지 않는다. 그는 사교계의 여자들에게 그저 그렇고 그런 호의밖에 표시하지 않는다. 그는 아름다움과 애교로 유명한 러시아 공주의 노골적인 수작에도 아주 냉정하게 반응을 보이기까지 했다. 남편의 부재중에도 열려있는 비밀 서랍도 엘렌의 의심에 대해 어떤 변심의 증거도 제공하지 못했다. 그러니 어떻게 그녀가 티베르로부터 해방된 노예 아리우스 디오메데스의 딸, 마르첼라를 질투할 생각에 이를 수 있겠는가?

[해설]

여기 번역한 작품들은 19세기 프랑스의 시인이자 소설가인 테오필 고티에(Théophile Gautier)의 환상 중, 단편소설이다. 테오필 고티에는 19세기 중반에 파르나스파(고답파)라는 시문학 운동을 주도했고, '예술을 위한 예술(l'art pour l'art[193])'을 목표로 '문학 그 자체만'을 위한 문학운동을 전개하였다. 이 흐름은 문학을 정치적 목적이나 사회계몽 등, 일체의 다른 목적으로 이용하는 것을 거부하고 아름다움의 추구를 궁극적 목표로 하였다. 그러니까 이념동조나 사회풍자보다 세계를 미학적으로 접근하면서 시의 형식미와 조형미를 중시하였다. 이 흐름은 우리나라에서는 '유미주의' 혹은 '탐미주의'로 소개되고, 20세기 초중반 우리나라의 문학운동에도 큰 영향을 주게 된다.

이 운동은 문학을 현실로부터 유리시키기 위한 좋은 구실로도 작용하여, 19세기 초중반 극심한 정치적 혼란상황에서 현실에 환멸을 느낀 젊은 낭만주의 시인들에게 현실도피처로도 작용했다. 나아가 이 운동은 여러 이유로 사회에서 버림받았다고 생각한 젊은 문학인들에게는 정신적 유배지 역할로도 활용되었다. 젊은이들이 현실을 직시하기보다는 외면한다는 비난과 우려가 거듭되는 가운데, 그 반작용으로 사실주의 문학운동을 촉발시켰다. 사실주의자들은 낭만주의자들과는 반대로 사회와 현실을 직시하기 시작했고, 감정의 토로를 극도로 자제하고 인간의 욕망에서 비롯되는 탐욕과 시기, 정치적 야망, 경쟁심, 애욕 등이 야기하는 복잡한 사회상을 비교적 절제된 언어로 묘사

193 이 문학운동은 초기에는 형식주의적이고 조형적 미의 원칙을 중시하다가 차츰 메시지보다는 형식을 우위에 두고, 영감보다는 기교를 우위에 두는 흐름을 보였다.

하였다.

문학사적 측면에서 보자면, 테오필 고티에의 문학은 19세기 한가운데 폭풍과도 같은 대변혁기를 관통하고 있다. 그의 세대는 18세기말(1789년) 프랑스대혁명의 여파로 계속되는 극심한 사회 혼란상, 즉 기존체제의 와해와 가치전복, 새로운 체제의 출현 등을 고스란히 목격한 세대이다. 그는 위고와 발작, 스탕달, 네르발, 보들레르, 플로베르 등과 낭만주의 문학운동의 한가운데 있거나, 낭만주의와 사실주의가 교차하던 시기, 그리고 사실주의와 상징주의의 미학이 지배하던 시기를 모두 살았다. 이 시기를 거치는 동안에도 고티에는 독창적인 미학으로 자신만의 개성적인 문학세계를 구축해갔다.

테오필 고티에의 문학세계 가운데 독특한 분야가 바로 환상세계인데, 19세기 초중반 노디에, 발작, 메리메 등 일단의 낭만주의자들이 초현실적 사건을 모티브로 하는 작품을 내어 놓는다. 고티에를 포함한 이들은 불가사의한 현상, 즉 신비술, 강신술, 분신 등에 문학적 상상력을 동원한다. 이런 가상세계 또한 고티에의 순수문학관과 일맥상통하는 점이 있는데, 그는 인간이 직접 경험하지는 못하지만, 상상력의 소산이거나, 인간의 이성으로서는 이해 불가한 기이한 현상에 특별한 관심과 애착을 보이기 때문이다. 전생(前生)이든 사후 세계이든 현실의 이면에서 일어나는 현상에 집착하는 이 문학운동에는 18세기 말부터 19세기 초에 걸쳐 살았던 독일의 한 작가가 특히 주목을 받는다. 그 작가가 바로 E.T.A. 호프만[194]인데, 그의 환상소설이 프랑스에 소개

194 독일의 소설가 겸 작곡가(1776-1822)로 1800년대에 와서 『칼로 풍의 환상이야기』, 『밤의 이야기』 등 일련의 환상소설을 발표한다. 네르발이 괴테의 『파우스트』를 번역하여 프랑스 독자에게 알리던 1828년, 호프만도 프랑스에 처음으로 소개되고, 이듬해부터 그의 작품집 『환상이야기』(*Contes fantastiques*)와 『밤의 이야기』(*Contes nocturnes*)가 연이어 번역되기 시작한다.

되면서 고티에를 비롯한 일부 프랑스의 작가들이 이 새로운 문학세계에 관심을 보인다.

그때까지 환상문학은 주류 문단에 생소했을 뿐만 아니라, 이성적 판단에 익숙한 프랑스 대중의 문학적 기호와도 거리가 멀었고, 소수의 작가들에 의한 주변부 문학 활동에 불과했다. 하지만 이 새로운 문학에 대한 고티에의 관심은 아주 높아서, 과거 민간설화나 전설로 떠돌던 기이한 이야기들, 혹은 꿈에서나 볼법한 이야기들을 적극적으로 문학소재로 끌어들인다.

[작품 설명]

고티에가 주로 다루는 환상적 소재로는 몇 가지 유형이 있는데, 『커피주전자』, 『죽은 연인』은 유령이야기를 다룬다. 유령 중에는 흡혈귀도 있으며 『죽은 연인』외에 『아리아 마르첼라』가 이 유형에 속한다. 『기사와 분신』은 주인공의 이중인격에 이어 똑같은 사람이 등장하는 분신을 소재로 다룬다. 『옴팔레』는 신화 속 인물이 불쑥 현실에 출현하는 사건을 다룬다. 『아리아 마르첼라』는 베수비오화산 폭발이라는, 아득히 먼 과거의 사건인 폼페이 비극을 배경으로 하는데, 뜨거운 화산재에 희생된 여인이 환생하는 이야기이다. 마지막으로 『아바타』는 신비한 주문을 외워 영혼과 육체를 분리하고 육체를 바꾸는 사건을 다룬다.

단편소설 『커피주전자』는 죽은 뒤 다시 나타난 여자가 주인공과 관계를 맺는 이야기이다. 주인공이 초대받은 집에서 잠을 자다 비몽사몽간에 웬 소녀와 춤을 춘다. 무도회 마지막에 그 소녀가 들었던 커피주전자가 바닥에 떨어져 산산조각 나면서 그녀가 사라진다. 주인공의 이 체험은 꿈과 현실의 경계에서 어떤 초자연적인 사건이 벌어질 수도 있다는 상황을 전제로 한다. 이런 상황설정은 환상성의 성립에 가장 중요한 요소 중 하나다. 어떤 소설에서 채택한 환상적 요소가 독자에게 개연성을 획득하려면, 그 환상적 사건에 설득력이 있어야 하고, 그래서 독자들에게 그들의 상식을 넘어서는 의구심을 유발해야 한다.

다음 날 주인공이 빈 종이에 스케치한 이미지. 전날 밤, 반수면 상태에서 보았던 소녀의 모습인데, 그 소녀는 그 집 주인의 여동생으로 얼마 전에 죽었다는 것이다. 이로써 꿈과 현실의 구분은 더욱 모호하게 된다. 고티에는 이렇게 이야기 구조를 설계함으로써, 개연성을 담보하는 효과를 획득한다.

중편소설『죽은 연인』은 사후 세계에서 환생한 점에서는『커피주전자』와 동일하다. 그러나 이 소설의 여주인공은 이미 여러 차례 자신의 무덤에서 환생하여 젊은 남자들을 유혹하고, 그들의 피를 빨면서 이승에서 생명을 연명해왔다는 점에서 앞 소설과는 차원이 다른 구조를 가지고 있다. 소설『죽은 연인』에서 가장 두드러진 점은 극적인 구성방식인데, 그것은 젊은 사제가 환생한 흡혈귀의 유혹에 놀아난다는 점이고, 늙어서 말년에 접어든 그 사제가 젊은 시절에 겪었던 그 연애 사건을 여전히 아쉬워한다는 점일 것이다.

단편소설『옴팔레』는 로코코 이야기-라는 부제가 붙어있는데, 소설의 부제가 암시하듯이, 18세기 중반기 이후 프랑스에서 유행하던 예술양식에서 이야기의 모티브를 차용한다. 바로크 양식에 이어 나타난 로코코 양식은 당시의 프랑스 부르주아 사회에 폭넓게 수용되었는데, 건축양식이나 실내장식, 특히 일상생활에 흔히 사용하는 여러 가지 소품들에게까지 이 장식적 양식이 스며든다. 이야기는 로코코 취향에 젖은 어느 부르주와 부부가 자신들의 모습을 장식걸개로 만든 데서 시작한다. 중요한 점은 이 타피스리가 그들 부부를 그리스신화에 나오는 옴팔레와 헤라클레스 부부로 꾸몄다는 점이다. 골동품상을 거쳐 이 타피스리의 소유자는 주인공의 삼촌이 되었고, 벽에 걸린 융단그림 속의 여성이 밤마다 현실로 뛰어내려오는 행위는 환상성을 증폭하는 핵심적 장치이다.

밤마다 장식걸개에서 빠져나온 옴팔레는 남편 헤라클레스가 보는 데도 불구하고 갓 청년기에 접어든 주인공을 노골적으로 유혹한다. 부르주와 부인과 옴팔레, 부르주와 남편과 헤라클레스의 중첩은 이야기를 신화에 중첩시키는 효과도 발휘한다. 헤라클레스의 용맹은 남성성(男性性)의 영원한 상징이지만, 유독 옴팔레 앞에서는 온순히 실 잣는 사내로서 애처가의 모습으로 등장한다. 고티에는 헤라클레스에 관한 이런 드문 이미지를 소설소재로 끌어들이면서, 이 불굴의 영웅 이미지 이면에 노출된 작은 틈새를 포착한다.

헤라클레스의 이 온순함은 소설 속에서 많은 시사점을 남긴다. 왜냐하면 그의 온순함이 담보되지 않는다면, 옴팔레의 노골적인 행위 또한 보장되지 않기 때문이다. 영웅의 용맹한 이미지와 그 영웅의 여성화라는 수모는 양립할 수 없기 때문이다. 그러므로 소설 속에서 남편 헤라클레스의 온순함은 부인 옴팔레의 대범함과 좋은 대비를 연출한다. 나아가 그의 온순함은 부인에 대한 일종의 묵인을 시사하는 바, 그의 내면에는 주인공을 유혹하는 옴팔레의 행동, 나아가 아내와 주인공의 관능적 행위를 보고 즐기려는 엿보기 욕망 또한 내포하고 있다고 할 수 있다.

여기서 화석화 된 신화적 소재로만 사건을 전개시킬 경우, 이야기는 진부함을 벗어나기 어렵다. 그래서 부르주와 남편헤라클레스, 부르주와 부인옴팔레라는 중첩된 이미지 장치를 마련함으로써 평면적인 사건구조를 타개하고 있다. 고티에는 이런 종류의 환상소설을 통해서도 당시의 귀족층이나 부르주와들의 에로틱한 감성을 충실히 반영할 수 있음을 잘 보여준다.

『아바타』에서는 주인공이 한 여성의 완벽성에 이끌려 홀로 정염을 불태우다가 사랑을 얻지 못하자, 비상책으로 육체를 바꾸는 신비술에 호소한다. 그래서 그가 사랑하는 여성의 남편과 몸을 교환하지만, 그 여성의 명민한 감각 때문에 사랑을 획득하지 못한다. 결국 주인공의 영혼은 자신의 몸으로 돌아오지 않고 이 세상을 떠난다. 여기서 주인공의 상대여성은 죽은 인물이 아니므로 작가의 시선은 자연스럽게 육체적 아름다움이 강조되는 방향으로 쏠린다.

또 이 소설에서 중요한 점은 상대여자의 남편과 육체를 교환한 주인공은 우선 그 여자 남편의 아바타일 뿐이라는 것이다. 그래서 주인공은 상대여자 앞에 그녀의 남편으로 나타나지만 그에게 자기 것은 영혼밖에 없으므로, 최종적으로는 주인공의 영혼과 상대여자 사이에 사건이 벌어지고 갈등이 생긴다는 점이다.

주인공 옥타브를 '영육교환'이라는 불가사의한 세계로 인도하기 위해서는 외부의 도움이 필요하고, 그래서 신통력을 가진 조력자가 나타난다. 최면술사인 의사 발타자르 쉐르본노가 그 역할을 한다. 이 의사는 자신이 교육을 받은 서양의술, 나아가 서양과학의 한계를 깨닫고, 우리 인류가 일찍이 잃어버린 신비한 힘, 즉 초능력을 되찾기 위해 신비술에 매달린다. 그런 힘을 아직 보존하고 있는 인도로 가서 많은 스승들을 만나고, 오랜 고행 끝에 원하던 비법을 전수받는다. 흥미로운 것은 19세기 중반에 이미 고티에는 서양과학의 한계를 깨닫고, 동양(인도)의 신비주의 사상에 주목한다는 점이다. 그래서 신통력을 가진 중개자의 면모는 소설의 영적 측면을 반증한다. 왜냐하면 주인공은 중개자의 비상한 능력을 빌어서 현실적으로는 불가능한 방법으로 자신의 욕망을 실현하려하기 때문이다. 이런 측면에서 쉐르본노 의사는 소설 『아바타』의 초월적 성격을 대변한다.

고티에의 유심론적 면모는 육체와 영혼의 관계를 해석하는 그의 관점에 일관되게 녹아있다. 라빈스키 백작은 거의 완벽한 무사의 육체를 가졌다. 하지만 그의 육체에 타인(주인공 옥타브)의 영혼이 스며든 그가 백작부인 앞에 나타났을 때, 그녀는 그런 남편을 이상하게 여기고 멀리한다. 그녀의 이런 미묘한 반응에서도 육체적인 것보다 정신적인 측면이 중시되는 것을 읽을 수 있다. 작가는 변함없이 늠름하고 용맹한 남편의 외형에 현혹되지 않고 그 내면의 변화를 감지하는 그녀의 투시력을 강조하고 있기 때문이다.

대부분 고티에의 중, 단편 환상소설에는 환생하는 여성들이 등장하지만, 『아바타』의 등장인물들은 비현실적이거나 유령이 아니다. 『아바타』의 실재 인물들 간에는 삼각관계가 형성되고, 이것이 사건전개에 동력을 제공하는데, 고티에의 환상소설에서는 보기 드문 구조이다. 『아바타』 이야기에 환상성을 입히는 마법은 프란츠 안톤 메스머의 동물자기설에서 영향을 받았고, 이 요인에 의해 인물간의 대립이 심화된다. 여인을 매개로 하는 인물들의 대립은 기이한 형태로 일어나고, 이상적 사랑을 추구하는 인물답게 주인공 옥타브는 사건의 고비마다 진퇴양난에 봉착한다. 딜레마에 빠진 고대 그리스 비극의 주인공들처럼 절망적 상황은 주인공에게 죽음을 강요한다. 주인공의 죽음은 이야기 구조상 파국에 이은 대단원으로 연결된다. 고티에는 이런 사건의 흐름에 개연성을 부여하고 독자의 공감을 끌어내기 위해 비장미를 조성한다. 주인공을 양립불가한 상황이나 연이은 곤경에 가두는 것은 비장미를 조성하기 위한 효과적인 전략이다.

간혹 여성의 육체적 아름다움을 묘사하는데 지나칠 정도로 집착했다는 점에서 고티에의 이런 면모가 언뜻 모순같이 느껴진다. 그러나 『아바타』의 주인공 옥타브가 여성의 외모를 탐미주의적 관점 - 거의 고대 그리스 조각상에 비유하는 - 에서 바라보는 것은 어디까지나 고티에의 취향, 즉 그의 탁월한 조형적 감각에서 나온 한 단면일 뿐이다. 미술가, 혹은 조각가가 되려했던 그의 전력(前歷)이 말해주듯이, 그의 이런 취향은 고대 그리스 조각상에 대한 한결같은 애착과 찬탄에서 비롯된 버릇이라 여겨진다. 고티에의 이상향이 바로 고대 그리스라는 점과도 일맥상통한다. 그 세계에 대한 이런 탐미주의적 묘사는 이 소설 외에도 『죽은 연인』, 『옴팔레』, 『아리아 마르첼라』 등에서 빈번히 나타나는 것으로, 고티에 문학에서 일종의 라이트모티브를 이룬다.

[작가 연보]

* 작가에 관한 연보는 갈리마르 출판사의 고티에 전집(Pleiade판)을 책임 기획한 Pierre Laubriet의 고티에의 연보를 참고하며 작성했다. 아울러 갈리마르(Folio Classique)의 고티에 환상 중, 단편모음집을 펴낸 Jean Gaudon의 고티에 연보도 참조했다.

1811년
8월 30일 프랑스와 스페인의 국경을 이루는 피레네산맥 서쪽기슭 타르브(Tarbes)에서 태어남. 아버지는 그곳의 공무원.

1814년
아버지가 파리 세무서로 직장을 옮기게 되므로 파리에 정착함.

1822년
루이-르-그랑 중학교에 입학했으나, 기숙사 생활을 견디지 못하고 샤를마뉴 중학교로 옮김. 거기서 일생에 걸쳐 문학 동반자인 제라르 드 네르발(Gérard de Nerval)을 만나고, 네르발 덕분에 독일문학에 관심을 가지게 됨.

1829년-1830년
화가가 되기 위해 루이 리우(Louis Rioult) 아틀리에서 수업을 받음. 근시에다 미술에 재능이 없음을 깨닫고 문학(시 창작)에 몰두함.
네르발의 소개로 평생 문학의 스승으로 여기게 되는 빅토르 위고(Victor Hugo)를 만남. 위고의 드라마 작품 『에르나니』(*Hernani*)를 두고 벌인 논쟁에 선봉으로 참여함. 첫 시집, 『시집』(*Poèsies*) 출간.

1831년
첫 환상 단편 『커피주전자』(*La Cafetières, conte fantastique*) 발표.

1833년

『청년들-프랑스, 조롱 소설』(*Les Jeunes-France, romans goguenards*) 발표.

1834년

집에서 나와 네르발과 동료 예술가들이 함께 거주하는 집 가까이 거처를 마련함. 『옴팔레』(*Omphale*) 발표.

1835년-1836년

첫 장편소설 『모팽 양』(*Mademoiselle de Maupin*)을 2년 동안 1, 2권 출간했으나, 대중으로부터 호응을 받지 못함. 다행히 위고와 발작의 찬사를 받음.
그의 대표적 환상소설인 중편 『죽은 연인』(*La Morte amoureuse*) 발표.
네르발과 함께 벨기에를 여행하고, 기행문 「벨기에 일주」(*Un tour en Belgique*)를 연재함.
그의 평생의 연인이 될 카를로타 그리시(Carlotta Grisi)가 댄서로 파리에 처음 데뷔함.
그와 애인 외제니 포르(Eugénie Fort) 사이에 아들 샤를-마리-테오필(Charles-Marie-Théophile)이 태어나지만, 결혼은 거부함. 그러나 두 사람 사이의 우정은 죽을 때까지 지속됨.

1840년

『기사(騎士)와 분신』(*Le Chevalier double*)과 『미이라의 발』(*Le Pied de momie*) 출간. 5월에서 9월에 걸쳐 스페인을 여행함.

1841년

스페인 여행기를 『잡지 파리』(*Revue de Paris*)에 연재하기 시작함. 이 연재는 나중에 『스페인 여행기』(*Voyage en Espagne*)로 출간됨.
독일 시인 하이네가 노래한 독일전설에서 영감을 받고, 연인 카를로타 그리시를 위해 발레 작품 『지젤』(*Giselle*)의 대본을 씀. 『지젤』의 첫 공연에 그녀가 출연하고, 공연은 상업적으로도 크게 성공하게 됨.

1842년

『지젤』이 영국에서 공연하게 되자, 카를로타 그리시와 함께 런던에 채류함.

1843년
카를로타 그리시의 언니인 성악가 에르네스타 그리시(Ernesta Grisi)와 함께 런던에 체류하고 이듬해 그녀와 동거에 들어감. 동생 카를로타, 그리고 고티에의 지속적인 지원에도 불구하고 그녀는 성악가로 큰 성공을 거두지 못함.

1844년
『깡돌 왕』(*Roi Candaule*)과 『그로테스크』(*Grotesques*) 발표.

1845년
알제리 여행.
그와 에르네스타 그리시 사이에 딸, 주디뜨 태어남.

1846년
보들레르를 만남. 6월부터 독일, 네덜란드, 영국, 스페인 등을 여행함.

1847년
『밀리토나』(*Militona*) 발표.
그와 에르네스타 그리시의 둘째 딸, 에스뗄 태어남.

1850년
이탈리아 여행 중 나폴리에서 사회주의 작가라는 이유로 추방됨.

1852년
『아리아 마르첼라』(*Arria Marcella*) 발표. 시집 『칠보와 돋을새김』(*Émaux et Camées*) 발표. 그리스를 비롯한 근동지방 여행 중 콘스탄티노플(이스탄불)에서 공연 중인 에르네스타와 합류.

1855년
그의 가장 오래된 문학 동료인 네르발의 자살로 크게 충격을 받음.

1856년
『아바타』(*Avatar*)와 『제따뚜라』(*Jettatura*) 발표.

1857년
『미이라 이야기』(*Le Roman de la momie*) 발표. 독일 여행.
보들레르가 자신의 시집 『악의 꽃』(*Les Fleurs du Mal*)을 고티에에게 헌사함.

1858년
러시아 체류 후 러시아 여행기를 연재함.

1861년
두 번째 러시아에 체류함.
3년에 걸쳐 그의 대표작 중 하나인 『프라까스 대장』(*Le Capitaine Fracasse*)을 연재하기 시작함.

1864년
스페인 여행 후 제네바에 있는 카를로타 집에 머묾.

1865년
제네바에 머물면서 『스피리트』(*Spirite*)를 발표함.

1867년
두 번째로 아카데미 프랑세즈 회원이 되지 못함.

1869년
네 번째로 아카데미 회원에 실패하고, 수에즈 운하 준공식에 맞춰 근동지방을 여행함.

1872년
말년을 가난하고 불행하게 보내던 중, 심장마비로 눈을 감음.

전광호

부산대학교 불문학과를 졸업하고 프랑스 프로방스 대학교에서 네르발 연구로 문학석사와 박사 학위를 받았으며, 현재 부산대학교 불문학과 교수로 재직 중이다. 네르발과 고티에에 관한 다수의 논문이 있으며, 공저로 『프로방스 문화 예술산책』과 역서로 『일신교 - 성경과 철학자들』이 있다. 프랑스 낭만주의 문학 외에 프랑스를 중심으로 유럽연합의 문화와 지정학적 문제에도 관심을 기울이고 있다.

Contes et nouvelles fantastiques de Théophile Gautier

테오필 고티에의 환상 중 · 단편집

초판 1쇄 발행 _ 2021년 2월 28일

옮 긴 이 • 전 광 호
발 행 인 • 정 현 걸
발　　행 • 신 아 사
인　　쇄 • 대명프린팅
출판등록 • 1956년 1월 5일 (제9-52호)
주　　소 • 서울시 은평구 통일로 59길 4(2F)
전　　화 • 02)382-6411 · 팩스 02)382-6401
홈페이지 • www.shinasa.co.kr
E-MAIL • shinasa@daum.net

ISBN 979-11-91158-12-0 (93860)

정가 14,000원